容疑者は何も知らない

天野節子

幻冬舎文庫

容疑者は何も知らない

目次

CONTENTS

一章　夫

1

尚紀は九時に帰宅した。

居間のドアの向こうに、猫が二匹、座ってこっちを見ている。尚紀が近づくとドアの取っ手に前足を伸ばして細い声で鳴いた。

部屋着に着替え、空の器に餌をいれた。猫が器に飛びついた。

ソファに寝転び、キオスクで買ったスポーツ新聞を広げる。サッカー選手が拳を振り上げ、口を大きく開けて走っている。お笑いタレントと大物女優が婚約したと報じ、二人が微笑んでいる。あきれるほど大きい文字と写真だ。

ポリポリと猫が餌を噛む音が聞こえる。旨そうな音だ。ポリポリを聞きつつ、天井に目を据え、尚紀の脳内は、ある人物殺害方法の空想へと切り替わる。

自分を苦しめる諸悪の根源はその人物。そいつの死に様を空想しているとき、頭の中は冴えわたり、痛快な想像は無限に広がる。

扼殺、絞殺、刺殺、毒殺、方法はなんでもいい。

だが、そのあと、自分が疑われ、逮捕され、刑務所暮らしになるなどとんでもない。憎いあいつがこの世から消えたのちに、手足を伸ばして快適に生きるのでなければ、危険を冒した意味がない。

（捕まらない方法……）

小道具を使ったトリックに興味はない。探偵小説ではないのだ。紐とか針金などを駆使してのトリックはコミカルで遊び感覚に思える。となると、アリバイ。もっとも平凡で、もっとも困難なアリバイ工作。これ以外に思いつかない。

中学生の頃読んだミステリー小説に、アリバイ工作はよく使われていた。どれも似たり寄ったりの内容だが、そのアリバイは必ず崩れるようにできている。

例えば、列車のダイヤを利用する。全国のＪＲ、私鉄の路線、各駅の列車の発着時刻、列車同士の連絡状況を綿密に調査し組み立て、複雑な移動経路を一本の線にする。移動時間や乗り換え時間には、数秒の狂いも許されない。その後の犯人の行動はまさに離れ業。

結果、犯行現場の九州にいるはずの人間が、北海道にいたことを立証する。また、カーフェリーを利用して遺体を移動。自動的に殺害現場も移動することになり、アリバイを確保する。前者は犯人が移動し、後者は遺体と犯行現場が移動する。

そんなトリックを軸に、犯罪ストーリーが展開。そこには必ず、足で稼ぐ主義の有能な刑事が一人いて、地道な捜査に拘る。あるいは目を見張るような科学捜査。実に合理的、客観的、現実的に事実を証明していく。いずれにしても犯人との攻防戦が繰り広げられた末に、必ず警察側が勝利して犯人逮捕となる。

次に、素人探偵の登場。この探偵、推理力も洞察力も超人的。その上、公的権限を持たない人間が、事件現場にずかずか踏み込み、警察官そっちのけでやりたい放題、し放題。越権行為も甚だしいが、それができてしまうところが面白い。

ところがこの探偵、次から次へ人が殺され、複数の被害者が出ても、最後まで手の内を明かさない。やがて、物語は終盤を迎え、残された関係者が勢ぞろいする。そのときから探偵は人が変わったように雄弁になる。固唾を呑み、耳を傾ける関係者を前に、解決に至るまでの紆余曲折を延々と喋り捲る。まさに探偵の独壇場。思わせぶりたっぷりの解説が終わったあと、探偵は指をさして言う。「犯人は君だ！」と。

実に不思議で滑稽だ。それが分かっていても、中学生の頃は夢中で読んだ。小説は面白くなくてはならない。刑事であろうと、探偵であろうと、犯人を追い詰め、そして逮捕。それが犯罪小説やドラマの約束事だ。

だが、現実は違う。逮捕などもっての外。当然、完全犯罪でなければならない。

結局行きつくのはアリバイ——現場不在証明ということになる。

あいつが殺害された時間、犯人である自分は、その現場にいなかった。他の場所にいたことを証明するわけだが、現実となるとドラマや小説のようなわけにはいかない。だが、方法が全くないかと言えばそうでもない。

代理殺人。正確には交換殺人。小説ではお馴染みだが、ＡはＢを殺したい。ＣはＤを殺したい。そこで、殺したい相手を交換する。つまり、ＡがＤを殺害し、ＣがＢを殺害する。二つの犯行には時間差をつけ、結果的に、ＡがＣのアリバイを証明し、ＣがＡのアリバイを証明する。という仕組みだが、それには、ＡとＣの間に接点があってはならない。なんの影響力も持たない、全くの他人同士でなければならない。少なくとも表面上はそうでなければならない。

しかし、交換殺人とはいえ、共犯であることに違いはない。個人と個人がどのように密着しようと一枚岩にはならない。所詮、他人は別の人。百パーセントの信頼などありえない。犯行には命を懸ける。命の半分を他人に委ねるなど、愚(ぐ)の骨頂(こっちょう)だ。犯罪は単独で行うのが鉄則。共犯は必ず後に災いとなる。

だが、最近になり、これはと思えるアイディアが浮かんでいる。

アリバイ工作に協力者を仕立てる。共犯者ではなく協力者。もちろん、協力者は犯罪に協力したことを知らない。結果的に協力していた、というわけだが、そのことを、協力者はもちろん、他の誰にも気づかれてはならない。それも永遠に。

この着想はおおいに気に入り、時間を費やして具体策を練った。だが、いざ実行となると、この方法がいかに非現実的で空論であるかを思い知った。そもそも、そんな都合のいい相手がおいそれといるわけがない。

さまざまに空想を広げながら、知ったことが一つある。何事も簡潔であることがベストだということ。例えば、ジグソーパズルのピースはシンプルなカットほど組み合わせるのが難しい。なぜか。手掛かりとなる特徴が少ないからだ。もっともと言えるこの道理を犯行に当てはめる。アリバイ工作はシンプルでかつ日常的であることが望ましい。非日常的なことをすれば、必ず人目を惹く。

さらに大事なことは、あいつは、自分が誰に殺されるのか、どうして殺されるのかを思い知らなければならない。夜道を歩いているとき、いきなり背後から襲われ、わけもわからず死んでしまうのでは復讐した意味がない。

自分が殺されると知ったとき、窮鼠となり反撃してくるだろうか。それともひざまずき、命乞いをするだろうか。たとえ、どれほど哀れな姿で命乞いをしようとも、金輪際許すものではない。簡単に殺すのではつまらない。とことんいたぶり、恐怖を味わわせ、そして、とどめを刺す。

チャイムが鳴った。二匹の猫が居間のドアへ向かって走った。

猫を追いやりながら尚紀が玄関のドアを開ける。

「ただいまー」

相変わらず元気な声だ。亮子は、まず猫に話しかける。「世界中で一番美人のアンちゃん、世界中で一番のハンサムボーイ、マロくん、ただいま」。猫は鳴きもしなければ、喜ぶ様子も見せない。しばらく亮子の足元に鼻をつけ、ひくひくさせたあと、勝手なことを始める。こういうところが犬とはまったく違う。

亮子はカバンをどさりと居間の床に置くと言った。

「三原ナオキさんはうたた寝をしていました。今起きたばかりですね」

「どうして？」

「後頭部の髪の毛が乱れています。ソファのクッションが肘かけに乗っています。クッションをまくら代わりにしていた証拠です。三原さんは普段、髪の毛を乱れたままにしておくなんて決してしません。どう？」

そう言って、亮子はにやりと笑った。

「ああ、お腹が空いた。背中とお腹がくっついてる。あなた、済ませたんでしょ」

「外で済ませた」

「どうしてー、食べるものは全部冷蔵庫に入っていて、温めるだけでしょ。サラダだってあるし、ドレッシングかけるだけじゃないの」

「一人で食べても旨くない」

「へえ、じゃあ、誰かと一緒に食べたんだ。それは珍しい。誰とどこで何を食べたの？」

「駅前の居酒屋。一人で食べて飲んだ」

「居酒屋で一人。家で一人で食べても旨くないから居酒屋で一人。理屈に合わない。家で食べて飲めば、猫がいるじゃない」

尚紀は笑った。こういうことを真面目な顔をして言うところが面白い。本気でそう思っているのか、ふざけているのか分からないが、愛する飼い猫とはいえ、人間も猫も同じ、とは思わないだろう。たぶん、冗談なのだ。

「もう一度訊きます。何を食べて、何を飲んだんですか」

「ビールと、あとは——何を食べたか忘れた」

「物忘れがひどいのね。老化現象が進んでる証拠！　さて、ということは、夕飯はそのまま残っているということね。ぜんぶ、リョウコさんが頂きます。缶ビールも全部リョウコさんが飲みます」

「研修の帰りに食事しなかったの」

「しなかった。みんなおじさん、おばさんばっかりで話題がつまらない」

亮子は自分をおばさんとは思っていないようだ。尚紀は笑いを堪えて言った。

「話題？　同じ仕事仲間なんだから、話題は豊富だろう」

「それは初めの数分だけ。お酒が入るとくだらない話ばっかり」

「くだらないって？」

「配偶者の話、子どもの話、子どもの配偶者の話、中には孫の話に熱弁をふるう人までいるのよ。そんな話、ぜーんぜん、興味なし。それからあなた、今、お腹の中で笑ったようだけど、私はおばさんではありません。今日の集まりの中では若手のホープです」

亮子は性格が明朗。ふさぎ込んでいる亮子を見たことがない。そして正直。何事にも裏表がない。そんな亮子と一緒にいると素直になれる。気持ちが豊かになる。亮子は太陽。尚紀は亮子という太陽によって、人としての養分がつちかわれる。これは、惚気とは違う。亮子という人間性を分析すると、そういう評価になる。

尚紀は自分の欠点を知っている。正確にいえば、亮子と結婚し、亮子の日々の生活ぶりを見ているうちに、ぼんやりと分かるようになった。だから、その欠点は、亮子によってのみカバーされる。尚紀は早くからそのことに気づき、亮子を妻にできてよかったと思っているが、それを口に出したことはない。

亮子の食事に少しだけ付き合い、風呂に入った。

浴槽につかり、目を閉じる。

体中の筋肉がほぐれ、頭の中まで生ぬるいような感覚になる。そして思う。どうしてこんなことになったのだろうと。未だに信じられない。

頭で考えること、心に去来するもの、目の前の現実。それらが皆ばらばらで融合しない。だから、自分のこととして受け入れられない。どこにもやり場のない、怒りや恨みや憎しみだけが胸の中に定着し、尚紀の神経を容赦なく揺さぶる。そして、思うことは、どうしてこんなことになったのか。まさに、エンドレスだ。

亮子にだけは知られたくない。それが本音。だが、いずれそのときが来る。その前に、なんとか打開策を講じなければ――。

三百平米ほどの部屋。窓はあるが機能はしていない。製品の劣化を防ぐため、どの窓にも遮熱シートが貼られているのだ。だから一筋の光も差し込まない。これでは窓ではなく、窓の形をした壁だ。まるで投光機に照らされた穴倉だった。

そんな空間のなかで、四人の男性と四人の女性が無意味とも言える仕事に従事している。

ここは出来上がった印刷物に欠陥はないか、最終のチェックをする部署。製品が完成すると、検品用の印刷物とその原画が運ばれてくる。それは多種多様で数は膨大。それを一つひとつ目で比較して検品する。欠陥品などめったにあるものではない。百に一つか、それ以下の確率である。これほど頭も体も使わない仕事はめったにない。

女性四人のうち、二人はパートの中年女だ。

尚紀はだらしなく椅子に座り、二本目のタバコに火を点けた。パートの一人がライターの音に気づき、顔を上げた。尚紀と目が合った。窪んだ目に青いシャドーをのせ、大きく厚い唇に小さく口紅を塗る。目はますます窪み、口は更に大きく見える。このテの顔はあまりいじらないほうがいい。

そんな尚紀の心のうちを読んだかのように、女は老眼鏡の奥から睨むようにすると、すぐに下を向いた。

「木村さん」

尚紀は下を向いた女の名を呼んだ。女は、目だけを上げて尚紀を見た。

「息子さん、就職決まったの？」

木村陽子がびっくりした顔をして、向かいの女と顔を見合わせた。この女もパートで、仲間意識があるのか二人は仲がいい。少し離れた場所に座る男性社員は見向きもしない。男たちは、初めから尚紀を無視していた。尚紀に関わると怪我をする、そういわんばかりの態度だ。

尚紀は唇を歪める(ゆが)ように笑いながらコーヒー缶を引き寄せ、小さな口から灰を落とした。お気に入りのスーツに灰が落ちないように用心した。

「ほら、衣料品会社に決まりそうだと、言ってたでしょ」

「ええ、決まりましたよ。トキワ衣料に」

「へえ。よかったね。トキワなら一流だ。アパレル会社ってさ、年に何回か、売れ残った商品やサンプル製品を社員や家族に優待販売するんだよね。タダ同然って聞いたことがある」

「さあ、どうでしょうか」

「そのときは息子さんに頼んで僕にも回してよ。サンプル製品は流行を追って作るから、品物がよければありがたい」

木村陽子がボールペンを握りながら尚紀を見た。メガネを下げ、窪んだ目で上目遣いしている。口元はしまりがなく半分あいていた。尚紀は、木村陽子の顔を見ながら、こんな顔をどこかで見たことがあると思った。どこで見たのだろう。尚紀は薄笑いしながら思い出そうと努力した。

やがて、大きな笑いがこみ上げてきた。日曜日の夕方に放映されるアニメに登場する老人作家。作家の顔の下半分はほとんどが口。大きく厚い下唇は重そうに垂れ下がり、小さな丸いメガネを鼻の上に乗せている。目は有るか無しかで点のよう。滑稽でいて分別臭そうな顔。木村陽子の顔はその作家に似ていた。作家と同じ表情で尚紀を見続け、窪んだ目が時おり瞬(まばた)きをする。

尚紀は思わず、声を上げて笑った。

「――すまない。急に友達のことを思い出してね。そいつが面白いことを言っていたもんだから」

言い訳になっていないことは分かっている。そのことが次の笑いを引き起こした。今まで無視していた三人の男を含め、七人の男女がポカンとした顔で尚紀を見ている。そのことがさらに可笑(おか)しく、尚紀は大口を開けて笑った。

そのとき、後ろで音がした。尚紀は笑いながら振り返った。途端に自分の頬が引きつるのが分かった。沢井健吾(さわいけんご)がドアを開けたまま立っている。尚紀は反射的にタバコをコーヒー缶の中に押し込んだ。灰がプレスのきいたズボンに散らばった。

そんな尚紀を沢井が鬼のような顔で睨みつけている。室内が一瞬にして凍りついた。

背は低いが肉付きのいい沢井健吾が音を立ててドアを閉め、力足を踏むような足取りで室内を横切り、尚紀の前に立った。手に印刷物を持っている。

「君！」

沢井はひどく興奮している。その怒気を含んだ声を聞きながら、尚紀は、慌ててタバコを消した無様な自分に腹が立っていた。だから、新しいタバコをゆっくり箱から出し、火を点けた。

「君、聞こえないのか！」

「聞こえていますよ。何ですか」

尚紀は沢井の顔を見ないまま煙を吐いた。顔は見ないが、頭の中では沢井がここへ来た用向きを考えていた。沢井は明らかに腹を立てている。それも尚紀に対してだ。何に腹を立てているのだろう。理由が思い当たらない。

「君は知らないようだから教えてやろう。社内は禁煙だ」

「ああ、そうでしたね。うっかりしてました。しかし、そんなことのために、ここまで来たんですか」

「タバコを消したまえ！」

沢井の声は語尾が震えていた。

尚紀はタバコを消し、ズボンに散った灰をはたいてから沢井の顔を直視した。造作の大きい、赤く膨れた顔だ。怒りを抑えているのだろう。分厚い唇の端がひくひく動いている。重大な事が起こったらしいと感じ取った。だが、原因は思いつかない。その頃から、右耳の奥で得体の知れない生き物が小さく唸り始めた。数ヶ月前から、時折、尚紀を襲う不快な症状。

「このチェックは君だろう」

沢井が、手にした印刷物を尚紀の目の前に突き出した。印刷された面に視線を這わせたが、沢井が何に腹を立てているのか分からない。

「手に取って見たまえ！」

目の前に押し付けられ、尚紀は印刷物を持った。A４判の厚紙、４色刷りだ。動物と果物の絵が行儀よく並び、どの絵もむらなくきれいな色に刷り上がっている。厚紙の印刷にしては発色もいい。これがなぜ怒りの対象なのだろう。そもそも自分がチェックしたものかどうかも覚えていない。

室内に緊迫した静寂が漂っている。尚紀はちらりと同僚を見た。皆、無関心なように作業を進めているが、実は、息を殺して様子を窺っているのだ。全員の背中が固まっている。

「君は、近眼か？」

「いいえ」

「まだ気がつかないのかね。型だよ、型。抜きがずれているじゃないか！」

型？　そう思って印刷物に顔を近づけたとき、尚紀は声にならない声を上げた。その直後、背中を悪寒が走った。

「気がついたかね。君のチェックだろう」

そうであることをはっきり思い出していた。頭の中は驚愕と混乱の極みである。だが相手は沢井健吾。その心中を表には出さないが、内容の重大さに仰天し、何をどうすればいいのか分からないのも事実だった。耳の奥の虫が騒ぎ始めている。騒ぎが大きくならないように、奥歯を噛み締めた。

「今、育英舎の営業部長から電話があった。幼稚園からの電話が殺到して対応しきれないそうだ。えらい剣幕だが、どうするね。三原君」

その印刷物は幼児向けの教材だった。他の製品と異なり、印刷をするだけではない。描かれた絵が抜き取れるように仕上げる。それは、絵の輪郭に刃型を置き、圧力で切込みを入れるという方法で行われる。

手にした印刷物は、刃型が輪郭から二センチほどずれていた。これでは、熊を抜き取ると胴部が切れ、熊の体が二つに分かれてしまう。りんごはフットボールのような形に、コアラにいたっては、母コアラと背中の仔のコアラが離れてしまう。

刃型のラインは肉眼で見える。検品した日のことは覚えていないが、たぶん、機械的に色の刷り上がりだけを見て、刃型への意識はなかったのだ。もしかすると、目は紙面を滑り、気持ちは転職のことで占められていたのかもしれない。

「どこの幼稚園でも、子どもたちが大騒ぎして、収拾がつかないそうだよ！」

沢井健吾が声を震わせて怒鳴った。

それはそうだろう。相手は子どもの集団。可愛らしく印刷された動物や、うまそうな果物の絵が、抜き取った瞬間、半分になってしまう。さぞ、びっくりしたことだろう。教室内の混乱ぶりが想像できる。

型抜きという特殊な作業は外注だった。仕上がった印刷物を型抜き業者に持ち込み、そこで型抜きの作業が行われる。抜きが終わった製品は、尚紀の働く大空印刷に戻され、大空印刷から発注元の育英舎へ納品する、という流れなのだ。そのぶん、他の印刷物よりも製造に日数がかかり、コストも高くつく。それでも、大空印刷にとって育英舎は上得意だった。

理由は商品が教材だからだ。たとえ、相手が幼児であっても、教材には流行というものがない。そこが玩具とは大きく違う。園長は熟考を重ねて教材を選定する。一度採用した教材を短期間で中止して別の教材に替える、などということはまずない。教材がころころ替わるようでは、園長の教育理念が疑われる。

つまり、商品としての寿命が長く、数十年は取引の続くことが普通なのだ。

育英舎からは毎月一回の注文が確約されている。営業努力や企業努力をするのは育英舎であって、大空印刷は育英舎からの注文を待っていればいい。際物のような派手さはないが、実に安定した収入源である。

事故の元凶は型抜き業者だが、そんな理由は通らない。型抜き業者と取引しているのは大空印刷。育英舎にとって、型抜き業者がどこかなど問題ではない。責任の全ては大空印刷なのだ。そして、こういった事故を未然に防ぐために検査部がある。

沢井健吾の激昂ぶりはよく分かる。だが、尚紀はそんなことよりも、耳の奥の不快感を何とかしたい。

「こんな重大な事故を見過ごすということは、真剣に検品しようとする意思がないからだ。君は仕事をする気があるのかね！」

尚紀は顔をしかめた。異物が耳の奥を圧迫している。まるで蚊の集団が唸り声を上げ、脳内を飛び回っているようだ。モーター音に似たその音は、沢井の怒号に呼応するかのように強弱をつけ、今にも脳の壁を突き破りそうだった。

我慢が限界を超えた。尚紀は頭を強く振り、印刷物を机に叩きつけた。

沢井健吾が目を見張った。尚紀の信じがたい行為に言葉を失ったようだ。その目は充血し、肉付きのいい頬がぶるぶる震えている。

「その態度はどういう意味だ。君は腹を立てているのかね。これは面白い。何に腹が立つのか言いたまえ。異論があるなら聞こうじゃないか。さあ、言いたまえ！」

尚紀はすっくと立ちあがった。尚紀の斜め下に沢井の脳天があった。頭の周辺は黒々とした毛に覆われているが、なぜか中央は極端に毛が少なく、丁寧に撫でつけた毛の間から地肌が透けて見える。毛根のあたりに滲み出た汗が蛍光灯に照らされ、そこからゆらゆら湯気が立ち昇ってくるようだ。

尚紀は、部屋の隅に置かれている梱包用の角材を思い浮かべた。この薄桃色の、不潔な臭いを放つ脳天に、思い切り角材を打ち下ろす。頭のてっぺんから鮮血が飛び散る。沢井の体が床に倒れる。その様をまざまざと想像できた。尚紀の両手がその指令を待っているようだ。

尚紀の目は沢井の頭に釘付けになったまま動かない。沢井健吾の顔に一瞬緊張が走り、上体を反らすようにして尚紀を見返した。

尚紀は沢井を見ながらにやりと笑った。突き上げてくる凶暴なエネルギーを、笑いに転化することで消化させたのだ。

沢井が食い入るように尚紀を見ている。尚紀はもう一度笑い、言った。

「僕は何をどうすればいいんです？　育英舎の社長に同行して、取引先へ出向いて詫びを言いますか。確か、幼稚園と保育所をあわせると、その数は三百ほどでしたね。育英舎は僕の担当ではなかったが、そのくらいは知ってますよ。顧客は全国にまたがっているから、一ヶ月、いや二ヶ月はかかるでしょうね」

尚紀は、非現実的なことを嫌味たっぷりに言いながら、それも悪くないと思った。全国をお詫び行脚する。いいことだ。

育英舎の社長の脇に控え、幼稚園の玄関で深く頭を下げる。心とは裏腹に神妙に振舞う自分を想像すると、おかしくて、声を上げて笑いたくなった。詫びの言葉ならいくらでも言える。セールストークと同じくらいに、謝罪の言葉は常に幾通りも準備してあるのだ。

尚紀の愉快な想像を打ち砕くように沢井健吾が吼えた。

「君は、自分の立場というものを認識しているのかね。君が詫びに行ってどんな効果があると思っているんだ。幼稚園や保育所の取引先は育英舎。当社ではない。先方にとって印刷会社の君の存在などゼロだ。いいかね、存在ゼロの君がのこのこ現れたら、混乱して怒りが倍増する。まったく、君の神経はどうなっているんだ！」

口角泡を飛ばすとは、今の沢井を言うのだろう。尚紀は震える手を握り締め、沢井を睨んだ。沢井も尚紀を睨み返す。

「とにかく、今回の失態にどう対処するか、君の対処法を文書で提出したまえ。明日中にだ。いいかね、明日中だ！」

沢井は向きを変え、荒らげた声のまま「津山さん」と、呼んだ。

この部署の責任者である津山信夫が、弾かれたように立ち上がった。他の社員も背を伸ばして沢井を見た。どの顔も緊張している。

「社内が禁煙なのは承知でしょう。違反者には注意すべきです。遠慮か、無関心か分からんが、いずれにしても間違いです！」

ひと回り以上も年下の沢井健吾に叱責され、津山信夫は深く頭を下げた。沢井は他の社員には目もくれず、荒々しい足取りで立ち去った。

嵐が過ぎ去り、室内に静寂が戻った。同僚たちは一言も言葉を交わさず、作業の続きを始めた。まるで、何事もなかったかのように。

「津山さん、とばっちりを受けちゃいましたね。これからは遠慮なく注意してください」

尚紀は笑いながら言った。津山信夫は聞こえないような素振りでボールペンを走らせている。尚紀は津山信夫が嫌いだ。沢井健吾の次に嫌いな人間だった。嫌いだが必要な男。津山に三百十万の借金がある。尚紀はタバコをポケットに入れ、沢井が出て行ったドアから廊下へ出た。仕事をする気などない。対処法を考える気もない。

午後三時という中途半端な時間。

喧噪のなかを、津山信夫に金を借りる口実を考えながら歩く。最近の津山は貸し渋っている。利息の一部だけでも返済した方が、借り入れはうまくいく。そんなことは百も承知だが、今の尚紀にはその一部さえ調達できない。

津山に利息を払うために高利な金を借りるなど愚かなことだ。それに、無理して利息を払っても、その後で、新たに貸してくれるとは限らない。利息だけ取られて、貸してもらえないのでは利息を払った意味がない。何かいい方法はないだろうか。

仕事の失態は頭から吹き飛び、考えは金の調達、そのことだけに占められた。早く金を工面しなければ今の生活が脅かされる。それだけは避けたい。

不意に思考が中断され、人波の中で立ち止まった。一瞬、自分がどこにいるのか分からなかった。考えることに夢中で、どこをどのくらい歩いたのかも分からない。顔を上げ周りをゆっくり見渡した。

落ち着いて見れば馴染みの景色だ。巨大な家電量販店がある。都市銀行と地方銀行が隣接している。高名な紳士服店。雑居ビルのそれぞれ見慣れた看板。時々立ち寄るカフェ。その先に横断歩道があり、そこを渡ると新宿駅東口の地下へ下りる入口がある。習慣とはおそろしい。雑念だらけのそぞろ歩きのはずが、足は勝手に通勤駅に向かっていた。

これといって当てがないのだから駅に行くしかない。

歩き始めてすぐ、尚紀は前方に目を凝らした。向こうから見覚えのある顔が歩いてくる。人波に見え隠れしているが確かに知った顔だ。尚紀の歩調が自然に遅くなる。すれ違う人が尚紀の体にぶつかるようにして通り過ぎる。誰だっただろう。思い出せない。その男は女連れだった。

思い出せないまま、男と連れの女性は尚紀の数メートル前まで近づいていた。男と尚紀の目が合った。一瞬の間があったあと、

「三原さん！」

男はそう言って、びっくりした顔のまま立ち止まった。

尚紀は曖昧に笑った。まだ名前を思い出せない。連れの女性が不自然ではない程度に後ろへ下がった。そんな三人にお構いなく、人の群れは前へ後ろへと流れて行く。

「わるい。誰だったっけ、顔は覚えているのに名前が出てこない」

尚紀は正直に言った。

「古賀（こが）です」

「ああ、そうだった。古賀君だった。しばらくだね、元気だった？」

「ええ、三原さんも変わりないですね。元気そうです」

尚紀は笑顔をつくり、頷（うなず）いて見せた。古賀の下の名前を思い出そうとするが思い出せない。

たぶん、初めから知らないのだ。同じ二課だったが、席が離れていて、歳もだいぶ違うので付き合いはなく、顔が合ったときに挨拶をする程度だった。

古賀が大空印刷を退職したことは知っていた。退職理由は実家の家業を継ぐため、そう聞いたと思うが、古賀の実家がどこなのか、どんな家業なのか知らない。

男にしては色白の古賀の笑顔は、健康的でつやつやしていた。眉が濃く切れ長の目、鼻梁(びりょう)が高く、なかなかの好男子だ。笑うと目尻が下がり、人の良さが滲み出る。もともと人懐っこい性格なのだろう。

スーツ姿の古賀しか知らないから、Tシャツにジーンズ姿が新鮮に思える。適度の長さにカットされたヘアスタイルは清潔で、さりげなくお洒落。尚紀は瞬時にそんなことを観察した。尚紀は男女を問わず、容姿や服装に目が行くほうだ。古賀の年齢は二十代半ば過ぎと思うが、顔のつくりとラフな服装のせいだろう。まるで学生のような雰囲気だった。

古賀は手ぶら、斜め後ろにいる女性は、洒落たバッグを持っている。

「仕事?」

「いえ、すぐそこへ買い物に行くんです」

古賀がそばの娘に目を遣り、照れくさそうな顔をして「友達です」と言った。はたち前後の、それこそ学生のような娘が、微笑んでお辞儀をした。

　そのお辞儀の仕方に尚紀は少し意外な気がした。白い肌、下膨れで目鼻立ちのくっきりした顔立ち、多くの若い娘がするように、ストレートの髪を背中の中ほどまで伸ばしている。着ているものも、透けるような生地の半袖ブラウスに、ジーンズ。要するに典型的な今風の若い女性のスタイルだ。

　そんな彼女が、片手で持っていたバッグを両手に持ち直して膝の前に置き、まっすぐ尚紀を見ながら丁寧にお辞儀をした。今の若い娘にこんなお辞儀をする人はめったにいない。

「お茶でもどう？」

　心にもないことだが一応そう言って古賀を見た。

「残念ですけど、ちょっと急いでいるので、これで失礼します」

　古賀も心にないことなのだろう。儀礼的な言葉を言って、ぺこんと頭を下げると、三歩ほど後ろにいる彼女を促すようにした。彼女はかすかに頷き、尚紀に軽く頭を下げた。二人は背を向け、雑踏の中を歩いていった。

　尚紀は横断歩道を渡り、東口改札口への階段を下りた。

　何もすることがないのだから家に帰るしかない。尚紀は改札口に向かいながら、別れたばかりの古賀と連れの娘を思った。古賀は友達だと紹介したが、たぶん恋人だ。古賀の照れくさそうな顔がそう語っていた。似合いのカップルに思えた。

コンコースを歩きながら思う。自分と亮子を他人が見たらどう思うだろう。似合いの夫婦と思うだろうか。そんなこと、今まで考えたことがなかった。

亮子は家事、特に料理が苦手だ。まるまる自分で作るのは野菜サラダくらい。あとの惣菜は、いつの間にか出来上がっている。たぶん、出来合いのものを買い、それにちょこっと手を加えて器に盛り、テーブルに並べるのだろう。それを亮子は鼻歌交じりにする。それも聞いたことのない曲、そして同じ曲は二度と歌わない。即興で作詞作曲をするから、同じ歌を再生することはできないのだ。

亮子とは高校が同じだった。尚紀が三年になったとき、亮子が入学してきた。二人とも電車通学だった。同じ路線だったから、電車の中や通学路でときどき顔を合わせた。

亮子に特別な感情を抱いていることに気づいたのは、夏休み明けの頃だったと思う。その日、久しぶりに電車内で亮子を見かけたとき、胸が高鳴り、頬が火照った。その時の感覚を今でも思い出すことができる。

十六歳の亮子はことさら美人というほどではなかった。印象的なのは笑顔。友達としゃべりながら亮子はよく笑っていた。その笑顔には、十八歳の尚紀を惹きつける何かがあった。口元が綺麗なことも分かりやすい理由の一つと思うが、亮子は顔全体で笑う。瞳の奥まで笑っていた。そんなに近くで見ていたわけではないが、尚紀にはそう思えた。はじけるような笑顔という言葉が当てはまると思った。

その笑顔はおおらかだった。豊かだった。温かかった。亮子には不幸なことなど何もない。尚紀をそんなふうに思わせる笑顔だった。尚紀は、亮子の笑顔が好きだった。亮子の醸(かも)し出す、平和で屈託のない雰囲気が眩(まばゆ)かった。亮子を遠くから見ながら、いつもそう感じていた。

尚紀はテニス部、亮子はコーラス部。秋の文化祭で、コーラス部員が合唱を披露(ひろう)した。曲名を今でも覚えている。《流浪の民》と《月光とピエロ》。

尚紀は、ステージ右寄りの中段で歌う亮子だけを見ていた。

亮子と親しく話をするチャンスもなく、尚紀は高校を卒業した。

亮子と再会したのは、二十八のとき。偶然にも、高校生の頃利用した電車内だった。尚紀は仕事の帰りで、シートに体を預け手帳を開いていた。営業の仕事に燃えていた頃で、その日の仕事が終わると、明日のスケジュールを確認し、段取りを頭に刻み込む。そんな毎日だった。

手帳を閉じてポケットにしまいながらふと視線を感じ、顔を上げた。斜め前のシートに若い女性が座り、思案げな顔をして尚紀を見ていた。尚紀は、ふた呼吸ほど女性を凝視し、そのあと、声にならない声を上げて腰を浮かしかけた。女性に満面の笑みが広がった。

杉浦亮子がそこにいた。十年ぶりに見る亮子の笑顔。その笑顔は十年経っても変わっていなかった。尚紀の胸に溢れんばかりの感動が広がった。笑おうと思っても胸がつかえて笑えない。あの瞬間、尚紀の顔はぎこちなく歪んでいたと思う。

亮子が尚紀を覚えていたことが意外だった。素直に嬉しかった。

あの日から八年過ぎている。

中央線のホームへ上がった。

明日は欠勤するつもりだ。まだ有給休暇が残っている。昨日までは、夏のボーナスを手に入れ、新しい就職先が決まってから退職。そう思っていたが、今日発覚したミスが、そんな悠長なことを言っていられない状況に追い込んだ。

亮子にだけは知られたくない。亮子に話すときは新しい仕事が決まってから。それも、亮子に自慢のできる仕事でなければならない。そうそう簡単には見つからないだろう。

2

津山信夫がトイレから戻り、椅子に座った。

よくトイレに行く男だ。何回かこんな風に会っているが、その間に必ずトイレに行く。行くと長い。男性特有の泌尿器系の病を持っているのかもしれない。年齢的にも頷ける。

津山が武骨な手でコーヒーカップを持ち、

「私はコーヒーが好きでしてね。ここ数年、コロンビアと決めています。独特の香りとコク、舌に残る、程良い酸味が自分に合っている。客が来ると振舞うんですが、みんな褒めてくれます」

そう言いながら、さほど旨いと思えないコーヒーを飲んでいる。津山のコーヒーの趣味など、どうでもいい。

客のまばらな喫茶店。二人ともタバコを吸うから喫煙室にいる。客は津山と尚紀だけ。こんな話をするには都合がいい。

「五十万なんですけどね、頼みますよ」

尚紀はタバコをくわえ、上半身を反らして目を細めた。タバコの煙がしみたからだ。どう見ても、人に金を借りるときの態度ではない。それは分かっている。だが、この男を前にすると、なぜか尊大になってしまう。人間の心の奥底には、他者への攻撃欲求が潜んでいる。そんなことを聞いたか読んだかしたことがあるが、この男にはその欲求を刺激する独特の雰囲気があるのだ。

同じ部署に就いて四ヶ月だが、尚紀はこの男を他の誰よりも軽く見ていた。彼のやることなすことになぜか苛立ちを覚える。それは直しようのない感覚だった。そんな奴に、こうして借金を請う自分にも腹が立つ。

月末には亮子の管理する銀行口座へ四十万円振り込まなければならない。普段は二十万円だが、今月はボーナス月だから二十万円プラスされるのだ。亮子も同額を振り込む。これは結婚当初からの決めごとで、それさえ履行すれば残りの金についてはお互いに干渉しない。亮子は尚紀の給料を知らないはずだ。尚紀も妻の給料を知らない。

尚紀は金があればあるだけ使ってしまう。ギャンブルは一切しないが、お洒落で身につけるものに金を惜しまない。そして旨い物好きだった。営業マンだから昼食はほとんど出先で食べる。ファミレスは決して使わない。ちゃんとしたレストランで好きなものを注文し、一人でゆっくり食べる。仕事中だから酒は呑まないが、ソフトドリンクの値段もばかにならない。

通帳の残高は常に十万前後。結婚以来そんな状態だった。それで何事もなく済んでいた。だが、今の収入は営業時代の七割。今月の四十万は振り込めない。そんなことは過去に一度もない。振込額が減ったり、振り込みができなかった場合、亮子が不審に思い、理由を追及するだろう。

尚紀は改めて津山を見た。

こめかみに老人特有のしみが浮き出ている。目も鼻も小さく、そのぶん口が大きい。その厚い唇は色素が濃く紫色で、笑うと黄色い大きな歯がむき出しになった。背は高く痩せていて、前かがみに顔を突き出すようにして歩く。六十五歳とは思えないほど老けていた。

津山が、短くなったタバコを、灰皿のなかで押しつぶし、「いよいよですよ」と言った。尚紀は、何のことか分からず黙っていた。

「六月が誕生月ですからね」

「定年？」

「ええ、明日です」

どう答えていいか分からず、沈黙した。尚紀は四日前から一週間の有給休暇をとっている。検査ミスが尾を引き、出勤するのが億劫なのだ。その間、辞表を出すべきかどうかを真剣に考え、辞表を叩きつけたときの沢井健吾の顔を想像しながら、吹き荒れる憤怒と戦っていた。

津山の退職などどうでもいいが、明日とは思いがけない。まだ数ヶ月先と思っていた。問題は金だ。今現在、少なくとも手元に三十万はほしい。だが、胸の片隅で嫌な予感が広がっている。

津山は、その分厚い唇でコーヒーを飲むと、「それでですね。今までお貸しした金を、早急に返済していただきたいのです」。小さい声でさらりと言った。尚紀は、予感が当たったと思いながら、腹のなかでは笑っていた。津山への借金をそれほど深刻には考えていなかったし、現実的に返済はできない。返済するのは新しい仕事が決まり、経済力が安定してからのこと。なぜか分からないが、津山と同じ部署で過ごした数ヶ月の間に、それで問題ない、そんな気持ちになっていた。

「息子夫婦がニューヨークの赴任先から東京に戻ることになりましてね、今のマンションを息子に譲り、私はもう少し小さいマンションを買います。この年ではローンは組めませんから、現金が必要なんですよ。マンションはどんなに広くても核家族向きにできています。それに、一人暮らしに慣れてしまいましたから、いまさら息子夫婦と暮らす気はありません。こぢんまりしたマンションでのんびりと暮らします」

津山信夫は、歯切れの悪いぼそぼそとした言い方でそこまで話すと、新しいタバコに火を点けた。

「家内が若年性認知症になりましてね、そこに心疾患が重なり二年前に死にました。結局、一人になったんですが、一人で住むには広すぎるし、贅沢です。そこへ息子の帰国が決まり――」

「いくらだったっけ、残りは」

尚紀は分かっているのにわざと聞いて津山の話を遮った。津山の老後の生活設計などに興味はない。そんなことより、尚紀の頭を占めているのは、新たな借金ができなくなった焦燥(しょうそう)と、返済を迫られている現実だった。

津山はそばに置いてあるカバンを開けた。なかに紺色のファイルが見える。彼はファイルから数枚の用紙を出し、ざっと目を通すと言った。

「三百十万です」

「そんな大金、いきなり言われてもどうにもならないな」

「大丈夫です。どうにかなります。十日もあれば充分です」

津山の言い方は断定的だった。尚紀は混乱した。彼の言っていることが理解できない。尚紀には金がない。それは事実だ。十日で三百十万がどうにかなる。どういうことだ。混乱と困惑のなかで、得体の知れない不安が胸に広がっている。

津山の利子は高い。消費者金融と同じだ。それでも津山に借りるのは、安心だからだ。消費者金融には、尚紀には太刀打ちできない巨大な組織力がある。それに比べ、津山は個人営業。津山一人をあしらうことなど、どうということはない。尚紀はそんなふうに高を括(くく)っていた。

津山はタバコの煙をゆっくり吐くと、顔を尚紀に向けた。

「高齢者は持ち家でないと安心できません。自分の家さえあれば、息子に頼らなくても年金でなんとか暮らしていけます。その点、三原さんは安心だ」

「え？」

「三原さんは、立川に一戸建てを持っている。高松町でしたねえ、確か」

津山はそう言うと、タバコの灰を灰皿に落とし、声を立てずに笑った。小さい目を囲むようにしわが寄り、厚い唇の間から大きな歯が覗いた。尚紀は、いつも侮蔑しているその醜悪な顔に、冷やりとする恐怖を覚えた。さっきからの何げない話題のなかに、津山の一貫した意図を感じる。

「実は、次の就職先が決まりましてね――」

突然、話が飛んだ。

「営業で張り切っていた三原さんは知らないでしょうが、私は五年前まで船橋市の千葉支社にいました。経理課です。妻の介護のために本社への転勤を願い出たんですよ。自宅が代々木ですから、新宿にある本社は都合がいい。どこの部署でもよかったんです。その頃は何より妻が優先でした。特殊な病気でしたから、施設に預けるという選択肢もありましたが、私はそうはしなかった。昼間は家政婦を頼み、五時になると一目散に帰宅しました。家政婦の費用が施設に入るよりも高いんです。費用の半分は息子が出してくれましたから何とか乗り切ることができました。今でも、それでよかったと思っています」

まったく知らない話だった。てっきり何か不始末をしでかし、検査部に回されたと思っていた。単純作業しかできない無能な社員と思い込んでいたが、元経理マン。言われてみれば、なるほどと思える。津山は几帳面。印刷物のチェックも実に丹念に行う。確かに経理には向いているだろう。だから何だと言うのか。津山の過去などに興味はない。そんなことよりも、十日もあれば充分とはどういうことだ。

津山が、尚紀の心を見透かしたように薄笑いをした。気味の悪い笑い方だった。

「私も七十歳までは現役でいたいと思ってましたから、決心しました。――富士商会です」

尚紀は息を呑み、言葉を失った。

「金の管理にはまだ自信があります。そこを買われたようです。金は使うためにあるもの。貯めるためではない。金が世の中で回り、人や企業に影響を与えて初めて価値が出る。まあ、こんなことは三原さんも先刻ご承知と思いますがね」

指先でタバコの灰を叩きながら、津山がちらりと尚紀を見た。

「私が身近な人の力になろうと決心したのは、妻の保険金を手にしたときです。子どもが生まれてすぐ、夫婦がそれぞれの受取人で生命保険に入りました。これはどこの家庭も同じ。人間、いつ何があるかわからない。家長としての義務です。しかし、その保険金を預金しても銀行が喜ぶだけ。利子は知っての通りゼロに等しい。そこで思いついたんです。個人融資を。想像以上に声をかけてくる人がいましたよ」

津山の腹積もりがようやく分かった。富士商会は大手とはいえないが、昔でいうところのサラ金業界では名が知れている。現に尚紀が二回ほど利用したたちばなローンは、富士商会の系列会社だ。津山はもっともらしく金銭哲学まがいのことを述べながら、実は、富士商会を後ろ盾にして、尚紀から金を回収しようとしている。

目の前に座る津山の姿が、巨大な岩のように思えた。あれほど軽く見ていた干涸びた老人が、尚紀にのしかかり、羽交い締めしようとしている。こんな窓際男に負けてたまるか。尚紀はコップの水をいっきに飲み干し、肩を聳やかして言った。

「それはよかった。金を貸すのも人助け。で、十日もあれば充分とはどういうことです？」

嫌味を言ったつもりだが、内心、津山の次の言葉を恐れていた。

「三原さんの家の土地面積は百二十坪。建物に価値はないが、土地はたいしたものです。立川駅から歩いて十五分。現在、坪九十五万」

「よく知ってますね。調べたんですか？」

「調べたわけではないですが、情報として入ってきます。三原さんの若さで土地つき持ち家というのは珍しいですからね。いろんなところで話題になります。それで以前、立川に用事で行ったとき、帰りに見せてもらいました。閑静な住宅地ですね」

「まるでプロだな」

津山が、親指と人差し指でタバコを摘みながら、喉の奥で笑った。津山はタバコを根元まで吸う。そのいじましい吸い方が尚紀をイライラさせる理由のひとつだが、今は、指先が焦げそうになるほど短くなったタバコが、津山の隠された図太い神経を連想させた。津山がようやくタバコをもみ消した。

「他人に金を貸すんです。相手の資産に無関心な人はいない」

「人の土地を無断で値踏みする。不愉快だ」

「ご本人に断ってからすべきでしたか？　しかし、それもまた、妙なものだ」

尚紀は沈黙した。今日津山を呼び出したのは、新たな借金の申し込みのためだが、あわせて、津山の定年退職日をそれとなく聞きだす目的もあった。その上で、自分の進退をどう位置づけるか判断するつもりでいたのだが、見事に先を越された。

しかも、話は予想外の方向に展開し、その内容は深刻で切迫している。そんな尚紀に、津山が追い討ちをかけた。

「あなたが、たちばなローンに百三十万の借入のあることは知っています。消費者金融から借りることは容易い。だが、返済となると想像以上に難しい。これに付け込むのが闇金融。こちらは次元が違う。仏のような顔で貸して、取り立てるときは鬼になる」

「脅迫しているんだ」

「とんでもない。あなたのためを思って、参考意見を述べているんです。昔の人はうまいことを言いました。借りる時の恵比須顔。返す時の閻魔顔。闇金とは逆です。つまり、人間は身勝手だということですよ」

いつの間にか、「三原さん」から「あなた」に変わっていた。その話し方もぼそぼそ話す雑談風から事務的で毅然とした口調になっていた。完全に形勢が逆転している。目の前の津山信夫は、攻撃欲求を刺激する弱者ではない。逃げ場を失い怯えている小動物に銃を向けるハンターだった。

「銀行というのは調査や手続きに時間がかかる。たちばなローンに相談してみたらどうです？　消費者金融というと悪いイメージがあるが、昔のサラ金とは違う。今は法に則って営業している。つまり、利用者は法に守られているということです。本当の悪は闇金。闇金に手を染めたらおしまいだ」

「津山さんさあ、あんた、何人に金を貸しているの？　俺だけじゃないことは分かるけど、うちの社員だけ？　それとも、外にまで手を伸ばしている？」

そんなことに興味はないし、正直に話すとは思っていないが、津山の話を遮るために聞いた。いい気になってしゃべり続ける不愉快な話にうんざりしているのだ。津山が尚紀をちらりと見、唇を歪めるようにして笑った。

「はい。何人もいます。私は明日退職しますから、少しは話してもいいでしょう。なかには横領の補塡に充てるなどという例もあります。これも人助けと思いませんか」

尚紀はびっくりして津山を見た。

「横領？　うちの社員が？」

津山はそれを否定も肯定もせず、

「決算期が迫っていたから、それまでに清算しなければ身の破滅。消費者金融にすがるしかなかったが、消費者金融は印象が悪いし、なんとなく不安。――まあ、ここまでにしておきましょう。三原さんには関係のないことです」

津山の歯切れが悪くなった。話したことを後悔しているようだ。そうなると余計聞きたい。

「そこまで話したらみんな話したのも同然。つまり、その人間があなたの副業を知り、融資を頼んだ。そういうことでしょ。そして、あなたは金を貸した」

「まあ、巡り巡って、とでも言いましょうか。結果的にそうなった」

津山は用心深く言葉を選んでいる。大空印刷の人間かそうでないか、明確な答えは避けたが、尚紀は大空印刷の人間と確信した。そうでなければはっきり否定すると思う。しかし、横領とは悪い奴がいるもんだ。それも同僚のなかに。尚紀の事情とはまったく違う。横領は犯罪だ。たぶん、経理か営業の人間だろう。知っている顔を次々に思い浮かべたが、見当がつかない。思わず、「誰？　営業か経理でしょ？」と、訊いた。

「三原さん、あなたは人のことにかまっている場合じゃないでしょう」

尚紀は体の力を抜いた。確かにそうだ。人のことなどどうでもいい。自分の足もとに火が点いている。それにしても、驚くばかりだ。津山とは、古家の周りをちょろちょろしている鼠(ねずみ)のような男。心のなかでそんなふうに蔑(さげす)んでいた。

「富士商会には八月一日から勤めますから口添えしますよ。それほど面倒な手数はかかりません」

そう言うと、津山は一人で何度も頷いた。顎(あご)を引くたびに首の皺(しわ)がワイシャツのカラーに触れ、干涸びた皮膚が別の生き物のようにくねくね動く。津山は真夏でもきちんとネクタイをする男だが、鶴(つる)のように細く、皮膚のたるんだ首にカラーが食い込んでいるのを見ていると、尚紀は指先がむずむずしてくる。ネクタイの結び目を解きたくなるのだ。そうすれば本人も楽になり、尚紀もすっきりする。今もその衝動に駆られ、津山の首に手が伸びそうで困った。

津山が、背中をシートに預け、小さい眼でじっと尚紀を見ている。

津山は眉が薄い。そのせいだろう。見据えられると凄みを感じる。気持ちを切り替えなければならない。今まで津山に持ち続けてきた強気を取り戻さなければならない。尚紀は自分を叱咤した。

「なぜ、あと十日なんです？　そんな約束をした覚えはない！」

津山がにやりと笑い、哀れむような顔つきで言った。

「あなたは、私と取り交わした借用書の内容を忘れているようだ。いいですか？　借りた日から一ヶ月後が返済日。その日に返済できない場合は利息だけ払う。最後の利息をいただいたのが六月の半ば。ということは、五回に分けて貸した金は全て、返済期限が切れている。気にはなっていたんですがね。あなたはこの頃、考えごとをしていることが多いようだから、言いそびれていた。しかし、もう待てません。私にも事情が生じていますから」

「あなたの行為は会社に対する背信行為だ。社員に高利で金を貸す。そんなあくどいことが許されるのかな。もし、これから僕が会社に告発すれば、あなたの退職金に響いてくるんじゃないの」

津山が声を立てて笑い、その醜い笑い顔を尚紀に向けた。

「三原さん、個人間での金の貸し借りは日常的なことで、誰でもやっている。利息を取ろうと、無利息無証文だろうと、それは個人間の約束事。それに私は、出資法の上限金利を超えていない。つまり、違法なことはしていない。そんなことにどうして会社が立ち入りますか。告発などしたらあなたのほうが恥の上塗りですよ。――とにかく、借りた金は返す。当たり前のことです。まあ、土地を担保などというのは言葉の綾でしてね、金の調達方法は自由だ。あなたはれっきとした大空印刷の正社員。消費者金融なら喜んで融資します。私は、十日以内に全額返してもらえればそれでいい。だが、期日までに返済のない場合は考えますよ。八月一日以降、私は富士商会の人間になる。そのことがどういう意味かよく考えたほうがいい」

津山は、ときどき唇を舌で湿しながらしゃべった。

尚紀は、津山の重たげに動く厚い唇を呆然と見ていた。津山がこれほど雄弁とは知らなかった。職場では実に無口。特に、尚紀とはなるべく目を合わせないように気を使っている節があり、卑屈と思えるほど控えめ。それは、同僚に高利で金を貸している。その後ろめたさの表れと思っていたがとんでもない思い違いだった。

「老婆心ですがね。借金はきれいにしておかないと、今の生活が脅かされる。とにかく、どういう結論であろうと連絡ください。あさってからは自宅にいます。電話番号は知っていますね」

津山はタバコとライターを重ねて立ち上がり、レシートを持って喫煙室を出て行った。前かがみの姿が歩いていく。社内で見慣れたうらぶれた姿だ。あの細長い、病み上がりのような体のなかに、図太く陰険で、強欲な根性が潜んでいた。尚紀は悪夢を見ているような感覚で津山の後ろ姿を見ていた。

心底津山を憎いと思った。あの鼠のような目で、いつもおどおどしていた津山が突然ふんぞり返り、唇を舐め舐め、長々と講釈を述べたのだ。津山は、明らかに尚紀を征服していた。窓際のネズミ男め！

尚紀は自分も窓際の人間であることを忘れ、津山を罵った。

3

非通知の電話で志村英美に誘われた。「奥さんに知られたら困るでしょ」。志村はそんなふうに言う。尚紀は少しも困らないが、反論するのが面倒くさいから、好きなようにさせている。

待ち合わせ場所は東京駅。

志村はコンコースの柱の陰に立っていた。腕時計を見ると五時五十五分。混雑を極める通路を斜めに横切り、彼女の横に立った。志村が口元だけで笑った。

「時間通りですね、さすが営業マン。さっそくですけど、一緒に来てくださる？」

志村はそう言うと歩き出し、八重洲通りへの出口の横にある階段を下りた。尚紀はわけの分からないまま志村に従った。地下は名店街。通路が縦横に走っている。当然土産物店が多い。旅行者が熱心に品物を選び、ショッピング目的の若者がぶらぶら歩きで店内を覗き、勤め帰りふうの人たちが足早に通り過ぎる。

志村はそんな人ごみのなかを無言で歩いていく。行き先は決まっている。そんな意志が細い背中に表れていた。この通路を歩きなれているようだ。

角を二回曲がり、しばらく歩いたところで立ち止まった。雰囲気ががらりと変わり、落ち着きと格式を感じさせる専門店が並んでいる。志村が後ろを振り向き、顎を引くようして尚紀を見た。わけの分からないまま彼女の横に立った。

「そこのシャッターの下りたお店、よく見ておいてください。張り紙も読んで」

そう言って、彼女は斜め前の店舗に目を遣った。けっこう間口の広いそのシャッターには張り紙がしてあり、《店内改装のため、七月十五日から二十五日まで休ませていただきます。店主》。そう書かれていた。

志村の意図が分からない。尚紀はシャッターを見、志村を見た。彼女が小さく頷いた。尚紀は首を傾げ、もう一度シャッターに目を遣ったが、下りたシャッターを見ていてもつまらない。両隣の店舗を見る。左隣が、アネモネという名の店。貴金属と革製品を置いているようだ。右隣が、ダイナミックというメンズショップ。アネモネには客はいないが、ダイナミックには若いカップルが二組いた。

「もういいわ、行きましょう」

志村は唐突に言うと尚紀を促し、もと来た道を足早に歩き出した。なんてことはない。休業中の店のシャッターを見にきただけだ。尚紀は気だるい体を持て余すような足取りで歩いた。地上への階段を上がりきると志村が言った。

「食事でもどうかしら？」

「いや、食事はいい」

これ以上、彼女に付き合う気はない。早く一人になって旨いコーヒーを飲みたい。

「では、コーヒーにしましょう。実は話したいことがあるんです。三原さんに」

尚紀に有無を言わせないようなタイミングで、コンコースのなかにある、軽食喫茶に入っていった。彼女に従うしかない。しぶしぶ店内に入った。

その店の雰囲気は独特だった。大きな荷物をそばに置き、熱心に通訳を聞く外国人のグループ。一人でコーヒーをすすり、競馬新聞を見る中年男。ノートパソコンを操作するビジネスマン。地方なまりの大声で話す夫婦らしいカップル。いかにも都会っ子と思わせる若い女子グループの笑い声。客層に統一性がない。それに騒々しい。客の出入りも多く、外の騒音がそのまま店内に流れ込んでいる。

店の奥に喫煙席がある。そのテーブルに志村と向かい合って座った。

コーヒーが届いた。二人が同時に飲んだ。まずいコーヒーだ。

志村はタバコに火を点け、煙を深く吸い込んでいる。尚紀もタバコを吸うが、女性がタバコを吸うのは嫌いだ。彼女の厚い唇の周りに紫煙が漂った。

「二ヶ月程前、聞いたんですけど」

「え？」

「さっきの店」

「ああ、休業中の。それがどうしたの？」

「知人から情報が入ったんです。あの店が売りに出されるって。閉店って書くと印象が悪いでしょ。だから、当面は、ああいった内容にしておくってわけ」

志村が灰皿の上でタバコを叩きながら尚紀を見つめた。彼女の言っていることが分からない。尚紀は首を傾げた。

「あの店、高級品ばかりを置いているブティックなんです。私、前からブティックを経営したいって、その知人に話していたので知らせてくれました。すぐ見に行って、一目で気に入ったわ。あの店を閉めるのは、経営不振から手放すのではなく、経営者夫婦の個人的な理由だということも聞きました。現に、十四日まではお店を開いていて、かなり繁盛していたんですって。私が話を聞いて見に行ったときも、お客さん、何人もいたわ。扱う品は国内外のブランド物がほとんど。当然客層もそれなりの――」

「ちょっと待ってよ。志村さん、いったい何が言いたいの」

「もう少し聞いて」

志村はタバコを消し、しばらく灰皿に目を当てていたが、その目を尚紀に向けた。

「私、経営者の妻と直接会いました。これは私の想像なんだけど、店を手放す理由、夫婦間で離婚話がこじれた結果なんじゃないかって思う。――そんなことはどうでもいいんだけど、居ぬきで保証金が二千万。私、もともとブティック経営は人生の目標だったから、そのための預金はしていたし、資金面では他に目算もあったから、決心したの。私以外にもう一人希望者がいたんだけど、手付金を払ったのは私の方が早かった。その手付金の一部を津山さんに借りたんです。半年で返済する約束で。急な話だったから、当てにしていたお金も、すぐというわけにいかなくて、それで――」

志村が堰を切ったように話す内容に緊張し、目に力の入るのが分かった。話のなかに津山の名前が出たことに意表を衝かれ、志村が津山に金を借りているという予想外のことに驚いた。だが、そんな個人的な話をなぜ尚紀に聞かせるのか。彼女の意図が分からない。

「それで？」

「三原さんに、いろいろな意味で協力者になってもらいたいと思って」

「協力者。僕が？　何の？」

「何のって、ブティック経営のです。ブティックとはいえ、事業でしょう。大企業と零細企業の違いはあっても、事業を経営することに変わりはないと思う」

尚紀はよく理解のできないままタバコに火を点けた。細かくは分からないが、今まで興味のないまま聞き流していた話が、急に身近なこととして胸に迫ってくる。ついさっき見た閉ざされたシャッターが脳内に再生された。

「どんなに小さい事業も、経営には協力者が必要なの。一人で何もかもやるのは無理。私ね、以前から三原さんのファッションセンス、認めているのよ」

そう言って、志村が尚紀の全身にさらりと視線を這わせた。

尚紀はお洒落だと自任している。全体的に細身で均整がとれているので何を着ても見栄えがする。それも自任している。身に着けるものに金は惜しまない。

「女性が洋服選びに迷っているとき、男性のひと言、ひと押しが効果的なこと知っています？　三原さん、そういう意味でも営業力あるわ。でも今は宝の持ち腐れ。そうでしょ？　知っているんです。三原さんが津山さんと同じ検査部にいること、それから、彼にお金を借りていることも」

尚紀は息を呑み、志村を睨むようにした。顔が強張るのが分かった。

「誰に聞いた？　津山？」

「そんなこと自然に耳に入ってきます。大空印刷の営業さんを何人も知っているし、もう五ヶ月になるんですってね。大空さんも、もったいないことするわ。沢井部長、三原さんの営業能力、分かってないのかしら」

志村はそこで言葉を切り、尚紀の言葉を待つように、椅子の背に体を預けた。

「お金のことだけど、誰から聞いた？」

「心配しなくて大丈夫。営業の人から聞いたんじゃないですから」

「やっぱり、津山本人から聞いたということだ」

英美は意味ありげに微笑んでいる。

「口の軽い金貸しか。最低だな。――じゃあ、横領の件も話したでしょう？」

「ああ、そのこと、三原さんも聞いたってことね？」

「まあね。あいつ、その男の名前、しゃべった？」

「そこまでは言わなかったけど、三原さん今、男って言ったでしょう。その人、男なんですか？　誰って言っていました？」

「いや、男と言ったのは単なる勘。女性とは考えにくいから」

「なんだか、知っているって感じ。誰なんです？」

志村は興味深そうに尚紀を見つめている。尚紀はタバコを灰皿に押し潰し、

「それは言えない。津山と違って、口は堅いつもりだ。それに、志村さんに名前を言っても分からないと思う。うちは大所帯だからね」

尚紀は思わせぶりにそう言ったが、横領男は営業か経理の人間と思ったのは尚紀の独断だ。だが、誰なのかは見当もつかない。興味も失った。人のことどころではない。自分のことで精一杯なのだから。

「そうですよね。他人のことはどうでもいいわ。それよりもブティックの話。今すぐ返事を聞きたいなんて思っていません。ただ、物件を見たとき、すぐ三原さんが思い浮かんだんです」

「志村さんなら、協力者の候補、大勢いるだろうに、なぜ、僕なのかな」

「それは、いないことはないわ。でも、帯に短し襷に長し。適任者ってそうそういるもんじゃない。私ね、仕事のパートナーに女性は選ばない。女性は駄目。特に理由とか根拠がある

わけじゃないんだけど、なぜかそう思う――」

　志村は新しいタバコに火を点け、細く煙を吐いた。

「実はね、私、前から、三原さんがパートナーだったらいいなあって思っていたの。もちろんこの情報が入るずっと前から。でも、三原さんは大空印刷の花形でしょう。そんなことありっこないから空想だけで終わっていた。だから、今回の事情を知ったときは、本当にびっくりしちゃった。だって、お店と人材。偶然にも二つの条件が重なったんですもの。失礼な言い方になるけど、私にとっては渡りに船。打ってつけの人が、転機を迎えているって思ったわ」


　レストランの隅の席。尚紀は志村英美と向かい合い、さほど美味しいとは思えない料理を緩慢に口に運ぶ。

　東京駅の騒々しい軽食喫茶で志村の話を聞いてから四日経っている。ずいぶん前だったようにも思えるし、昨日のことのようにも思える。空虚で無意味な時間がどんどん過ぎていく。今日が何日で何曜日なのか分からないことさえある。それでも一向に困らない。それは、ノルマ達成を目指し、スケジュールに追い立てられ、五分、十分の時間さえ惜しんでいた頃とはまったく違う日々のありようだった。

志村のナイフとフォークの動きは極めて小さく、音を立てることがない。切った肉を口に入れ、大きい口を小さくゆっくり動かす。旨いともまずいとも言わない。痩せているが食欲は旺盛で、肉が好きなようだ。数回会って、志村の嗜好が分かってきた。

浅黒い肌、一重瞼の大きな目は出目ぎみ、大きく厚い唇、鼻だけが小さく先が尖っている。顎も尖っている。なんとなくアンバランスな作りの顔が、癖のない漆黒の髪の毛に縁取られている。

脈絡もなく、目の前の彼女と、いつか街中で会った古賀の恋人を比べていた。正反対だった。次に妻の亮子と比べた。これも正反対。身体つきも顔立ちも、全身から漂う雰囲気もまるで違う。譬えるなら、古賀の恋人も亮子も自然体で健康的。志村は個性の強い創作人形のよう。それを意識して振舞っているのかもしれない。年齢は亮子と同じくらいだと思う。

何回か彼女に会ううちに、秘かにあだ名をつけた。〝アンバラ牛蒡〟。色が浅黒く、痩せて細長い体形。そして、顔の造作がアンバランス。だからアンバラ牛蒡。

尚紀は、痩せてギスギスした女は好きになれない。肌も白いほうがいい。だが、彼女を魅力的と思う男性がいることも知っている。浅黒い肌はエキゾチック。アンバランスな顔つきは個性的、背が高く痩せぎすな体は一見、スタイルがいい、モデルのようと、過大評価する男もいる。確かに身につけるものに素人離れしたセンスを感じる。魅力といえばそれくらいだ。彼女はめったに笑わない。それも魅力のひとつと思われているらしい。

　大空印刷の自社ビルは、新宿三丁目にある。志村の勤める化粧品会社《ヴィナス》は、恵比寿駅の近く。ヴィナスは、大空印刷の顧客である。アレルギー体質の肌にも優しい化粧品。それをセールスポイントに、注文販売をメインとして、全国展開で営業している。

　化粧品会社は宣伝が派手だ。特にヴィナスは注文販売が特徴なので、カタログには力を入れる。そのため、大空印刷の営業マンや、企画編集部員が定期的にヴィナス化粧品を訪問する。ヴィナス化粧品を担当する大空印刷の社員にとって、ヴィナスの秘書課に籍を置く志村は、眩しい存在らしい。

　そんなことを考えながら、尚紀は食事を進める。どうせ、支払いは彼女もち。志村に会うとき、尚紀は気取らない。遠慮をしない。本来、お得意先の社員である彼女には礼を尽くさなければならないはずだが、立場が逆転している。意識してそうしているわけではないが、自然にそうなった。

　志村英美の食欲に感心しながらパセリを嚙み、口の中をさっぱりさせた。

「まだ決心、つきません？」

　志村がナプキンで口を押さえ、ワイングラスを傾けている。

　尚紀は、返事をせず、残したサラダをフォークでかき混ぜた。亮子の作るサラダの方が旨い。野菜の種類も多く、盛り付けもきれい。ドレッシングの味もいい。こういうところのサラダは単なる添え物だ。

「ほんとに掘り出しものなんですよ。あんなに条件のいい物件なら、すぐに次の買い手がつくと思うわ。時間の問題だと思うんですけど」

「ああ、高級ブランド品のブティックだったたっけ」

「まあ、だったたっけって、気のない返事ですこと。この前の話、覚えてないんじゃないですか」

いや、よく覚えている。もともと尚紀はファッションに関心が高い。街を歩く女性の衣装を勝手に評論することを楽しみ、自分の着る物には分不相応の金を掛ける。だから、彼女の話に興味がないわけではない。だが、現実感が湧かないのだ。といって、はっきり断ることにも躊躇（ちゅうちょ）がある。仕事上のミス、深まる沢井健吾との確執。借入金の返済、事態は切迫している。辞表を叩きつけるのも、時間の問題だ。

だからと言って、彼女の話に軽々に乗ることはできない。ブティック経営の協力者とはどういうものなのか、具体的なことがまったく分かっていない。それなら密かに情報を収集して詳しく調査すればいいわけだが、そういう意欲は湧かない。

こちらから志村にあれこれ聞くのは抵抗がある。乗り気と思わせることは、弱みや焦りを見せることであり、それは、尚紀の信条に反する。彼女は時間の問題、などと言っているが、尚紀の気持ちを煽るための口実かもしれないのだ。

「やっぱり無理かもしれないわね。どんな部署だろうと大空印刷にいれば一生安泰ですもの。でも、所詮、宮仕えでしょう。それは別としても、三原さんのように有能な人が、今のような仕事に甘んじているなんて本当にもったいない。時間の無駄、というより、人生そのものを無駄使いしているようなものだわ」

そう言って、志村はじっと尚紀を見つめると、ワインを飲み干した。

4

玄関のチャイムが鳴った。

亮子は、尚紀が家にいることが分かると、鍵を使わない。チャイムを押して尚紀がドアを開けるのを待つ。それは尚紀も同じだ。

「ただいま」

「お帰り」

亮子はバッグとレジ袋を床に置く。二匹の猫が亮子の足もとを回りながら、小さい鼻先をピクピク動かす。毎日、同じようにする。獣医の亮子には、いろいろな動物の臭いが纏いついている。それが猫を刺激するのだろう。尚紀は玄関ドアの鍵を閉めた。

「そろそろ、居間のドアに鍵を取り付けたほうがいい、取っ手に前足が届きそうだ」

「ホームセンターに売ってるわよ。普通の簡易ロック。ほら、金属の横棒をドア側から壁側に渡すタイプ。あれで充分」

「そうだよな、今度、買ってくる。いきなり玄関へ走るから危ない。知らないでドアを開けたら飛び出しちゃう。室内飼いだから、外の状況を知らない。勢いよく走り出たらすぐ車にやられる」

亮子は、そうねえと、のんきそうに言いながらエプロンをかけ台所に入る。二匹の猫も台所に入り、レジ袋に顔を突っ込む。

あれよあれよという間に食卓に料理が並ぶ。その間、亮子は小さな声で歌を口ずさむ。今日の歌は尚紀にも聞き覚えのある歌だが、同じフレーズばかり繰り返して歌うから、なんの歌なのか思い出さないうちに食事になった。

「あー！　忘れていた。カバンにどら焼きが入ってるの。今日、おばあちゃんの月命日でしょ。清風堂に寄ってきたのよ」

尚紀はすっかり忘れていた。亮子が大きなバッグから菓子折を出し、皿にどら焼きを二つ載せて、祖母の部屋に入っていった。やがて鈴（りん）の音がして、線香の匂いが漂ってきた。

二人と二匹で夕食が始まった。躾（しつけ）がまったくできていないから、猫はやりたい放題。当然のようにテーブルに上がる。料理に口をつけることはしないが、それぞれの器に鼻を近づけ、匂いを嗅ぐ。

二人が猫を無視してしゃべり始めると、いつの間にかテーブルを下り、二匹でじゃれあい、居間を走り回り、そして寝る。その寝相が大胆で、二匹が仰向けになって並び、前足を万歳のようにし、後ろ足は伸ばし放題。いわゆる、ヘソ天だ。亮子が言ったことがある。「あたしね、猫がこんなふうに無防備で寝ている姿を見ると、なんとなく幸せな気分になるの」と。

尚紀もそうだ。今は不快な耳鳴りはしない。嫌なことは頭の隅に追いやられ、二人で仕事とは無関係な話をする。といっても、亮子の話は、患者、つまり動物や飼い主のエピソードが多い。尚紀は、現在の話は避け、過去の、それも高校生時代の思い出話をする。同じ高校なので、共通の話題が結構ある。亮子はすぐに乗ってくる。心穏やかな時間だ。

尚紀は食事が終わったあと、祖母の使っていた部屋へ入った。そこに仏壇がある。先祖代々の位牌（いはい）と祖母と両親の遺影。祖母の位牌が一番新しい。祖母は三年間、亮子と一緒にこの家で暮らした。嫁姑の関係とは微妙に違うせいだろう。これといったトラブルもなく、三人の生活は平穏に続いた。亮子が仕事を持っていたので、家事のほとんどを祖母がした。

夕飯の支度も、尚紀と亮子が帰宅すると整っていた。「年寄りは寝るのが早いからね、先に済ませてもらったよ」。祖母はそう言って早々に自分の部屋へ引き揚げた。夕食は二人が帰宅する前に済ませ、朝食は若い二人を送り出してから一人で食べる。

三人暮らしだが、三人で食卓を囲んだことはあまりない。もともと口数の少ない人だったが、若夫婦の中に必要以上に入り込むことなく、慎ましくひっそりと日々を送っていた。祖母は七十九歳で死んだ。急性心不全だった。

突然の祖母の死を、亮子は尚紀以上に悲しみ、通夜の席で泣きじゃくっていた。そんな亮子を不思議な思いで見ていたことを覚えている。あとでそれとなく聞いてみると、尚紀の気づかないところで女同士のコミュニケーションがあったらしい。詳しいことは聞かなかったが、意外なことを知らされた思いだった。祖母の三回忌を去年済ませた。

祖母、父母の遺影が並んでいる。

母は三十五歳で死んだ。乳癌が他の臓器へ転移しての最期だった。尚紀は母の死んだ歳をひとつ越している。

父は、母を亡くしたあと、間もなくして再婚し、家を出た。父の新居は立川駅の近くだったが、尚紀は一度も行かなかった。父の新しい妻は、尚紀にも祖母にも馴染むことなく、二年足らずで結婚生活は破綻した。その後、父は家に戻り、三人暮らしの生活が再開したが、その生活は長く続くことなく、父は脳出血で急逝した。

「ナオ君は、お父さんにそっくりだ」

そう言うときの祖母は明らかに嬉しがっていた。尚紀の顔のなかで、母親に似ているのは耳だけだった。母の耳はとても小さく肉が薄かった。祖母は布団に入るとよく言ったものだ。

「ナオ君は耳だけお母さんに似ちゃったね。耳の小さい人はお金持ちになれないっていうからね」

祖母は尚紀の耳たぶをそっと引っぱるようにしながら、「福耳、福耳、福耳」とまじないのように何回も唱えた。その呟くような祖母の声を聞きながら尚紀は眠りについたのだ。

母の実家は大分県の湯布院。もう二十年以上、行ってない。

母は生きていた頃、「湯布院は何もない田舎でね」と言うのが口癖だった。母と一緒に何度か行ったが、これといった印象がない。そのなかで、ひとつだけ鮮明に覚えている光景がある。

そのとき尚紀は、母と二人でなだらかな山並みを見ていた。不思議なことにどの山にも木が一本もなく、一面が柔らかそうな草に覆われていた。母が、「この山の向こうが別府温泉よ」と教えてくれた。

その緑の柔肌には、牛や馬が放牧されており、遠くから見ると、小さいおもちゃの動物が点在しているようだった。山裾に沿って、境界線の柵が曲がりくねって延びていた。その柵は遠くで先細り、緑の稜線の向こうに消えていた。

尚紀は柵に足をかけて、牛や馬の近くに行きたいとせがんだ。そのたびに母は、「なおき、柵っていうのは、ここから向こうへ行ってはいけません、という約束なのよ」と言い、尚紀の脇の下に腕を入れた。母は尚紀が柵から転げ落ちないように防御したのだ。

遠くを見つめる母は、長い髪を後ろでひとつにまとめ、ハンカチをリボン代わりにして結んでいた。そうだった。尚紀が子どもの頃、母はいつも同じヘアスタイルをしていた。

「ここから見るほうが綺麗、ほら、山が緑のベルベットの洋服を着ているみたいでしょう」

「じゃあ、牛と馬は模様だね」

幼い尚紀の思いつきに母は嬉しそうに笑い、脇の下の腕にぎゅっと力を入れた。

尚紀の父は大手の自動車会社に勤めており、年に何回か大分に出張した。そのおり、湯布院に立ち寄ることがあり、母と知り合ったと聞いている。

母は小さい雑貨屋の娘だった。二人は、双方の親の反対を押し切って結婚した。特に父の母、つまり尚紀の祖母が強く反対したようだ。なぜ反対したのかは分からない。そのためなのだろう、母は祖母の前でいつも身を縮めて暮らしていた。子ども心にもそんな母がかわいそうで、小さい胸を痛めたものだ。

　尚紀は、母は美しい人だったと思っている。だが、母はいつも寂しそうだった。その真の寂しさは、故郷を遠く離れて嫁いだことや、姑との折り合いが悪かったことよりも、父との冷たい関係にあったのだ。今の尚紀にはそれが分かる。母の生前、何回か湯布院へ行ったが、父が一緒だった記憶がない。それは、父が母の実家と疎遠（そえん）だったことにも、父の再婚が早かったことにも繋がる。

　父の再婚相手は、母が生きているときから関係のある女性。誰に聞いたわけではないが、いつの頃からか、そう思うようになった。

　若くして寡婦になった祖母は、嫁は気に入らなくても孫は可愛いらしく、尚紀を猫かわいがりした。母の死を機に祖母の孫への愛情は拍車がかかった。風呂に入るのも、夜寝るのも一緒という日が小学校を卒業するまで続いた。

　祖母はひとつの布団の中で尚紀を懐に抱き、尚紀の耳をさすりながら言うのだ。

「ナオ君が幸せになるように、福耳、福耳、福耳……」と。

「ずいぶん長くお参りしているのね。お風呂に入ったら」

　突然、回想が中断され、目が覚めたような思いで振り返った。亮子が襖を開けて顔を覗かせていた。

耳の奥に不快な症状が出はじめたとき、耳鼻咽喉科に行った。

右耳の奥に異物感があり、ときどき耳鳴りがすると説明すると、老医師は、尚紀の耳元で金属音を聴かせたり、耳のなかに強烈な光を当てたりしたが、そのあとで、頭部のＭＲＩを撮ることを勧めた。

その医院にはＭＲＩの設備がない。尚紀は、医師の紹介した病院まで出向き、生まれて初めてＭＲＩを受けた。

尚紀の体はカプセルホテルのようななかにすっぽりと納まった。

検査中のカプセル内は、トンネル工事のよう。ハンマーで金属板を叩くような音が続いたかと思うと、シンバルのような音が、カプセル内を反響しながら駆け巡る。かなりうるさい。うるさいだけで痛くも痒くもない、不思議な検査は三十分ほどで終わった。

会計を済ませたとき、フィルムの入ったＣＤを渡された。翌日、ＣＤを持って再度耳鼻咽喉科を訪れた。

結果は、脳にも耳の機能にも異常はなく、自律神経系からくる耳鳴りと思われるので、メンタルクリニックへ行くことを老医師に勧められた。

厄介なことだと思いながら、数日放っておいた。耳鳴りは治らなかった。尚紀は通勤途中の駅の近くにメンタルクリニックがあることを知っていた。線路脇に看板があり、七階建てのビルのなかにあるそのクリニックがホームから見える。尚紀は、看板に書かれている電話番号に電話をし、予約をした。

待合室に五、六人の患者がいた。ざっと見た限り、特に目立つ人はいない。普通の内科の待合室と変わらなかった。

受付で問診票を渡された。尚紀は誰もいないソファに座ってそれを読んだ。そこには、チェック項目がずらりと並んでいた。

気持ちが沈んで憂鬱（ゆううつ）、食欲がない、眠れない、性欲がない、動悸（どうき）がする、など、二十項目ほどあり、尚紀に該当するのは、耳鳴りと、不眠だけだった。

医師は若い男性だった。そのことが意外だった。この種の医師は年配で柔和で、恰幅（かっぷく）のいい穏やかな雰囲気の人、勝手にそう思い込んでいた。痩せた若い医師は、尚紀の渡した問診票を見ながら、どのように耳鳴りがするのか説明を求めた。耳鳴りの症状を具体的に分かりやすく説明するのは難しい。耳鳴りは耳鳴り。耳の奥に虫がいるようだとは言わなかった。尚紀はごく簡単に説明した。

尚紀の短い説明が終わると、医師が、頭痛、めまい、吐き気はないかと訊いた。尚紀はないと答えた。

「お話では、耳の機能にも頭部のＭＲＩにも異常が認められないということですから、自律神経失調症による耳鳴りと思います」

説明が始まった。

――自律神経失調症は四つのタイプに分けられる。本態性自律神経失調症、神経症型自律神経失調症、心身症型自律神経失調症、抑うつ型自律神経失調症。なかでも多くみられるのは心身症型自律神経失調症で、自律神経失調症と診断される患者の約五割が心身症型。症状はさまざまで、耳鳴りもそのひとつ――

この間、医師は尚紀をまったく見ない。説明の途中でパソコンのキーボードを叩く。その指さばきは見事だ。

「この心身症型自律神経失調症は心身のストレスや不安が原因で発症します。最近、環境の変化とか、思い悩んでいることなど、心当たりはないですか」

医師は初めて尚紀の目をじっと見つめると、後半の部分を実に明るい口調で訊いた。尚紀は特にないと答えた。心当たりはある。だが、大学生に毛の生えたような頼りない医者に、真面目に答える気にはならない。

会計のとき、処方箋をもらい、近くの薬局で二週間分の薬をもらった。一日三回、食後に服用と指示されたが、耳鳴りがしていないときには飲む気になれない。耳鳴りが始まってから飲んでも効果は遅いので、頭を振って強引に治す方が手っ取り早い。それでも当初は薬の袋を持ち歩いていたが、今では家に置いたままだ。だが、寝る前に飲むことがある。よく眠れるから。その薬は亮子の気づかない場所に置いてある。

なにもかも、あいつのせいだ。

夕闇の迫りくる都心の街並みを歩きながら、尚紀の頭のなかは、巨大な夕日のように燃えている。沢井健吾への憎悪が熱の塊となってゆらゆら炎を上げているのだ。

尚紀が勤務する大空印刷の業務内容は、一般にいう商業印刷が主だった。パンフレットやポスター、カレンダー、小冊子、会社案内などを手がける。

五ヶ月前、尚紀のミスで大空印刷は大口の顧客を失った。それはコンサート会場で入場者に販売する、プログラムパンフレットの納期ミスという、ばかばかしいほどの単純ミスだった。

準備も大詰めという主催者側から、プログラムパンフレットが届いていないと連絡が入ったのはコンサート三日前の午後だった。原因はコンピュータの入力ミスで、データでは、次の月の同日が納期となっていた。三日後の午後六時からの開演に間に合うはずがない。イベントはその日だけが勝負。納期ミスは致命的だ。そのとき尚紀は、全身から血の気が引き、胸がつぶれる思いで嘔吐しそうになった。

プログラムパンフレットのラフの原稿は半年前に届いた。主催者側のスタッフと大空印刷のスタッフの間で何回もデザインの校正があり、色の校正があり、双方が了承してあとは印刷を待つだけ。パンフレットはコンサートの二十日前に納品予定になっていた。

主催者側にも確認の怠慢があると思うが、顧客にそんな言いわけは通用しない。現実に、入場者に販売するプログラムパンフレットがないのだ。会場の混乱ぶりが手に取るように分かる。大空印刷の責任は大きかった。

主催者であるイベント会社とは長い付き合いだったが、結果は取引停止となった。この会社は有名な歌手を多く抱え、年に何十回も大きなコンサートを開く。そのチラシ、チケット、プログラムパンフレット製作の多くを大空印刷が請け負っていた。損失は大きい。

尚紀は即刻、配置換え。それは営業マンとして、というよりも、大空印刷の社員としての転落だった。そのときの上司が沢井健吾だ。

尚紀は大学卒業後、大空印刷に入社し、営業部に配属された。最初の数年で仕事のコツを覚え、入社して十四年目の今年の二月まで、営業マンとして順風満帆の日々だった。尚紀は日常生活と、営業マンとしての自分を極端と思えるほどに使い分けた。それができる人間だった。

巧(たく)みなトークと愛想の良さで顧客に可愛がられ、成績は常に上位をキープ。いわば、営業部の花形だった。行く手を遮るものなど何もない。前途洋々を絵に描いたような毎日。それがいきなり大波をかぶり、息つく間もなく転覆して海底深く引きずり込まれた。

沢井健吾から受けた、叱責という名目の罵声(ばせい)と罵倒(ばとう)。足腰が立たないほどに打ちのめされるとは、あのようなことを言うのだろう。それを大勢の仲間の前で浴びせられた。仲間は皆ライバルである。

特に、僅差(きんさ)でトップ争いを続けていた数人は、尚紀に強いライバル意識をもっていた。尚紀は仲間に好かれているとも、好かれたいとも思っていない。そんな尚紀を日頃から快く思っていなかった連中は、沢井健吾の前で立ち尽くす尚紀を見ながら神妙な顔でうなだれていたが、実際は、降って湧いたような尚紀の転落を腹のなかでせせら笑っていたのだ。

あの直後は現実を受け入れられず、何も考えられず、霧の中を彷徨(さまよ)っているような日々。妻の亮子に悟られまいと努力することで精いっぱいだった。その反動が浪費という形で表れた。必要以上の借金をし、高価なスーツを買い、靴を買い、ネクタイを買い、昼も夜も旨いものを食べた。

（沢井め！）

猪首の上に載った沢井の赤ら顔を思い描いた瞬間、不快な耳鳴りが始まった。尚紀は舌打ちをして頭を振った。しかし耳鳴りは執拗だった。大豆ほどの虫が耳の奥を飛び回る感覚。歩きながらでは思うように頭を振れない。ただ漫然と振っても駄目なのだ。振り方にはコツがある。

横断歩道の前で何度も効果のある振り方をした。だが耳鳴りは治まらない。ますます羽音は大きくなる。もう一度大きく頭を振ったとき、信号が変わった。尚紀は目の前の人を押しのけながら、肩を怒らせて歩道を渡った。

道路に面した大きなドラッグストア。

その前でピンク色の法被を着た男が、マイクを持って声を張り上げている。通行人を見るような見ないような曖昧な視線。キャンペーン中とか、三十パーセントオフという言葉を執拗に繰り返し、リズムを取るためか片方の手を上下に振っている。その手がときどき店内を指し示す。

そこは強烈な照明効果で眩いほどだ。薬品、化粧品、その他ありとあらゆる日用品が、うずたかくぎっしり並び、それぞれの商品が特徴あるデザインや形で自己を主張している。壁際、中央の何列もの棚、二階への階段の端、柱の周り——。

尚紀はそのなかの一つの品に目を奪われていた。

店頭に積み上げられたオレンジ色の箱。誰もが知っている入浴剤だ。そのいちばん上の箱が斜めになり、箱の三分の一がはみ出している。客が出入りするたびに体が箱に触れ、少しずつずれたのだろう。今も、若い女の衣服が積まれた箱の中央部に触れた。小さな衝撃が連動して、いちばん上の箱が揺れている。小さく揺れながらバランスを保っている。尚紀はその箱が気になって仕方がない。

見たくないと思うのに目を離すことができない。小刻みに揺れる箱に目が張り付いてしまう。あの箱は、もう一度誰かが触れれば間違いなく落ちる。

（落ちてくれ……頼むから落ちてくれ）

箱は落ちたがっている。あんな不安定な状態でいるよりも落ちたほうがいいに決まっている。そもそも店内全体が異様な雰囲気なのだ。何もかもが限度を超えている。照明が明るすぎることも。商品が多すぎることも。積み方が高すぎることも。箱やボトルが密着しすぎていることも。

その状態が不気味なエネルギー源となって尚紀を圧倒する。特に今は、かすかに揺れ続ける入浴剤の箱が尚紀の神経を尖らせていた。まるでオレンジ色の塊が、礫（つぶて）となって目のなかに飛び込んでくるようなのだ。あの箱をなんとかしなければならない。

そのとき、体格のいい男の客が尚紀の前を通って店内に入った。男の肩が箱に触れた。全部の箱が小刻みに揺れた。いちばん上の箱も居心地悪そうに揺れている。尚紀は固唾を呑み、目を見開いていた。

あの箱が落ちればその衝撃で全ての箱が崩れ落ちる。

（落ちろ……落ちるんだ）

箱は辛うじて踏みとどまった。尚紀は苛立ちで目がくらみそうだった。あの、落ちそうで落ちない箱を、この手で摑み、揺さぶり、叩き壊し、足で踏み潰してメチャメチャにしたい。それができれば、心が穏やかになる。耳鳴りも消える。

簡単なことだ。五メートルほど歩いて手を伸ばせばそれができる。

密着した箱やボトルが音を立てて崩れ落ち、破壊され、散乱する。その光景を、脳内に鮮明に描いていた。早くそうしたい。尚紀は無意識のうちに、両手を前に伸ばした。

そのとき、尚紀の動きと一足違いで一組の親子連れが店内に入った。タイミングを失い、尚紀は手を戻した。

母親の後ろにいた十歳くらいの女の子が入浴剤の前で立ち止まった。女の子は、少し首を傾げて積まれた箱を見ていたが、すっと両腕を伸ばすと、小さな手で箱の位置を直した。箱はあっけなく定位置に納まった。女の子はいっときその箱を見つめたあと、小走りで母親のあとを追った。箱は何事もなかったかのように行儀よく並んでいる。

尚紀はぼんやりと入浴剤を見ていた。硬直した全身が弛緩していく。パンパンに膨れた風船から、徐々に空気が漏れていくように。

客寄せのだみ声はまだ続いている。

尚紀は、額の汗を手の甲でぬぐった。ピンクの法被男が、マイクを口に当てながら、ちらちらと尚紀に目を向ける。尚紀は法被男を睨み付け、くるりと背を向けた。雑踏の中を歩き始めてすぐに、治まっていた耳鳴りが再発した。尚紀は頭を振った。

「では、遠慮なく頂戴します。ありがとうございます。ここで拝見してもよろしいかしら」

「どうぞ、どうぞ。気に入ってもらえればいいんだが」

包装紙を開けた。木の箱が出てきた。箱を開ける。紺色のビロードの箱。その蓋を開けた瞬間、息を呑んだ。紺の布地の上に一連の真珠のネックレス。八ミリと思われる真珠が連なり、店内の照明を受けてしっとりとした輝きを放っていた。私は宝石の中でも真珠がいちばん好きだ。しばらくその美しさに見入った。

「ミキモトですね。美しいです。素晴らしいです」

「よかった。気に入ってもらえて」

箱に蓋をした。

折り線を崩さないようにふわりと置いてある包装紙に丁寧に包んだ。

「――なんだか、申し訳ないです。この前は、素敵なバッグを頂いて。この通り、さっそく使わせていただいております」

隣の椅子に置いてある高級ブランドのバッグを、両手で捧げるようにして、沢井健吾に見せた。沢井が相好を崩して頷き、「喜んで頂けて良かった」そう言うとワイングラスを持った。

　丁重にバッグを元の椅子に置き、沢井に合わせてグラスを持った。お互いに顔の高さまでグラスを上げ、見つめ合った。

　ワインを一口飲み、テーブルの端に置かれた真珠の箱に目を遣った。意識的に長めに箱を見つめたあと、グラスを置いて微笑んだ。

「さんざんご馳走になり、素敵なプレゼントまで頂き、今さら言うのも変なんですけど――」

　沢井健吾がちらりと私を見た。目に心の不安が表れている。

「なんでしょう？」

「これからは、ご馳走だけにして下さい。プレゼントは今日が最後。そうでないとご馳走も頂けませんわ」

　途端に沢井の緊張が解かれ、スープを行儀よく口に運んだ。

「負担ですか？」

「正直に言いますと、沢井部長とは、のんびりした気持ちでお付き合いしていきたいと思っています。お互いに負担がかかるようでは長続きしません。私、部長とこういう時間をもち、お話しできること、喜んでいるんですよ。同年齢の人からでは学べないことがたくさんあります。それに、美味しいお料理いただくの、大好きなんです」

「そう言ってもらえると嬉しいですなあ。分かりました。では、その気持ちを尊重して、次回は、赤坂の懐石料理にしましょう。これはお勧めです」

「喜んで。楽しみにしています」

やはり年配者に限る。年配者は金を持っている。それに、若い男と違って、本来の欲望をあらわにしない。沢井健吾も、いずれ本性を現すのだろうが、今のところ、そんながつつした様子はおくびにも出さない。

食事が進み、沢井の生白い大きな顔が桃色になり、汗ばんでテカテカしている。私は思案げな素振りを見せながら、ナプキンでゆっくりと口元を押さえた。

「こんな席でどうかと思うんですけど――」

「なんです？」

「御社の営業に、三原さんという方、いらっしゃいますか。下の名前は分かりませんけど、確か、二課と聞いたように思うんですけど」

「三原？　はい、いますが、三原がどうかしましたか」

「うちの営業で、ちょっと話題になったものですから。小耳にはさんだだけですから、詳しいことは分かりませんが、仕事に大きな穴をあけたとか」

「ああ、そのことですか。そういう話は流れるのが早いですなあ。すでにご存じなら隠す必要はないでしょう。大きな凡ミスです」

「大きな凡ミス？　意味がわかりませんけど」

その内容は知っている。私が知りたいのはミスの内容ではなく、それに伴う三原尚紀の現状だ。

「三原は、現在、営業にはいません」

それも知っている。三原尚紀は、検査部に異動させられた。

「検査部の仕事をしているんですが、三原という男は変わった男でしてね。最近は少しノイローゼ気味で、あ、今はそういう言い方はしないのかな。――神経症？」

沢井を軽蔑しながら、首を傾げて見せた。

「彼のようなタイプは挫折(ざせつ)に弱い。今多いんですよ。二十代、三十代の男に。学校の成績は優秀。仕事もそこそこできる。だから、自信がある。ところが、何か障害に直面すると自分の力で対処できない。人のせいにするか逃げる。さもなければ必要以上に苦悩し、精神のバランスを崩す。子どもの頃から学校の成績最優先で育っているから、知識を詰め込むばかりで精神が鍛錬されていないんです。学校の成績と社会で生きる力は別物です――」

沢井健吾は、三原尚紀本人を理解して話しているのではない。何かの聞きかじりで、今時の若者の風潮を、月並みな薄っぺらな言葉で得意げに述べているだけだ。

沢井の論評にも一理あるが、三原尚紀は沢井が思うほど単純ではないと思う。ここにきて、何回か三原と会って感じることだが、心の奥底に、摑みどころのない暗い何かが潜んでいる。それが何なのかは分からない。そんなことを思いながら聞いていた。

食事は終わっている。沢井は、まだしゃべり続けている。

三原尚紀は神経症に冒されている。これだけ聞けば充分だ。そんなことではないかと思っていたが確認しておきたかった。私は時計を見た。八時までに東京駅に行きたい。

「特に三原は、おばあさん子だったそうで、真綿でくるむようにして育てられたようでしてね。ああ、また古い言葉が出ましたね。今はどう言ったらいいんだろう。――ダウンにくるまれて、ですかね」

沢井がそう言って満足そうに笑った。私も付き合いで笑い、

「あの、私から言い出しておきながら、たいへん申し訳ないのですが、これから別件があるものですから。――本当にこのお品、素敵です。ありがとうございました」

「あっ、どうも失礼しました。つい話に熱中しました。また連絡します。次回はぜひ、赤坂の懐石料理をプレゼントしたい」

東京駅に向かいながら考える。

屈辱感、挫折感、被害妄想。これらが強迫観念となって三原尚紀の心を蝕んでいる。負の連鎖が精神のバランスを崩している。三原のデリケートな神経が、許容量を超えたのだ。それが、異様に頭を振るという現象を起こさせている。

私はそんなふうに想像した。いや、想像ではない。沢井健吾の話で確信を得た。

東京駅の洗面所へ寄り、エルメスのバッグを空にした。といっても、ハンカチと携帯電話しか入っていない。ハンカチで表面を注意深く拭く。紙袋に入れてきた箱を取り出し、もらったときのままの状態にして袋にしまった。ハンカチと携帯は使い慣れたバッグに入れ替えた。

八重洲口地下街の《アネモネ》に入った。なじみの女店員に笑顔で迎えられた。

私の渡した箱を持ち、女店員はドアの向こうへ消えた。

五分ほど経って、女店員が現れた。

「いいお品です」

「電話でも言ったけど、本当に一度も使ってないのよ。包装紙を開けただけ」

「十五万円で引き取らせていただきます」

「あら、二十万と思っていたけど」

女店員は箱を開け、しばらくバッグを見ていたが、

「では、十七万で」

承知した。女店員が金庫のなかから一万円札を出して数えている。この店には何回か通ったが、たぶんあと一回で縁が切れるだろう。私は受け取った札をバッグに入れた。

「近いうちに、真珠のネックレスを持ってくるから、よろしく」

「お待ちしております。ありがとうございました」

もらった品は、一度はくれた人に使っているところを見せる。そのあとは流れるように《アネモネ》のカウンターに消え、代わりに現金が財布に収まる。


キッチンに入った。

そのたびに思う。やっぱりいいなあと。1DKの古びた狭い台所とは大違い。こんなシステムキッチンで作る料理は、フランス料理やイタリア料理が似合う。洒落た器に盛り付けられた料理がテーブルに並び、その脇には磨きこまれたワイングラス。そこに彼と向き合って座る。つい、そんなことを空想するが、現実はそうはいかない。冷蔵庫を開けて取りだしたのは、焼きそば用の野菜。それも、モヤシがない。こま切れ肉とあり合わせの野菜を炒め、

麺を入れ、付いている粉末ソースを振り掛け、混ぜたら出来上がり。あとはトマトを切るだけ。これでは、スマートなキッチンにふさわしくないが仕方がない。そんなことを思いながら、油の跳ねたレンジの上を丹念に磨く。

大皿に二人分の焼きそばを盛り、マヨネーズを掛けたトマトを添えた。

「起きてエー」と、声をかけ、冷蔵庫から缶ビールとコップを二つ出してテーブルに置く。

シュンが、ぼさぼさの髪の毛を掻き上げながらテーブルに向かった。

「これだけ？」

「そう、これだけ。時間がなくて買い物ができなかったの。ごめん。でも、ビールつきよ」

シュンのコップにビールを注いだ。

「二人で食べればなんだって美味しい。もう少しの辛抱」

「これで足りる？　僕、すごーく腹が減っているんだけど」

「なんなら、シュン君が全部食べていいのよ。私は軽く済ませたの」

「誰かさんは、もてるからなあ。いっつも誰かが美味しいものをご馳走してくれるんだよね。じゃあ、遠慮なくいただきまーす」

皿を引き寄せ、箸で挟めるだけ挟み、口に押し込む。ろくに嚙みもせず、ビールで流し込む。それを繰り返す。たちまち皿の隙間が広くなる。そんな彼を見ているだけで、胸もお腹もいっぱいになる。

「あと、二ヶ月ね」

「うん」

「一日、どのくらい練習できる？」

「疲れて倒れるまで」

「すごい！　具体的な時間は？」

「五十分弾いて二十分休憩。それを午前中二回、午後、三回か四回。でも、もっと増やしたい。集中できる時間が長くなったように思うから」

「そうなの？　頑張ってね。私、シュン君のためなら何だってできるんだから」

「分かってる。で、どうなってるの？」

「大丈夫。計画通りに進んでいる。私の目に狂いはなかった」

「じゃあ、本当に、実行する気なんだ――」

「今さら何言ってるの。もう猶予がないのよ。早くカタをつけなかったらどうなるか想像している？　あなたは何もかも失う。それでいいの？　二人で決めたことでしょ。無理にでも正当化する。誰だって自分がいちばん可愛い、いちばん大切なのは自分なの。どんなに綺麗ごとを言ってもこれはみんな同じ。いちばん大切なものに危険が迫れば、どんな手を使っても守ろうとする。当然のことよ」

「そんなに興奮しないでよ。ただ、考えるのと、実行するのとでは、天と地ほど違うと思っただけ」

「そんなふうに弱気になるんだったら、この計画はお流れね。気持ちが揺らいだら絶対失敗する。そうなったら私は地獄行き、シュン君も一緒にね。二人は一蓮托生（いちれんたくしょう）」

彼が焼きそばを呑みこむと言った。

「弱気になんかなってないよ。僕、見かけほどヤワじゃない。君が知っている以上に勇気もあるし、実行力もある」

そこで彼はにこっと笑い、

「それに利己的で合理的で現実主義。僕はやると言ったらやる。全てをこの手に握ってみせる」

「良かった。それでなくちゃ駄目。そのときが来るまで、レッスンだけをしていればいいの。コンクールのことだけ考えていればいいの。あとは、全て私に任せて。シュン君には誰も近づけない。指一本触れさせない。あなたは完全に安全圏内にいるのよ。そのために引っ越したんだから――」

居間に目を遣る。グランドピアノが照明を反射して、鈍い光を放っている。

「雑念を追い払うにはレッスンあるのみ。そして、イメージトレーニングするの、入賞する、必ず入賞するって。シュン君がすることはそれだけなの――」

熱く語りながら、目がうるんでくるのが分かった。自分の熱弁に感動しているのだ。彼が言った。

「すごいパワーだ。僕のパワーだって、負けてないからね。いろんな意味で人生におけるターニングポイントにいること、僕自身がいちばん知っているんだから」

「良かった。ほら、やまない雨はないっていうでしょ。激しい雨ほど短時間でやむわ。そのあとには青空が広がる。虹の橋がかかる。太陽が煌めく。シュン君と私の上に」

彼は大きく頷くと、残った焼きそばを全部腹に収めた。私は味見のために二口ほど食べただけ。そのことに少しも不満はない。それよりも、彼の決意が頼もしく、ティッシュで無造作に口を拭う仕草が愛しかった。

彼のためなら何でもできる。何でもしてきた。これからもする。

5

志村英美の話を真剣に考えるべきだと思ったときから、気持ちに変化が表れている。崖っぷちから少しだけ後退したような安堵と、志村から提示された職種に漠然とだが興味も湧いていた。

ブティック経営のパートナーとは具体的にどういうものなのか。志村の話だけでは鮮明なイメージが湧かないし、彼女の真意が今ひとつ摑めない。だが、あれほど熱心に頼むのだ。当然、尚紀への報酬も考えているはずだ。希望する報酬で契約できるなら悪い話ではない。まずは、思い切り吹っかけて彼女の反応を見ることにしよう。

津山信夫はすでに退職しており、あの背中を丸めたいじましい姿を見なくて済むのは快適だが、姿は消えても借金は消えない。むしろ姿が見えないぶん、あの小さく窪んだ鋭い目が、全身に纏いついているような不気味さを感じる。

尚紀は検査部の仕事を機嫌よくこなした。今までになく丹念に商品をチェックした。一枚の印刷物を、あらゆる角度から光を当て、ムラはないか、ずれはないか検査した。このあきれるほど生産性のない裏方の作業も、あと僅かと思うと、それなりに感慨深いものがある。

大空印刷の社員として十五年目。思わぬかたちで幕を閉じるが、悔いも未練もない。価値をもたない業務内容。その虚しさ無念さはひとまず封印し、新しいステージに立つ。そんなことを考えながら、未知の仕事を気ままに想像していると、心が洗濯したようにリフレッシュされ、新入社員だった頃の、生き生きとした自分を取り戻した気分にさえなった。

早く連絡をくれればいいのに――。

そんなふうに考えたことなどなかったが、今は電話を待つ心境に変わっている。といって、こちらから連絡することはしない。勤務先に電話するなど、もってのほか。焦りを悟られ、足元を見られる、それではあとあと不都合だ。

焦らなくていい。近いうちに必ず連絡がある。彼女の事情も切迫しているのだから。

ふと思いついて「木村さん」と呼んだ。

木村陽子が頓狂な声で「はい」と返事をした。

「僕のいない間に津山さん辞めていたけど、送別会したの？」

木村陽子は周りの人間を見回し、「ええ、しました」と、答えた。

「そう、僕も参加したかったのに、残念だったな。津山さん、元気にしてた？」

「ええ、お元気でしたよ。三原さんによろしくって言ってました」

尚紀は鼻で笑った。たぶん、この前津山と会ったときは、すでに送別会が終わっていたのだろう。津山は、そんなことはおくびにも出さなかった。

人の皮を被ったハイエナのような津山信夫の送別会を、毒にも薬にもならない人間どもが企画する。どうせ居酒屋の片隅で、ビールで乾杯し、安いおつまみを肴に焼酎でも飲んだのだろう、愚にもつかない話題を出し合って。

尚紀は笑い出しそうになるのを抑えるのに苦労した。

検査部員は八人だったが、津山の補充はまだ決まっていないようだ。いずれ、定年間近の、それも何か失策をやらかした人間が来るのだろう。

この部署は、吹き溜まりのようなもの。風に吹かれて行き場を失った枯葉が、しばらく身を寄せる場所。いずれ、もっと大きな風が吹けば消えてなくなり、次の枯葉が舞い落ちる。検査部とはその程度の存在なのだ。

それにしても、あのチェックミスはどう処理したのだろう。昨日の昼、沢井健吾と顔を合わせた。昼食に出るとき一階のロビーですれ違ったのだ。そのとき、尚紀は笑顔を作り、軽く頭を下げた。沢井は尚紀を一瞥しただけで通り過ぎた。

沢井からは何も言ってこない。検査部の連中もそのことには触れない。こちらから聞く気にもならない。近い将来、辞めることになる会社だ。そんなこと今さらどうでもいい。

ギャーと悲鳴を上げ、りょうちゃーん、りょうこー、と叫んだ。

洗濯物を干していた亮子が、のそのそと歩き、廊下から上がってきた。

「なに？　またゴキブリ？」

尚紀は無言でこくんと頷き、壁の上部を指差した。ゴキブリを見ないようにして。

亮子があきれたように顔をしかめ、棚にある殺虫剤を持つ。亮子の緩慢な動作に尚紀が、早く！　と大声を出す。シューという音がかなり長く続いた。殺虫剤特有の匂いが部屋に充満した。その直後、尚紀の足もとに栗色の物体が落ちた。物体はしばらくもがくようにしたあと、くるりとひっくり返り、腹を上にして六本の足をぴくぴくさせている。尚紀はワッと叫んで、その場から逃げた。

亮子が廊下から新聞紙を持ってきてくるくる丸めると、「えい！」と気合を入れて、力いっぱい叩いた。「よし！」という亮子の満足げな声に尚紀は顔を向けた。栗色の物体から白い内臓が飛び出している。尚紀は思わず目をつむった。亮子はティッシュを数枚重ねて器用にゴキブリの死骸を摑み取り、廊下から外に下りた。

「部屋のゴミ箱に捨てると、マロとアンがいたずらするのよ」

そう言って新聞紙と一緒に庭のゴミ箱に捨てる。雑巾を持って再び居間に入り、死骸のあった場所をごしごし擦る。「はい、終了」。亮子はわざとらしく掌をポンポンと叩いた。

「よく、そんな残酷なことができるね」

「何言ってんのよ。あなたが頼んだんでしょ。たかがゴキブリ一匹に大の男が大騒ぎして、弱虫め！」

「ゴキブリの好きな人なんかいないよ」

「限度があるでしょ。りょうちゃーん、りょうこー、助けてくれー。まるで、家の中で大蛇を見つけたような声だったわ」

「そんなこと言ってない。そんな声も出してない！」

亮子が尚紀の否定を無視し、

「ゴキブリが一匹見つかったということは、百匹どこかに隠れているんですって。誰かが言ってた。この家、古いでしょ。もしかしたら二百匹かもしれない。どうします？　リョウコちゃんがいないときは、ひとりで退治しなくちゃいけない。さあ、大変だ」

どこで昼寝をしていたのか、二匹の猫が騒ぎを聞きつけて走ってきた。雑巾で拭いた場所に鼻を近づけ、じっとしている。亮子が一匹を抱き上げ、肩に乗せた。

「おばあちゃんが言ってたわ。尚紀は虫嫌いだって。子どもの頃、尚紀の叫び声が聞こえると決まって虫を見つけたとき。蛾が窓に張り付いていても叫んだんでしょ。友達が掌に団子虫をうじゃうじゃ載せているのを見て、吐きそうになったのよね。その話をしたあと、おばあちゃん、言ったの。尚紀には黙っていてね、傷つくといけないからって。どう？　傷ついた？」

亮子は猫を尚紀に押し付けると、ハハハと笑いながら外へ出て行った。

やがてパンパンパンと洗濯物を叩く爽快な音がした。亮子は祖母のまねをして、衣類をたたみ、三回叩いてから干す。「あたしのお母さんは二回叩くのよ」。いつだったか亮子はそう言っていた。

子どもの頃から虫が嫌いだった。男の子は総じて昆虫好きで、友達のなかにはカブトムシやクワガタを何匹も飼い、自慢して見せて回っていたが、尚紀はいつも目を逸らしていた。だが、自分が虫嫌いだということは誰にも言わなかった。弱虫と思われそうで嫌だったのだ。ある日、いきなり目の前にカマキリを突き出され、泣き声のような悲鳴を上げて尻もちをついた。思いがけない反応にびっくりしたのだろう。カマキリを持った男の子は、口をぽかんと開けて尚紀を見下ろしていた。その子の頭上に入道雲が盛り上がり、その向こうに真っ青な空が広がっていた。そのあと、どうなったのか覚えていない。

大人になった今でも昆虫の魅力が分からない。どんな虫も嫌いだった。妙なことに死んだ虫が何より嫌いだ。夏の終わる頃、道端に、よくセミの死骸が転がっている。なぜ、人の目の届かないところで死なないのかと、腹が立つ。尚紀は死骸を見ないようにして、足早に通りすぎる。

そのせいもあるのだろう。耳の中の異物感や耳鳴りを虫に置き換えてしまう。ときにハエ、ときに蟻、ときに蚊、というように——。

虫は嫌い。特に死骸になった虫は大嫌い。さっきも、亮子が退治したゴキブリを見て、吐きそうになった。嫌いなのは虫の死骸だけではない。何であろうと、遺体となった物体を見るのが嫌なのだ。付き合いで葬儀に行くことがある。なぜか、棺に納まった遺体と対面、という流れになっていて、遺族がそれを勧めることもある。さりげなくその場を離れるが、そんなふうに声をかける遺族の神経が分からない。遺影だけで充分だ。遺影は、遺族が故人を偲びながら選んで決める。当然、生前の健康で、なおかつ良く撮れている写真だ。

その遺影の下で、老いさらばえ、あるいは病み衰え、コンクリートのように冷たくなった遺体が人の目に晒される。故人はそんな姿を人に見てもらいたいと思うだろうか。思うはずがない。尚紀はそう思う。

先だって、亮子の伯母が亡くなった。通夜に参列したが、そこでも同じような場面があった。そばに亮子も、亮子の両親もいたので、仕方なく棺を覗いたが、しばらくは気分が悪かった。

亮子が空の洗濯かごを持って廊下に上がり、洗濯場に向かう。猫が追いかける。猫の習性で、二匹とも狭くて薄暗い空間が大好き。特に洗濯機のなかが好きで、機会を狙っては入りたがる。

「マロくんとアンちゃんを洗濯しちゃいましょう。洗剤を入れて、柔軟剤を入れて、水を入れます。始めますけどいいですか」

猫にそんなふうに話しかける亮子の声が聞こえてきた。平穏なひと時だ。尚紀は、仕事以外は家にいることが好きだ。仲間と飲むよりも亮子と飲むほうがいい。くだらない話で笑い転げる亮子を見るのが好きだ。

現在の状況を、亮子にだけは知られたくない。常にその思いに支配され、一つひとつの言動がぎくしゃくしてしまう。そのことに気づかれないように振舞うことに疲労している。

亮子の実家は動物病院。獣医の亮子は実家が勤務先なのだ。ごくたまにだが、亮子は実家に泊まることがある。犬や猫が手術をして入院したときだ。院長である亮子の父が都合で術後のケアができないとき、亮子がその役を務める。そんなとき、尚紀は不満を感じる。口には出さないが、内心では、遅くなってもいいから帰ってきてほしいと思っていた。だが、今の尚紀は違う。亮子から、実家に泊まる予告があると全身でほっとした。

今も、新聞を広げ、目を紙面に這わせているが読んではいない。頭の中は新聞記事とはまったく別の思考に忙しい。少し前までは、亮子の目を盗んで、ネットで転職先を検索したものだが、今は違う。ブティック経営が現実味を帯びてきている。

迷いや不安はある。

明るい展望が開けそう。そう思うそばから、唯々諾々と誘いに乗って、今よりひどい状況に陥るような不吉な予感に襲われ、前進することに躊躇する。そうかと思えば、未知の世界へ初めの一歩を踏み出すのだ。皆似たような心境になるもの。行動に起こしてみなければ何も分からない。そんなふうに自分を納得させる。

思考の振り幅が大きく、着地点の定まらない脳の作業は続く。

いきなり声がした。びっくりして顔を上げた。亮子が尚紀の横に立ち、タオルで手を拭いている。

「そんなに熱心に何読んでるの？　ランチに行かないって誘っているんだけど」

「外食？」

「たまにはいいじゃない。立川駅の南口に洒落たレストランが開店したのよ。ランチタイムサービスがあって、結構、人気なの、行きましょうよ。今日はあたしが奢（おご）る」

「へえ、そうなんだ。いいね」

「この頃、外泊が重なったし、お詫びのしるし」

志村英美と初めて会ったのは一年半ほど前だった。

普段は大空印刷の営業マンや企画編集部員が定期的にヴィナスを訪問し、新しいパンフレットなどの製作について打ち合わせをする。

一年半前のその日は、ヴィナス化粧品の志村英美が大空印刷を訪れた。

その頃、ヴィナスはオフィスを移転した。もとのオフィスが手狭になったということで、もう少し恵比寿駅寄りのビルに越したのだ。そのとき、大空印刷から移転祝いに胡蝶蘭と時計を贈った。

彼女が大空印刷へ来たのは、その返礼のためだった。

訪問の相手は営業統括部長の沢井健吾。沢井が、得意先の重役秘書である彼女に愛想笑いをし、応接室に案内した。相手の立場によって瞬時に態度を変えるのは沢井の特技だ。部下には見せたことのない、とっておきの笑顔だった。

尚紀は、遠くから二人の姿を見るともなく見ていた。というよりも、志村を見ながら、個性的な女だなと思っていた。だが、それはいっときのことで、二人が応接室へ消えたのと同時に彼女の印象も消え去った。

ヴィナス化粧品は尚紀の担当ではない。尚紀はその日まで志村英美とは面識がなかった。

そんな二人が親しく口をきいたきっかけは、ドラマチックであり、漫画チックでもあった。

沢井と志村が応接室に入ってから三十分ほど過ぎていた。

そのとき尚紀は、三階でエレベーターを待っていた。得意先に向かうためだった。五階にいたエレベーターが降りてきてドアが開いた。そのなかに志村英美がいた。一人だった。お互いが一瞬見つめ合った。尚紀は軽く頭を下げてエレベーターに乗った。

ドアが閉まった。間近で見る志村のファッションとヘアスタイルに感心した。シルバーグレーの光沢のあるブラウスにタイトなパンツ。シンプルだが、デザインと色使いが見事に計算されている。さすがは化粧品会社の社員だと思ったことを覚えている。

ドラマチックで漫画チックな出来事は、その直後に起きた。

エレベーターが下降して間もなく、小さな衝撃を感じ、エレベーターが止まった。二階に着いたのかと思ったがそうではなく、故障して止まったのだ。尚紀と志村はエレベーターのなかに閉じ込められてしまった。原因は単純な機能トラブルだったが、とんだハプニングだったことは事実だ。

復旧までの二十分間、小さな箱のなかで志村英美と二人きりだった。

エレベーターのなかで二人きりというのはお互いに落ち着かない。それが男と女となればなおさらだ。なんとなく間が持てず、その小さな空間が、身の置きどころのないような、息苦しいような空気に包まれる。

ましてやその箱は今、中途半端な位置で宙ぶらりんになっているのだ。そんな状況が、尚紀をどぎまぎさせていた。女の前でどぎまぎすることなどあまり経験していない尚紀にとって、二十分は長かった。

二人で黙っているのはかえって息苦しい。だから、尚紀のほうが先に話しかけた。それをきっかけに会話が進んだ。話の内容は、ありきたりなものだった。名刺を交換したあと、彼女が、ヴィナスに入社以来ずっと重役秘書をしていると話した。ただそれだけだった。もらった名刺は数日で紛失している。

その夜、エレベーターの一件を亮子に話した。

亮子はこういった話が大好きだ。だから、誇張し、脚色して話す。

エレベーターが止まったときの衝撃で、相手の女性がよろけて、尚紀の腕にすがった。その女性は、二十代前半の清純さが漂う、日本的な美人だった。「あたしが思うに」と、にやしながら亮子が言う。「その女性は、年の頃は四十前後、キャリアを積んだ女傑。三原尚紀は圧倒され、エレベーターの隅っこで縮こまっていた。そうでしょ？　エレベーターが止まったからって、人にすがりつくほど揺れません。地震じゃないんだから」。尚紀は引き下がらない。「車だって急にブレーキを掛ければ車体は大きく揺れる。それと同じだ」。亮子は尚紀のたとえ話を無視して、「だいたい、あなたの話は、尾ヒレが多すぎる。本体はどこにあるのか分からない」。亮子はハハハと笑い、ハプニング談義は終わった。

検査部へ異動し三ヶ月ほど経ったある日の夕刻、鬱屈した気分を持て余しながら正面玄関を出ようとしたとき、携帯が鳴った。非通知だった。

非通知には絶対出ないという人が多いが、尚紀は出る。頻繁にあることではないし、得体の知れない人間が、どんな話をどんなふうにするのか想像すると、面白半分の興味が湧く。尚紀の経験では、相手はだいたいが若い男。会社名と自分の名前を早口で言うのが共通している。そんなとき尚紀は、社名と名前をはっきり言うように注文をつける。出鼻をくじかれた相手が一瞬たじろぐ様子が、受話器を通して伝わってくる。こういう何とも言えない間が面白い。

ほとんどが投資のたぐいの勧誘だ。銀行の金利がなぜ低いか、経済論を交えつつ説明し、いつの間にか商品の勧誘に熱が入っている。極めてリスクの少ない商品であることを力説し、配当金が高額である仕組みの説明は実に難解。それを明るく弾んだ声で一方的に話すのが特徴。それも営業トークのひとつらしい。相手にどれだけ長く説明できたか。それもノルマのうち、と聞いたことがある。

尚紀は何も言わず、ただしゃべらせる。真面目に聞いていないから内容はほとんど分からない。相手は説明の節目で「それでですね」と言う。これも愉快な特徴だ。尚紀はあくまでも黙っている。三回ほど「それでですね」を言い、こちらが黙っていると、「もしもし」と、反応を確かめる。そこで尚紀は言う。「それで終わり？　お疲れさま」。そう言って切る。退屈しているときにはいい暇つぶしになる。

いつだったか、そばに亮子がいて、誰と話していたの、と聞いてきたことがある。非通知さんと話していた、というと、変わっているわねえといって、あきれたような顔をした。

そのときも、非通知の表示を見て、気軽に出た。もちろん、こちらの名前を言うことはしない。「はい」か、「もしもし」。あるいは、相手が出るまで黙っている。そのときは普通に「はい」と言った。

「三原尚紀さんでいらっしゃいますか」

女の声だった。綺麗な声をしているが聞き覚えがない。いつもの非通知の相手とは感触が違う。それだけは分かる。

「ヴィナス化粧品の志村です」

相手はそう言った。それでもぴんとこない。少し焦った。

「かなり前ですけど、御社のエレベーターに閉じ込められた志村英美です。そのとき名刺を頂きました」

相手の声は笑いを含んでいる。

瞬く間に全てを思い出した。といっても顔はよく覚えていない。思い出したのは、漆黒の髪、シルバーグレーの光沢のあるブラウス、タイトなパンツ――。

尚紀は携帯を耳に当てたまま、壁際に移動した。まだ顔が思い出せない。

「失礼しました。その節はどうも」

「思い出してくださって良かったわ。今、少しだけお話ししてよろしいかしら」

「かまいません。何でしょうか」

「その前に――」

そう言って笑いを含んだままの声で言った。「三原さん、非通知の電話に出るって本当だったんですね」。志村は笑い声を立て、そのあと、声の調子を変えて本題に入った。その夜、新宿駅東口近くのレストランで志村と食事をした。

その志村英美が目の前に座っている。渋谷駅近くのティールームだった。

「よかったわ。三原さんなら必ず協力してくれると信じていたの」

「まだはっきり決めたわけじゃないんだけど」

「分かっています。だって、具体的なことを話してないんですもの。当然よ」

彼女はジンジャーエールを飲むと尚紀を見つめた。

「いつだったか、資金面では他に目算があるって言ったこと覚えています？」

聞いたような覚えもあるが、はっきりしない。だから曖昧に首を傾げた。

「覚えてないんでしょう。三原さんは、私の話、いつもいい加減に聞いているから」

「そういうわけじゃないけど、遺産でも転がり込んだ？」

「遺産ねえ、言われてみれば遺産かしら。――私、茨城県の水戸の生まれなんです。実家は、市の中心部ではないけど、そこそこ開けたところ。父は一人息子で地元の役所に勤めていたんですけど、早死にしちゃって。母が、小さい食品会社の事務員をしながら、私と妹を育ててくれました。ただ、けっこう土地持ちだったから、それを切り売りして、私も妹も大学まで行かせてもらえたんです。その母も四年前に亡くなって、結局は姉妹二人だけが残された」

尚紀は、これから語られるだろう内容を予測できたが、口を挟まず聞いていた。

「だから、実家は四年間廃屋状態、家って人が住まないと駄目なのね。もう、ぼろぼろ。広い庭は荒れ放題。まるでお化け屋敷。本当は取り壊して更地にしたいんですけど、そうすると固定資産税が大変」

尚紀は表情を変えないで聞いていた。まったく興味がない。志村が尚紀の心を読んだかのように続けた。

「年に一度はお墓参りに行くんですけど、泊まれる状態じゃないから、結局は日帰りで済ませちゃう。妹なんてもっとひどいんです。今は四国の高松に住んでいるわ。夫が東京に赴任中に恋愛して結婚して、夫が高松の本社に呼び戻されたから一緒に行っちゃった」

「で、水戸の家を維持できなくなったから売ることにした？」

このような、他人のプライベートの話を聞くのは苦手だ。だから、遮る形で口を挟んだ。

志村が、「三原さんて、せっかちですね」と言って笑った。

「でも、実はそうなんです。前から妹とそういう話はあったんですけど、そこにブティックの話が浮上したから、急に現実的になって、――結論を言えば、目算していた価格で売却できました。ある建設会社が、二軒の戸建て住宅の建設を構想していて、うちの土地に目をつけていたんです。諸経費が思った以上にかかりましたけど、不動産会社と司法書士が立ち会い、売却金は妹と折半。それこそ一円単位まで折半」

つい尚紀は訊いた。「どのくらいで売れたの？」と。

訊いてから、拙かったなと思ったが、案の定、彼女の表情が変わった。

「三原さんにそこまで言わなくてもいいでしょ。店を買い取るお金と、店を開くための準備金。それから、少なくとも一年間の運転資金。三原さんの報酬。若い女店員を一人雇わなければならないし、ツヤマローンの返済も――」

「ツヤマローン？　何それ」

「ハイエナのような津山信夫です。三原さんも返済を迫られているんでしょ。私も同じ。急にマンションを買う事態になったから、なんて言ってました。三原さんに話したかどうか知りませんけど、ニューヨークに赴任している息子夫婦が帰国するんですって。だから、今のマンションを息子夫婦に住まわせて、自分用のマンションを買う。そのために、早急に資金が要り用になった。そう言ってました」

「津山が金貸しをしていること、実際には誰に聞いたの？」

「うちの営業の人間です。大空印刷の一部の間では有名らしいですよ。津山信夫が貸し付けるから、ツヤマローン」

「へえ、知らなかった」

そうは言ったが、そもそも尚紀が津山信夫に金を借りることになったのは、大空印刷の営業仲間から情報を得たからだ。

「そう言えば、いつだったか、横領の補塡のために借り入れした人がいるって言ってましたよね」

「そんなこと、言ったっけ？」

「言いましたよ。その人間、男の気がする。そんな勘がはたらくって」

確かに言った。横領男の名前を知っているかのように仄めかした。そんな子どもじみた見栄を張るのは尚紀の癖だ。あのとき志村は、興味津々の顔をして「誰です？」と聞いた。本当は知らないのだから答えられない。尚紀は思わせぶりな調子でお茶を濁したことを覚えている。

今も彼女が薄笑いを浮かべながら、じっと尚紀を見つめている。今さら、あれは憶測を言っただけ、というのも業腹だ。

横領と言って思い浮かぶのは経理と営業。数は少ないが、買掛金を現金で支払う会社がある。もちろん規模の小さい会社で高齢の経営者に多い。現金でのやり取りに拘るのだ。

担当の営業マンは指定された日時に訪問し、現金を受け取り、領収書を渡す。受け取った現金を大空印刷の口座に振り込む。

営業マンが売掛金を着服しても、すぐに露見するものではない。売掛金として計上されたままだが、担当者以外の人間、例えば、経理課が直接、相手先へ連絡を取り、催促するようなことは決してしない。売掛金を回収するまでは営業マンの仕事なのだ。

営業マンは経理課から催促されても、もっともらしい理由を言っておけば当面は何とかなる。問題は決算期だ。これは、営業マンの裁量でどうにかなるものではない。何が何でも、決算期までに清算しなければ、横領が発覚する。

あのとき津山信夫は、曖昧な言い回しでこちらの追及を避けたが、今の尚紀は営業の人間と思っている。経理の人間が、元経理課の津山から、横領の補塡のために融資を受けるとは考えにくい。面目をつぶすこと甚だしいではないか。

「津山は話したんでしょ、その人のこと。誰なんですか？」

「それは言えない。津山ほど口は軽くないからね。それに、前にも言ったはずだ。名前を言っても分からないって。営業だけで七十人はいる」

「それはそうですよね。――でも、身から出た錆とはいえ、その人、これから大変ですね。津山は貸し付けを焦げ付かせるようなへまは絶対しないそうです。彼には後ろ盾があるから」

「どんな？」

「よくは知りませんけど、彼、大空印刷を定年退職したでしょ。次の就職先が消費者金融らしいです」

「らしいって、津山から直接聞いたんじゃないの？」

「直接聞きました。でも、明確に言ったわけではなくて、仄めかしたっていう感じでした。

つまり、私を脅したんです。これは拙いと思いました。お店は手に入れました。でも、消費者金融に追い立てられています。そんなの、悲劇を通り越して、喜劇になっちゃう。だから、実家の売却は好都合だったんです」

尚紀の場合と同じだ。津山は、志村には仄めかしという心理作戦をとり、尚紀には直撃作戦をとった。津山は、富士商会に八月一日から勤めるとはっきり言った。尚紀の、たちばなローンの利用も知っていて、自分への返済手段として、たちばなローンの再度の借り入れを勧めた。

吹けば飛ぶような、いじましく干涸びたネズミ男が、同僚に高利な貸し付けをし、返済が遅れると、闇金融並みに脅しをかける。これが津山信夫の裏の顔なのだ。人は見かけによらぬもの。そんなことは承知しているが、こんな形で現実を突きつけられると、驚くよりもあきれる思いが強かった。

「津山は、私の身上調査をしていて、私が土地を持っていることを知っていました。まるでプロ級です。たぶん、新しい就職先の組織力を使ったんだと思いますけど、三原さんにそういう話、しませんでした？」

「いや、聞いてない。——それより、仕事の具体的な話に進まない？」

「そうですね。あ、その前に、三原さんの借入金、三百十万、返済しましたから」

　尚紀は一瞬、耳を疑い、目を見張り、声を呑んだ。耳鳴りの予兆のような感覚に、思わず奥歯を噛みしめたが、耳鳴りはしなかった。

「志村さん、今、なんて言った？」

「三原さんの、津山からの借入金、三百十万でいいんでしょ。全部返済しました。もちろん、立て替えたということですけど」

「どうして金額まで知っているんだ？」

「津山にはこちらの事情をある程度、話しました。もちろん、ブティックのことは初めに話しています。その頭金のために借りたんですから。あとは——私の個人的な希望で、三原さんには身軽になってほしかったからです。津山は知っています。私が三原さんをブティック経営の協力者に望んでいること」

　志村がどんな言い回しをしたか分からないが、たぶん、現状を包み隠さず話したのだ。津山はそれを信じた。尚紀への融資額が全て志村から返済されることを信じた。だからその額を志村に話した。

　尚紀は言葉を挟むことも忘れて、彼女の話に聞き入っていた。

「津山は、お金さえ返ってくればいいんです。三原さんがどんな人生を歩もうが、貸したお金がどんな方法で返済されようが、そんなこともどうでもいいんです」

「で、津山は受け取ったの？」

「もちろんです。私の分も返済しましたよ」

尚紀は混乱していた。志村の話はあまりにも独断的で唐突だ。ほんの数分前まで、苦悩の根っこであった三百十万。たちばなローンの分も合わせて四百四十万だが、大口のほうの三百十万が、知らぬ間に返済されていた。いきなりそう言われても、実感が湧かない。夢を見ているようだ。

実際に何度も夢を見た。何者かに追いかけられ、飛ぶように逃げる夢。目の前に山と積まれた札束を摑もうとしても、手が硬直して札束に触れない。そんな夢も見た。志村の、まさに白昼夢のような話は、喜びや安堵より困惑の度合いのほうが強い。

「やることが手早いね。僕の借財まで始末をつけるなんて。僕はまだ、はっきり返事をしたわけじゃない。僕が断ったらどうするつもりだった？」

「失礼な言い方になりますけど、三原さんは大空印刷に冷遇されています。三原さんはそのことに不満を持っている。当然です。でも、私にとって、三原さんの価値は高い。状況が変われば価値観も変わります。だから、今の三原さんの状況を利用させていただき、三原さんに投資する決心をした。ということです。三原さんに直接現金を渡すことも考えましたけど、津山は、私が三原さんに期待していることを知っていましたから、今回の方法をとりました」

「僕に直接渡すと、金だけ持って逃げ出すと思ったんじゃないの?」

志村が真面目な顔つきで尚紀を直視した。

「まっとうな社会生活をしてきた人間が、そんな愚かなことをするはずありません。そんなことをしたら、それこそ身の破滅です。それに、返済を肩代わりしたという既成事実を作ってしまえば、三原さんは私の誘いを断れなくなる。そう思ったのも事実です」

悪びれる様子などまったく見せず、得々と話した。尚紀は目を見張る思いでよく動く厚い唇を見ていた。やはり、一人で事業を興そうなどと考える女は違う。

尚紀は亮子を思った。亮子はいつも陽気だ。鼻歌交じりでお手軽料理を作り、気合を入れてゴキブリを退治し、パンパンパンと叩いて洗濯物を干す。仕事を持つ女としては同じだが、志村と亮子ではまるで違う。もし、志村と一緒に仕事をすることになっても、長続きはしないかもしれない。ふとそんなことを思った。

「あのさ、——そういう、現金のやり取りをどうやってするの?」

「三原さんのときはどうだったか知りませんけど。津山は、銀行口座に振り込むことはしませんでした。借りるときも返すときも現金渡し。場所はだいたい喫茶店でした。喫煙室のある喫茶店てまだあるでしょ。あの部屋って便利なんです。あまり大っぴらにできない用談だから、個室のような環境は都合がいい。時間帯によってはお客も少ないし」

尚紀のときもそうだ。穴倉のような検査室で、周りに人のいないのを確認して場所と時間を指定する。

津山は薄っぺらなカバンのなかに、貸付先のリストを紺色のファイルに挟んで入れている。あるとき、中身の一部がちらりと見えたことがあった。読むことはできなかったが、手書きだということは分かった。まるで活字のような文字と数字が、整然と並んでいた。

「使い古したカバンのなかに貸付のリスト、入れているでしょう」

「ああ、見たことあります。紺色のファイルに挟んでいますよね。いつだったか言ってました。普段、貸付リストは仏壇の引き出しに入れているって。奥さんが亡くなり、生命保険金を受け取ったとき思いついたそうですよ、セカンドビジネス・ツヤマローン。奥さんのこと、ずいぶん大切にしていたような口ぶりだったわ」

尚紀も聞いている。それもつい最近。それまでは用件のみが事務的に交わされるだけだったが、あの日は早急の返済を迫るためだったからだろう。いつになく多弁で、個人融資を始めたきっかけを話した。志村にも同じことを話したということだが、貸付リストが仏壇の引き出しにしまわれていることまでは聞いていない。

「今回の返済は額が多かったので、津山のマンションへ行きました。二度に分けて」

「津山の自宅ってどこなの？」

知っているが訊いた。

「代々木です。最寄り駅は大江戸線の代々木駅。静かな環境ですよ。津山は、健康のために毎日、代々木駅まで歩いていたと言ってました。実は、津山の新しい就職先、そのときに知ったんです。思った通りでした。富士商会。聞いたことあるでしょう。大手ではないけど。知名度は結構ありますよね」

それも、津山から直接聞いて知っている。

「富士商会ねえ。――それで？」

「ああ、借用書は三原さんが津山から返してもらってください。領収書は私が返済したので私が受け取りました。三原さんだって、津山から直接受け取る方が、返済が終わったという実感が湧くでしょう。津山にもそう言ってあります」

「いつ行けばいいの？」

「津山から連絡が来ることになっているんです。でも、――考えたら、津山の都合に合わせることないですよね。もう返済は済んだんだから、こちらの都合が優先だわ。三原さんはこれから忙しくなります。やることがいっぱいあります。日時はこちらで決めましょうよ。私、津山に言います。なんだか、だんだん腹が立ってきたわ」

志村は勝手に興奮している。タバコを荒々しくもみ消した。

「こちらから指定しましょう。なるべく早いほうがいいです。八月に入ると津山の新しい仕事が始まるようですから、今月中がいいです」

それだったら、こちらから訪ねるのではなく、津山の方から出向いてくればいい。そう思ったが黙っていた。あの津山信夫が、どんなマンションに住んでいるのか興味がある。それと、津山を通して、志村英美という人間をもっと知りたい。尚紀は津山が時折見せる鋭い眼光を思い出していた。津山が、彼女をどう評価しているか、それとなく探りを入れてみたい。

それにしても、すっかり彼女のペースでことが進んでいる。尚紀は、返済が済んでいると聞いても、さほど喜んでいない自分に気づいていた。なんとなく気持ちが中途半端で釈然としない。ただ、脳内のどこかに緩みが出たようだ。体中の穴という穴から力が抜け出ていくような虚脱感を味わっていた。たちばなローンの百三十万がまだ残っているが、退職すれば、僅かでも退職金が手に入る。そうと決まれば、今月振り込む四十万円はたちばなローンで借りてもいいということだ。

「私は、八月末日で退職します。三原さんは？」

「話が性急すぎて、追い付いていけない感じだ」

「今さら、協力できないなんて言わせません」

そう言って、志村英美はにっこり笑った。

尚紀は志村の顔を見ながら、今ひとつ決断に踏み切れず、困っている。本当にこれでいいのか、そんなふうに心が揺らぐのだ。

「私と三原さんはもう船出したんです。もう引き返せないんです。三原さんだって、大空印刷に見切りをつけているから、私の誘いを拒まなかったんでしょう。私はこの仕事に人生をかけています。そして、三原さんが仕事のパートナーになってくれると信じています」

「それで、僕は何をすればいいわけ？」

「零細だから、なんでもやってもらいます。ただ、初めに言っておきますけど、店のオーナー社長は私です。嫌な言い方ですけど、三原さんは私に雇われるということになります」

尚紀は思わず笑った。

「そんなことは当然だ。で、僕は出資しなくていいの？」

「それは、断ります。何かことがあったとき、力関係が複雑化して、大きなトラブルに発展します。私、そういう例をいくつか見ています。これでも三年間、ブティック経営の勉強をしてきましたから。それから、もっとも大事なことだから、ここで言っておきます。三原さんの給与は、あれこれ差し引かれて、手取り月二十八万で設定します。不満かもしれませんけど、少なくとも、一年間はそれしか出せません。それと、店が軌道に乗り、昇給できるようになったら、私が今回立て替えた三百十万は返済してもらいます。もちろん、分割で結構です。私、こういうことにはシビアなんです」

「なるほど、それで？」

「三原さんのメインの仕事は仕入れです。三原さんのいちばんの持ち味はファッションセンスと直感力。三原さんに白羽の矢を立てた理由はそこです。その能力を活用できるのが仕入れ。私の意見も反映してもらうけど、男性の目から見た女性のファッション。これで勝負したいの」

「男性衣料は置かないの？」

「それは駄目。両方が中途半端になる。それに、男性客がうろうろしている店内に、女性客は入りづらいものなんです。それも勉強しました。それと、三原さんは基本的にはオフィスにいて、なるべくお店には出ない。店員はやっぱり女性です」

「………」

「お客って、買いたい品は八割がた決まっているんです。あと二割を迷っている。これは女性が洋服を選ぶときの共通した心理です。第三者の一言がほしいんです。その心理を突いてさりげなく助言する。その一言で迷いが消えます。だからと言って、第三者なら誰でもいいというわけではない。私の言いたいこと、三原さんには分かるはずです」

そう言うと、志村はその大きな目に笑みを湛え、尚紀をじっと見つめた。

「――数年後には店舗を増やしたい。それが十年来の私の夢」

話に乗る！　そう決心したのは数分後だった。

「宣伝用ポスター、包装紙、商品を入れる紙袋、開店の案内状、その他、諸々の印刷物は大空印刷さんに頼みます」

そう聞いたとき、尚紀の心臓に軽い衝撃が走った。

「大空？　うち？」

「そうです。沢井統括部長とは何回もお会いしているし、何かと都合がいいと思うの。――どうしました？　何か不都合なことがあります？」

「いや、別に。どうして？」

「なんだか、面白くないような顔をしているから。――ああ、そう言えば三原さん、沢井部長を快く思ってないですよね。それは分かります。でも、それとこれとは別問題と思ってもらわないと。それに、大空印刷にとって、三原さんはお得意様になるんですよ。過去のことに拘らなくてもいいと思うけど」

そうじゃない。そんなことじゃない！

　急に目の前が開け、温かい光に包み込まれたような気分を味わっている。それは、眩いような、物哀しいような、奇妙な感情を伴い、今、胸の奥が震えている。そんな心の内を彼女に悟られないように苦心しているのだ。

「いいんじゃないの？　沢井部長も喜ぶと思う」

「そうかしら。大空さんにしたら、小さい仕事でしょう」

「そんなことはない。どんな仕事でもお客さまに変わりはない」

「そうですよね。お客に変わりはないです。——まずは店名を考えなければいけない。店名の文字のデザイン。それに合ったロゴマークも。考えることがいっぱい。でも、ウキウキするような作業だわ。本当にこんな日が来たのね。何だか夢を見ているみたい」

　志村は指を頬に当て、遠くを見るような目つきをしている。尚紀は、彼女の話を上の空で聞いていた。今、尚紀は久しぶりに爽快な気分に浸っている。憎い沢井健吾。その沢井と尚紀の立場が逆転する。直接の客は志村だが、尚紀もそこに存在しているのだ。そのことが尚紀を有頂天にさせる。想像を超えた展開だった。気を引き締めていないと、自然に頬が緩み、大声で笑い出したくなる。それを懸命に抑えている。

「念のために言いますけど、この件についてはまだ誰にも言わないでほしいの」

「——え？」

「三原さん、真面目に聞いています？　さっきから私の話、いい加減に聞いているみたいなんですけど、まだ、決心つかないんですか？　そんな腰の据わらない気持ちでは、私も考え直さなければ……」

「すまない。話がハイペースで戸惑っているだけだ。決心はついている。こんな僕でよかったら、経営に参加させてほしい」

「ほんとですか！　よかったぁー」

志村英美の身体が反り返り、胸の前で手を打った。

「で、いつから取りかかるの」

「内装工事や、店内のレイアウト、これは九月からということで、仕入れとか事務的なことは、徐々に話し合いましょう。悪いですけど、八月のお給料は出せませんから、三原さんも、八月いっぱいは大空さんに在職していた方がいいと思います。打ち合わせは、お互いに仕事が終わってからできるし、三原さんの今の部署だったら、退職願は十四日前でいいんじゃないかしら」

「そうだろうね」

「それで、さっきの話に戻ります。少なくとも退職願を出すまでは、私との話は伏せておいてください。何かと、仕事がやりにくくなります。私、ヴィナスには寿退職のように仄めかしていると思うんです」

「志村さんは結婚の予定はないの？　僕はあなたの年齢を知らないけど、そういうことを考えても不思議ではないと思うけど」

珍しくそんなことを言った。本来、尚紀は他人の私生活に関心を持たない。志村が結婚しようが、恋人がいようがまったく興味がない。それなのに、寿退職という言葉に付き合っている。浮き立った気分がそうさせているのだ。

「そんな人がいたら三原さんにお願いしません。私の恋人は仕事、結婚相手も仕事。だから、三原さんと一緒に仕事をしても、決して妙な関係にはならない。そういうことに関しては強い信念を持っています。――そんな私って変だと思います？」

「いや、思わない。むしろ、立派だと思う」

こっちも決してそうはならない。尚紀も自分を信じている。

男と女が同じ目的達成を目指して共に歩む。いわば同志だ。だが、必ずと言っていいほど、二人の間には男と女の生臭い匂いが入り込む。そもそもスタートからそういう関係、というカップルのほうが多いはずだ。それが自然であり、そうならないほうがむしろ不自然。だが、彼女とはそうならない。確信が持てる。

好みのタイプではない。それも大きな理由だが、彼女には独特の堅さを感じる。笑っていても目は笑っていない。顔の皮膚一枚だけで笑っている。妻の亮子は瞳の奥まで笑う。ときには鼻まで笑っていると思えるほど、豊かでおおらかな笑顔だ。

志村は常に、堅牢なバリアーで身を包んでいる。オープンにしているようでいて、実はそうではない。ということは、人を心から信じないということに通じる。では、なぜ尚紀をパートナーに選ぶのか――。

ファッションセンスを評価する。その言葉を信じた上で、彼女は仕事とプライベートは完全に切り離す主義。そう考えれば問題はないわけだが、なぜか、話の内容全体に不安定な危うさを感じて、心から安堵できない。不意に、これは夢物語ではないか、そんな心もとなさを感じるときがあるのだ。

だが、このへんで余計な雑念は追い払わなければならない。とにかく、大空印刷を辞めたあとの収入を確保できたのだ。ひとまず、これで良しとする。

「そう言ってもらうと嬉しいです。――三原さんの奥様は専業主婦？」

「まあ、そんなところ」

「お子さんはいらっしゃらないと、誰からか聞いたことがあります」

「いない」

「この話、奥様にも言わないでほしいわ。全てが整う見通しができてから話してください。

奥様を信じないわけではないけど、それまでに何が起きるか分かりません。恐れるのは同業者の妨害や圧力。結構、そういう事例があるんです。だから、できる限り秘密裏に進めたいんです」

東京駅の地下へ向かった。先日、志村と歩いたときと同じくらいの時間帯だ。相変わらず人が多い。道順を思い出しながら地下街を歩き、前回と同じ場所に立った。

店のシャッターは閉まったまま、張り紙もそのままだった。《店内改装のため、七月十五日から二十五日まで休ませていただきます。店主》。その張り紙の端が少し破け、めくれている。それがこの店の現状を物語っているようだった。だが、尚紀の決心で事情が一変した。志村英美という新オーナーが決まり、店は新しく蘇る。

尚紀の背中を押したのが、志村の話した決めごとだった。新しいブティック開店後の、営業に関する全ての印刷物を大空印刷に発注する。それを聞いた瞬間、適当に相槌（あいづち）を打っていた心の窓が全開になった。突然、目が覚めた思いだった。

尚紀が大空印刷に仕事を与える。尚紀が大空印刷の顧客になる。正確には志村英美だが、いずれ、沢井健吾をはじめ、元同僚たちは、尚紀の退社後の実情を知ることになる。同僚のなかには志村英美の個性に惹かれている男が何人もいる。

沢井健吾もその一人。いつだったか、とっておきの笑顔で、彼女に接する姿を見たことがある。さんざん尚紀を愚弄し、大勢の前で罵倒し、心の折れた尚紀を穴倉に追いやった沢井健吾――。

沢井を含め、尚紀の転落を腹の中でせせら笑った同僚たちは、近い将来仰天する。もしかすると、ブティックの開店祝いに、大空印刷から胡蝶蘭が届くかもしれない。ヴィナス化粧品の移転祝いに、大空印刷が祝いの品を届けたように。

尚紀の胸に、笑いの泡がふつふつと湧いてきた。痛快とはこのような気分を言うのだろう。志村は、退職の十四日前に辞表を出せばいいと言った。それまでは、屑のような仕事をまじめに機嫌よくこなす。そして当日、沢井の座るデスクの上に辞表を置く。沢井を驚かすにはそのほうが効果的だ。

斜め前の閉ざされたシャッターを見ながら、三百十万円の返済が済んだことに、改めて安堵の胸をなでおろした。

左隣の《アネモネ》に客が二人いる。右隣の《ダイナミック》に、客はいない。背の高い店員が暇そうな顔つきで、通路の人の流れに目を向けていた。

耳鳴りはまったくしない。こんな爽やかな気分になるのは何ヶ月振りだろう。

私と彼

チャイムが鳴った。

ドアを開けると、シュンが立っていた。にこっと笑う。私と顔を合わせると必ずこの笑顔を見せる。だが、なかに入ったとたん、その顔をしかめた。

「何、この暑さ。よくこんな部屋にいられるね。熱中症になるよ」

「そんな年寄りじゃないわよ」

彼はさっさと上がりこみ、ばたばたとキッチンを歩く。冷蔵庫を開け、ペットボトルを出し、喉を鳴らして水を飲む。ボトルを持ったまま、窓を閉め、リモコンを探してエアコンを作動させた。

「今日はそんなに暑くないわよ。無駄遣いしないで。古いエアコンだから燃費(ねんぴ)が悪いの、知ってるでしょ。それから、いつも言うように、飲み物はコップに移して飲む。水でもビールでもそのほうが数倍おいしい」

そんな言葉には無頓着(むとんちゃく)。床に置かれたクッションの上にどかりと座った。

「誰にも見られなかったでしょうね。大事の前の小事。油断しては駄目よ。こんなちっちゃなアパートの出入りは、人目につきやすいんだから」

「大丈夫。そういうことには用心深いから」

「なら、いいけど、油断は禁物。ずいぶん遅かったのね。予定が狂ったわ」

「これからまた出かけなくちゃいけない」

「どこへ？」

「大学。教授のところ。話があるんだって」

「夏休み中でしょう。教授、いるの？」

「教授の夏休みは学生とは違うよ。論文書いたり、講演の依頼があったり、研究室にこもって研究したり」

「で、何の話かしら」

「講師にならないかという、誘いじゃないかと思う」

「講師って、大学で学生にピアノ教えるってこと？」

「まあ、そうだろうね」

「そんなの駄目よ！　講師になるためにコンクールに挑戦するんじゃないでしょ。あなたの目標はＣＤデビュー。よそ見している暇なんかないの。とにかく今は、目の前のコンクールに入賞すること。入賞さえすれば大丈夫。必ず音楽プロダクションからオファーがある。あなたの実力と、そのルックス――」

私は彼の目をじっと見つめた。

「シュン君には華がある。鬼に金棒って、あなたのような人を言うんだと思う。技術は努力次第だけど、華は努力で身につくものではない。資質と言ってしまうほど簡単なものでもない。うまく説明できないけど――オーラ。そうね。オーラがいちばん近いかな。成功する人にはオーラがある。でも、そんな人はひと握り、いえ、ひと摘み。あなたにはそのオーラがある」

「そんなに力まないで、買いかぶりだよ」

「そんなことない！　私の目に狂いはないわ。講師なんて駄目！　大学の講師なんて誰でもなれる」

シュンは窓辺に寄りかかり、ペットボトルを持ったまま天井を見つめている、瞬きをするたびに、男にしては長いまつげがゆっくり上下した。

彼とは同じピアノ教室で出会った。

私は初めて彼のエチュードを聴いたとき、その演奏技術に衝撃を受けた。他の生徒との違いがはっきり分かった。幼い頃からピアノと一体化した生活をしていた私には、音を聴き分ける能力が備わっていたようだ。六つも年下の彼の才能に嫉妬さえ感じたこともある。

私はその頃、生徒仲間から愛称で呼ばれていた。彼は先輩たちの真似をして、私を愛称で呼んだ。本来なら、六つも年上の先輩に向かって生意気だと、不快に思ってもいいはずなのに、物怖じしない態度と愛嬌を、むしろ可愛いと思った。もともと人懐こい性格なのだろう。一人っ子の私には弟のように思えたのかもしれない。いつの間にか、お互いが愛称で呼び合うようになっていた。

だが今は私を君と呼ぶ。たぶん彼は背伸びをしているのだ。私が六歳年上ということに引け目を感じるように、彼は年上の私に軽んじられたくないという自己アピール。そう思うとおかしくもあり、愛しくもある。

彼は、自分の性格を気軽に評価しているが、私に言わせると、欲が足りない。生きることは自分の欲を追求することだ。人は、将来に夢や希望をもとうという。夢も希望も言葉を替えれば欲。だが、欲という言葉には抵抗を感じる。だから、心地いい響きの夢や希望という言葉でイメージを軟らかくしている。私はそう思う。

ショパン全日本コンクールの入賞は三位まで。彼なら入賞できるとはげましているが、たとえ入賞できなくても、五位までにランクインすれば、世界ショパンコンクールにノミネートされる。ショパン全日本コンクールは、世界ショパンコンクールへの登竜門なのだ。

彼が世界ショパンコンクールの舞台に立つ。そこまでは期待していない。だが、五位までにランクインすれば、かならずスポンサーがつく。彼の持つ特有の魅力を見逃すはずがない。そうなればCDデビューができるし、定期的にコンサートも開ける。

スポンサーとしては、世界ショパンコンクールの予選で評価が低かったりすると、彼のプロフィールに傷がつく。それよりも、五位までにランクインできた時点でスカウトしたほうが、イメージの高いままデビューできる。

無頓着と思えるほど呑気だが、その内面には、漲るパワーと、繊細な音色を生み出す才能が充満している。演奏中の厳粛な横顔には、近寄りがたいほどの気高さを感じる。私はそんな彼が愛おしくてたまらないのだ。

この恋人を世に出さなくてはならない。埋もれてしまうには余りに惜しい才能だ。彼の才能は私の才能。彼の成功は私の成功だった。講師なんてとんでもない。講師や教員にさせるために、高名な教授の指導を受けさせているのではない。教員は芸術家ではない。彼の才能はまさに芸術なのだ。

だが、芸術の世界だからと言って、技術と精神論だけでどうにかなるものではない。やはりお金の力は必須。一般人が聞いたら信じられないほど高額な指導料。これからは、音楽プロダクションへの根回しも必要になる。お金はいくらあっても足りない。

彼にアルバイトなどさせられない。全ての時間をレッスンに当てなければ、コンクールの入賞は果たせないのだ。彼の実家からの仕送りは絶えている。会社勤めしていると思い込んでいるから。

私は高校三年まで、音大のピアノ科を目指し猛勉強していた。ピアニストになるのが夢だった。だが、父が肺癌であっけなく死亡し、環境が一変した。家は社宅だったので、葬儀が終わるとすぐに開け渡し、母と二人で賃貸のマンションに越した。

働き手を失っては、学費の高い音大進学は無理だ。父の死と同時に私はピアニストの夢を捨てざるを得なかった。引っ越しと同時にピアノを売った。楽譜を燃やし、長年愛用していた楽譜入れのカバンを捨てた。ピアノを断ち切るための私の覚悟の証しとしたのだ。そんな私を、母はおろおろしながら見守るばかりだった。

いきなり目的を失い、呆然としている日々が続いた。現実を受け入れられなくて、母に隠れて毎日泣いていた。だが、泣いてばかりではいられなくなった。もともと丈夫でなかった母は心労が重なり、寝たり起きたりの生活になったのだ。

高校卒業後すぐに就職、と覚悟をしていたが、母が専門学校進学を勧めてくれた。僅かながら蓄えがあると言った。昼は学校、夜はコンビニでアルバイトの生活が二年続き、卒業してすぐに会社勤めとなった。母が亡くなって十年になるが、葬儀が終わるとすぐにマンションを引き払い、家賃の安いこのアパートに越した。

ピアノ教室をやめ、住まいが変わったのだから彼と会う機会もなくなった。そして、十二年の歳月が流れたとき、私と彼は再会した。それも思わぬかたちで。

「たった一回、コンクールに落ちたからって、やけを起こしてピアノをやめて会社勤めしたって、結局はピアノから離れることができなかったじゃないの」

「実家からの仕送りにも限界があるしね。といって、中学校や高校に就職してガキどもに音楽を教える、それだけはしたくない。——しかし、よく入社できたと思うよ。音大卒の僕が。長続きするわけがない」

そう言うと、彼はおかしそうに笑う。

「履歴が異色だったところがかえってよかったんじゃないの。でも、あのときは本当に驚いた。書類を落としそうになったわ。ドアを開けたら、目の前にシュン君がいるんだもの。今でも不思議に思う。だって、十二年よ。その間に中学、高校、大学があったわけでしょ、いちばんの成長期、身体も心も急速に変化する。私はその頃のシュン君を知らない。それなのにすぐ分かった」

「僕はすぐには分からなかったけど、君の驚いた顔をじっと見ていたら、思い出した。声も出なかった。それにしても潔いよね。すぱっとピアノやめちゃったんだから」

「私にはあなたほどの才能はないわ。あなたは私とは違う。望月先生のこと、尊敬しているんでしょ。信頼しているんでしょ。望月先生はあなたの才能を認めている。その先生の指導を受けているんですもの。こんどこそ入賞する」

「レッスン料、べらぼうに高いけどね。マンションの賃料も高いし」

「そんなこと考えては駄目。そういうことは私が考えること。とにかく無心になることが大事、いろんな意味を含めて。──その前に、越えなければならない山がある。これだけは、あなたに勇気を出してもらわないといけない。今のあなたは大勢の人から、鵜の目鷹の目で見られているわ。いつ、どんな形で事実が明るみに出るか分からない。たとえ、それが過去のことであっても、そんな噂が広まったら、経歴に大きな傷がつく。芸術家として致命的な傷。つまり、その世界では生きていけない」

「分かってる。いつも言ってるでしょ。僕、見かけほどヤワじゃないって。人が思っている以上に、勇気も実行力もある！」

私は思わず笑った。彼が口癖のように言う言葉なのだ。

「そうね、それに利己的で合理的で現実主義、でしょ？」

「そういうこと」

「いい印象ではないけど、目指すものを手に入れるためには必要な精神だと思う。人生には他人のことなんか考えなくていいときがあるわ。いつか言ってたでしょ。今が人生におけるターニングポイントだって、それでいいのよ。その精神で突進するの」

二人で最終の打ち合わせをした。二時間ほどかかった。私は最後に力強く言った。

「時間の使い方とタイミング。それさえ計画通りに行けば、必ず成功する。あなたが表面に出ることはあり得ないの。あり得ない理由、分かっているでしょ？」

彼は力強い目で私を見つめ、頷いた。

「それにしても、君の勇気と行動力には驚くばかりだ。君の頭脳には勝てない。君は天才！」

「それって嫌味？」

「嫌味じゃないさ。君への賛美」

「まあ、そんなことはどうでもいいわ。それより、指を痛めたらたいへん。それがいちばん心配。大丈夫よね」

「分かってる。君の計画は完璧――」

囁(ささや)くような声で言うと、狭いベッドに私を押し倒した。

行為のあと、彼は慌ただしく部屋を出て行った。

6

亮子が洗濯物を取り込み、廊下に放り込む。猫が外に出ないように、ガラス戸を手早く開け閉めする。洗濯物の量が多いからそれを数回繰り返す。

真夏の太陽をたっぷり含んだ衣類は、廊下に色とりどりの小山を作った。こういう状況を猫たちが放っておくわけがない。我先にと衣類に飛びつき、潜り込み、二匹でシャツを引っぱり合ったりしている。

生き物を飼ったことのない人には考えられない光景だろう。直に身につける衣類、それも綺麗に洗った衣類を、猫が好き勝手に玩具にしているのだ。尚紀はそんなことを考えながら、猫の戯れる姿を見るともなく見ていた。

亮子は、狭い花壇に咲く花々に水をやっている。古い家だ。祖母の生きていた頃とほとんど変わらない。屋内の部分的なリフォームはしたが、基本的には灰色瓦の純和風の家。いずれ、建て替えるときが来るだろう。

これまで尚紀は、家や土地を強く意識したり、執着した覚えがない。家も土地もあるのが当然。それこそ空気のような存在だった。だから、売るなどという発想も浮かばない。

津山から、売却とか、抵当などと言われても、実感が湧かず、そのふてぶてしい態度にばかり腹を立てていた。だが今、一つの危機を脱し、ひとまず安全地帯に身を置いてみると、あのとき、津山が発した言葉の重さが、現実味を帯びて迫ってくる。背筋が寒くなる思いだった。

「この土地は、ぜーんぶナオ君のもの。ナオ君が好きに使っていいんだよ。家を作り変えてもいいし、庭にお花畑を作ってもいいし、ナオ君が大人になったら大好きな自動車を買って、車庫を作るかもしれない」

祖母が話した通りになった。お花畑と言うほどではないが、ブロック塀の手前に、夏の花が何種類も咲いている。庭の隅には車庫のスペースがあり、おもに亮子が通勤に使う中型車が収まっている。

この家も庭も安泰だ。苦悩の種だった四百四十万のうち、三百十万は志村英美が立て替え、ひとまず難を逃れた。たちばなローンの百三十万は退職金でカタがつく。退職後の、新しい仕事も決まり、本格的な準備に入ろうとしている。

それにしても、慌ただしい環境の変化だ。

志村英美の夢、計画、行動、何もかも彼女のペースでことが進み、深く考える間もなく仕事が宛てがわれた。尚紀にはまだ、ブティック経営に対して実感が湧かない。三百十万円の返済も、自分の意志や行動が伴っていないから、安堵感が中途半端。再就職の喜びも意欲も中途半端。なんとも不思議な感覚だった。

　彼女が語る将来の設計図を、どれだけ理解し納得しているだろう。そこに思いが至ると、彼女の熱弁する内容が、色鮮やかな絵に思えてくる。絵は人を惹きつけるが、実生活とは違う次元に存在する。絵は陶酔を誘うが、空腹は満たされない。つまり、志村の話は空疎な夢語りであり、絵本に描かれたご馳走。本を閉じれば消えてしまう——。

　といって、彼女の話をまったく信じてないかと言えばそうではない。その計画に乗り気でないかと言えばそうでもない。そんなあやふやな心境のまま、尚紀は今、読んでもいない新聞を手に、陽の傾き始めた夏の空を見ている。

　亮子がバケツを持って庭の隅にある水道へ水を汲みに行った。

　休日の、平穏な時間がゆったりと過ぎている。

　ほんの数日前まで、耳の奥で騒ぐ虫を鎮めるために、殺人劇を空想し、そのことに集中することで、耳鳴りの症状を抑えたものだ。殺す相手は沢井健吾だった。絞殺か、刺殺か、単独か、共犯かと、真剣に考え、アリバイ工作の方法を考案し、その案の一つひとつを、組み立てては壊し、壊しては組み立て、そのプロセスに夢中になることで、憎悪や怨恨（えんこん）を遠ざけ、痛快なひと時を味わった。

　だが、今思えば、そのアイディアはどれも陳腐で、現実的でなかった。我ながらおかしくなる。そもそも尚紀には、そんな大それたことを実行する度胸などなく、いたって小心者であることを知っている。だがあの頃は、煮えたぎる憤激を持て余し、非現実的なことを空想することで、気持ちを宥めていた。そうでもしなければ、怒りの渦に呑みこまれ、暗く深い穴の中に引きずり込まれてしまいそうだったのだ。

「今日ね、診察したワンちゃんコンビなんだけど、そのワンちゃんたち、なんという名前だと思う？」

　亮子がビールを一口飲むと訊いた。

　突然そんなことを訊かれても分かるはずがない。だから、「分かるはずがない」と答えた。

「テーブルの上の料理にヒントがあります」

　改めてテーブルを見回した。ミートソーススパゲティ、これは、パスタは家で茹でて、ミートソースは缶詰のはずだ。その他に生野菜サラダ。木製の器に野菜をふんだんに入れ、表面にハムとチーズが体裁よく並んでいる。これは手作り。ドレッシングも手作り、何種類かを作り置きし、瓶に詰めて冷蔵庫に並べている。それと、有田焼の器に筑前煮。これは、実家からのお裾わけ。

ときどき亮子は、実家の夕食の一部をタッパーに入れて持ち帰り、尚紀の見ていないところで手早く器に盛り付ける。そのことは承知の上で、お互いが言わずもがなにしている。たまにからかい半分に言う。「このブリ大根、ばあちゃんの作ったのと味が似てる」。すると亮子が言う。「そう思う？　実は私もそう思う」。こんな調子だ。

「メイン料理がヒントです」

「メイン料理……」

尚紀は筑前煮を指差した。

「どうして、筑前煮がメインなのよ。メインはスパゲティでしょ」

「分かった。一匹がスパで、もう一匹がゲティ」

「安易だなあ。横着してぜんぜん考えようとしていない。あなた、あだ名をつけるの上手じゃない。タレントの特徴を摑んで、なるほどと思うあだ名をつけてるわ」

亮子はビールのグラスを持ち上げ、「雄犬は大麦くん」。グラスを置き、スパゲティをフォークに巻きつけ、「雌犬は小麦ちゃん」。亮子はそう言って巻きつけたスパゲティを口に入れ、

「意味分かる？」と聞いた。

「それぞれの原料ってことだろう。いい名前だ。うちの奴らは平凡すぎる」

「それは言える。どうして大麦と小麦にしたかっていうとね、旦那さんがビール好きで、奥

さんは麺類が好きなんですって。アサリとシジミという猫もいるわ。――そう言えば、この頃、あなたからあだ名を聞かないけど、いつだっけ、営業の人で、背が高すぎて痩せているから、なんとなくシャッキリ感がない。だから、しょぼくれ煙突。しょぼさん、元気にしている？」

尚紀は仕事仲間と親しく付き合うほうではないが、しょぼくれ煙突とは、デスクが隣ということもあり、話もし、何回か一緒に飲んだこともある。だが、ここ数ヶ月会っていない。フロアが違い、業務内容がまったく違ってしまったので顔を合わせることがないのだ。尚紀のほうから、営業の連中とはなるべく顔を合わせないように、行動に時間差を作っていることも確かだった。

「元気にしているよ」

「しょぼくれているのに、元気というところが面白いわね。ねえ、しょぼさんの本名、なんだったっけ？　聞いたことあったけど、いつもしょぼさんで済ませているから忘れちゃったわ」

「松下（まつした）」

「そうだった。松下さんだった。下の名前は？」

「下の名前？　何だったっけ」

「やあねえ、同僚の名前知らないの？　一緒に飲んだことだってあったんでしょ」

「普段、フルネームで呼ぶことなんかないからね、――思い出した。慎吾(しんご)。松下慎吾」

「松下慎吾さん、かっこいい名前じゃない。しょぼさんとマッチしない」

「新しいあだ名をつけた。二人に」

「どんな？」

亮子が筑前煮のレンコンを口に入れた。シャキシャキと旨そうな音がした。

「おばあちゃんが作る筑前煮のレンコン、美味しかったわね」

突然、話が飛んだ。あだ名とはまったく関係がない。

「筑前煮を作るとき、レンコンだけは鍋の蓋をしないで別に煮なくちゃ駄目なの。他のものと一緒に蓋をして煮たら、歯ごたえがなくなっちゃう。そのこと、おばあちゃんが教えてくれたから、私がお母さんに教えてあげたの。そしたら、あたしだってそのくらい知っているけど、面倒だから一緒に煮ちゃうのよ、だって。でも、今回は私の言う通りに煮ている。歯ごたえのないレンコンだったら筑前煮に入れないほうがいい」

　そんな勝手なことを言っている。それなら自分で作ればいいと思うが、それとこれとは別のようだ。そもそも亮子に筑前煮は作れないと思う。

　亮子がレンコンを呑みこむと言った。

「それで、なんていうあだ名？」

「え？」

「今、言ったでしょう。あだ名つけた、二人にって」

期待に目が笑っている。

「アンバラ牛蒡と涸れ鼠」

「アンバラ牛蒡ってなに？」

「色が黒くてギスギスしていて細長く、顔の造作がアンバランスだから」

「色が黒いって、外国人なの？」

「日本人だよ。一時期、若い女性が日焼けサロンとかで小麦色に肌を焼き、それを一つの美とした頃があっただろう。その人は、サロンで焼かなくても、海で焼かなくても一年中黒い。もともと地肌が黒いんだろうな。顔の造作の説明は難しい。とにかく、目も鼻も口もアンバランスなんだ」

「へえ、その人、女性なんだ。あなたが女性にあだ名をつけるって珍しいけど、会社の人？」

「違う、取引先の人。いつだったか、うちへ来たんだ。部長に用があってね」

「もうひとつは何だっけ。かれ……」

「涸れ鼠。これも説明は難しいな。本人を見たらすぐ納得するけど、これは男性。濡れ鼠という言葉があるだろう。それの反対、水分がなくて干涸びている」

「ふーん。では、採点します。アンバラ牛蒡も涸れ鼠も三十点」

「厳しいね。その理由は？」

「あだ名って、親しみの表現のひとつじゃない。だから、どこか愛嬌があって、つけられた人が自分のあだ名を知ったとき、思わず笑っちゃう。そういうのがセンスあるあだ名だと思う。アンバラ牛蒡さん、知ったら腹を立てると思うな。涸れ鼠さんも同じ」

「それじゃあ、しょぼくれ煙突だって同じじゃないか」

「男性はともかく、女性は自分の体や顔のことをあからさまに悪く言われるのは、嫌なものよ。セクハラのようなものだわ」

「セクハラじゃないさ。それに彼女、結構もてるんだぜ。痩せて背が高いのはスタイルがいい、色が浅黒いのはエキゾチック、顔の造作がアンバランスなのは個性的、ということでね。仲間の中には彼女に関心を持っているやつが何人もいる」

「なるほどねえ、スタイルが良くて個性的。それで、三原尚紀さんも、アンバラ牛蒡さんに興味があるわけだ。だからあだ名なんかつけて、秘かに憧れている」

「ぜーんぜん、興味なし。俺の好みとは真逆だね」

「——あのさ、アンバラ牛蒡さんとはよく会うの？」

尚紀はドキリとし、「どうして」と訊いた。「だって、アンバラ牛蒡さんのこと、よく知っているみたいに聞こえるから」

「二回だけ会った。会ったというよりも、見かけたというべきだな。一回は部長と話しているのを遠くから見た。もう一回は廊下ですれ違った。そのとき閃いた。アンバラ牛蒡だあ！」

アンバラ牛蒡の志村英美とは以前、エレベーター内に閉じ込められ、二十分ほど二人きりだった。かなり稀有なことだ。当時、そのことを亮子に話した。そのときの亮子の反応を覚えているが、今、その話を蒸し返す気になれない。話すべきでないように思うのだ。どうしてそう思うのかはうまく説明できない。

志村とはこれから、仕事のパートナーになる。そのことを亮子に話したら、亮子はどんな顔をして、何と言うだろう。

半年近く前、業務上のミスにより転落したこと。収入減を補うために借財をしたこと。借財の相手が、淵れ鼠の津山信夫であること。アンバラ牛蒡の志村が接近し、尚紀を仕事のパートナーに誘ったこと。ことの流れで借財の返済を志村が肩代わりしたこと。そのことにより、彼女の誘いを断れなくなり、事態は思わぬ方向へ歩み出したこと。これらの一切を亮子に話していない。

ふいに祖母の声が聞こえたような気がした。「亮子さんが付いていていてくれるから安心だ」

尚紀は亮子を見た。

「君は、あだ名、あった？」

「ない。ああ、中学生の頃、リョウスケって、呼ばれたことがあったけど、これはあだ名じゃなくて愛称だから。あなたは？」

「ない」

「二人とも、特徴のない平凡な人間っていうことね。父が言っていたわ。今は、昔ほどあだ名をつけなくなったって。ほら、差別とか何とか、うるさくなったでしょ。だから、そういうことから遠ざかっちゃうのね。父が言うにはね、あだ名をつけるということは、相手をよく観察している証拠だって、親しみを持っている証拠だって。センスのあるあだ名をつける人は、観察眼のある人だって」

「じゃあ、俺は、センスがあって、観察眼がある。そういうことだ」

「さあ、それはどうか分からないけど」と、亮子はさらりと受け流し、「二人とも平凡で普通だということ。これだけは確かね」と、決めつけて、あだ名談義は終わった。

七月二十八日夜。

亮子が台所で歌を口ずさんでいる。聞いたことのあるようなないような歌詞とメロディー。

こんなとき、たいてい猫は亮子の周りで遊ぶのだが、今は二匹とも尚紀のそばにいる。

尚紀は床に新聞紙を敷き、居間のドアに鍵を取り付ける作業をしていた。新聞紙の上に箱があり、小さな部品が入っている。好奇心旺盛な猫は、新聞紙をひっかき、箱に前足を突っ込んでいたずらする。その度に尚紀は手で追い払う。

営業を離れてから帰る時間が早くなったが、尚紀は外で時間を潰し、営業の頃とほぼ同じ時間に帰宅する。今日もホームセンターに寄ってきた。

亮子は尚紀の降格を知っているのではないか——。

知っているが、尚紀の気持ちをおもんぱかり、尚紀から話し出すのを待っている。

屈託のない亮子の歌声を聞きながら、そんなことを思っている。その思いは、何かの拍子に不意に心に生じ、尚紀を落ち着かなくさせるのだ。今もそうだった。

亮子の言動から何かを感じたというのではない。亮子に隠しごとをしているという後ろめたさが、尚紀を疑心暗鬼にさせているのだ。それは分かっている。

亮子は気分にむらがない。人間、生きていれば嫌なこともあるはずだ。まして、仕事を持っているからなおさらと思う。だが亮子は、何か不満があっても、それをストレートにぶちまけるという表現はしない。不満の内容に、亮子なりの味付けをし、一度、消化してから話す。だから、愚痴にはならず、笑いを誘う世間話として処理される。

それは、我慢や計算をしているのではなく、亮子の性格なのだ。細かなことにうじうじと拘るタイプではない。人の悪口は言わないほうだが、ごくたまに言うときも、ユーモア交じりだから、笑い飛ばして終わりになる。そういう点では尚紀とはまるで違う。

「育ちがいいというのは、亮子さんのような人を言うんだよ。亮子さんには陰日向がない。いい意味で芯が強くてしなやか。心が平らで温かい。そういう人は人に寛大」。祖母は、亮子のいないところで、尚紀によく言った。まるで、子どもを諭すように。「亮子さんを大切にしなさい。あんたには過ぎた人だ」とも言った。祖母は人を褒めない人だったが、亮子に対しては珍しく評価が高かった。祖母に亮子を褒められると悪い気はしなかった。

祖母は尚紀を猫かわいがりし、尚紀のやることは全て良しとしていたが、尚紀の欠点も充分に分かっていたと思う。「亮子さんが付いていてくれるから安心だ。あんたの人生の最高点は、亮子さんを妻にしたこと」とも言っていた。

その夜、尚紀はソファに座り、食後のコーヒーを飲みながら、テーブルに置かれた分厚いカタログギフトをめくっていた。食器、衣類、小物の革製品、食品、酒など、本人が自由に選んで申し込む仕組みになっている。

カタログの間に白い封書が挟まっていた。亮子の伯母の四十九日が済んだという挨拶状だった。伯母の法要には尚紀も参列している。今は結婚式の引き出物も、葬儀の返礼品も、ほとんどがセレクトギフト。申し込みの期限切れにならないように、亮子は品物の選定を始めたようだ。

なかほどのページの一枚が折られている。そこには小型のキャットタワーに、白い猫がじゃれついている写真が載っている。亮子は、人間の物より猫のための物を申し込むらしい。ページを進める。ギフトの種類は多様だ。数十ページごとに種類が変わる。別の種類に変わる前のページの中央に、予告の文字が書かれている。さらにめくっていくと、《DINING》とあった。黒い文字の上下は白い余白。何も書かれていない。

尚紀はその余白をじっと見た。

子どもの頃、白いスペースを見ると、何か書きたくなる癖があった。あるとき、廊下の突き当たりの白い壁に、クレヨンで自動車の絵を描いた。青い色の自動車だった。それを見つけた祖母がひどく怒り、尚紀を叱らないで母親に八つ当たりした。

尚紀は雑巾で消そうとしたが、青い色がこすれて四方に広がった。白い壁の歪んだ青い自動車は、しばらくそのままだったように思うが、その後どうなったのかは覚えていない。

テーブルにあるボールペンを持った。しばらく白い余白を見ていたが、そこに、アンバラごぼうと書いてみた。牛蒡という字はやっかいだから平仮名にした。もう一つ書いてみた。

亮子はセクハラまがいのことを言ったが、尚紀はこのあだ名を気に入っている。もう一つ書く。上段の白い余白が埋まった。

昨日、アンバラ牛蒡と会った。津山信夫の自宅へ行く日時が決まった。明日だ。

そのあとで牛蒡が言った。「私、店名は、前の店名をそのまま使おうと思います。お洒落で上品だし、それに、今までの固定客は大切だから、店名は変えないほうがいいでしょう」

それは、相談するというよりも、すでに決めていて報告という話しぶりだった。店名は尚紀にとってそれほどの関心事ではない。気軽に賛成した。

最近の打ち合わせは、ティールームで済ませることが多い。初めの頃はレストランで豪華な食事を振舞われたものだが、尚紀が経営に参加することが決まると、とたんに質素になった。なかなかしっかりした女だ。というよりも、釣った魚に餌はやらない、まさにこれを地で行っている。一緒に食事をしたいとは思わないが、余りにもあからさまだから白けた気分になる。彼女とのペアは長続きしないだろう。改めてそんなふうに思う。

下の余白にも何か書きたい。しばらく見つめたあと、ペンを走らせた。書き連ねた文字をじっと見つめた。

何げなく、ページの隅に津山宅を訪れる日時を小さく書いてみた。

後ろに気配がしたのでカタログを閉じた。

「ああ、それね、伯母の法事のカタログギフト、何かほしいものある？　小物の革製品もあったと思うけど」

「キャットタワーに決めたんだろう」

「どうして分かった？」

「ページが折ってある」

「そうだったっけ？　変えてもいいわよ。そういえば、お母さんは体重計にするって言ってた。ほら、今のは体脂肪率とか、内臓脂肪レベルとか、いろんな機能が付いているでしょう。杉浦のはね、二十年以上も前のヘルスメーターで、周りが錆びついていて、どういうわけか、乗るたびにカタンと音がするの」

「キャットタワーでいいよ。買ってやりたいって言ってたじゃないか。そういえばさあ、お義母（かあ）さん、今でもひと言日記書いてるの？」

「珍しく、長続きしている」

亮子がハンドクリームをつけながら、尚紀の前に座った。

亮子の母親が、寝る前にひと言日記を書くことは前から聞いている。本当にひと言、本式の日記になると三日坊主になることが分かっているので、一行か二行のメモ式。それ以上は書かない。書くのは手帳で、日記帳ではないそうだ。

変わっているなあと思うのは、義母は、自分の書くひと言手帳を、平気でその辺に置いてあり、人の見ているところでもかまわず書く。だから、亮子の見ている前でも堂々と書く。

そういうところが、尚紀の育った家庭とはまったく違う。今振り返ってみると、尚紀の家族はそれぞれが、透明のブースのなかにいたように思う。そこを、自分だけの居場所とし、ひっそりと身を守っていた。家族でありながら、一人ひとりが別の世界で生きていた。

子どもの頃は分からなかったが、大人になり、結婚をし、ごくたまにだが、亮子の実家に行き、杉浦家の家族のありようを見ると、その違いがよく分かった。要するに杉浦家は陽気で開放的なのだ。だから、義母も、日記まがいのものを平気でその辺に置いておく。

あまりにオープンだから、かえって興味が湧かず、特に見たいとは思わないそうだが、それでも、ときどき面白い内容があると、亮子は尚紀に聞かせる。

この二つの家族の違い。

杉浦家の日常――笑い、絆、信頼。

三原家の日常――憂い、孤立、諦め。

尚紀はなんとしてでも亮子と結婚したかった。恋愛経験はあったが、結婚を考えた女性は一人もいなかった。だが、亮子と再会し、付き合いが始まるとすぐ結婚したいと思った。自分の伴侶は亮子以外にいないと強く思った。亮子との再会が待っていたから、他の女性とは気持ちが高まらなかったのだ。尚紀は本気でそう思った。

亮子の全てが好き。亮子には、尚紀の家族にはない匂いがあった。

祖母が亮子に対して思う育ちのよさとは、振舞いや、言葉遣いなどの表面的なことではなく、富裕層、社会的地位、格式高い家柄、そんなことでもなく、育った環境によって、心の奥底で、地道にゆっくり育まれた、広く、深く、豊かな人柄が醸し出す、固有の雰囲気――。

尚紀はそう解釈している。

尚紀は亮子の肉親を嫌いではない。陽気で、さっぱりした気質に好意を持っている。だが、亮子の実家へ行くことはめったにない。杉浦家の人たちと一緒にいると、なぜか孤独感を味わうのだ。

やはり亮子は杉浦家の人。そんなふうにも感じてしまう。

初めてその感覚を味わったのは、亮子と結婚して間もない頃だった。その日、杉浦家で夕飯を食べた。よせ鍋だった。皆がしゃべり、笑い、食べ、尚紀も一緒に興じていた。そんなとき、不意に皆の声が遠ざかり、尚紀だけが取り残されたような錯覚に陥った。それは一分にも満たない時間だったが、初めて味わったその感覚を、今も忘れていない。

一人でいるときには感じたことのない孤独感。

和気あいあいの賑やかな家族のなかにいると、自分はこの人たちとは違う。そう思い知らされ、それまで味わったことのない寂寥感に包まれる。なんとも不可解な心の揺らぎ。

尚紀は子どもの頃から孤独癖があった。一人でいることが好きだった。寂しいなどと思ったことがなく、むしろ一人でいることを楽しみ、人と関わることが煩わしかった。それは大人になっても同じで、亮子と再会するまでは一生独身でもいいと思っていた。

「少し前だけど、体重が五百グラム増えた。シューマイを二つ多く食べたからだ。お父さんが残したのが悪い。それからね、こういうのもあった。息子にソーメンを送るとメールした。茹でるのが面倒臭いからいらないと返信が来た。横着者め、と返信の返信をした。ですって」

尚紀は笑った。何かにつけ、杉浦家はこういった調子なのだ。

「周平君、前期の研修医生活も終わりだろう。立派なお医者さまだ」

義弟の周平は、名古屋の大学病院に勤務している。周平も嫌味のない、飾り気のない、真っ直ぐな性格の青年だった。やはり、亮子と同じ匂いがする。

「言っておきますけど、私も立派なお医者さまですからね。猫ちゃんやワンちゃんにとって、リョウコセンセイは神様のようなものです」

亮子はハハハと笑って立ち上がった。

「私は少し調べものがあるから、さきに休んでて」

「わかった。あのさあ、明日はお得意さんへ直行だから、いつもより遅くていいんだ。だから、起こさないで」

「了解。出かけるときは面倒がらずに牛乳くらいは飲んでね。茹でるわけじゃないんだから。それからクロワッサンもある。これも焼かなくていい」

「分かってる」

「じゃ、お休みなさい」

亮子は、背を向けると、ああー！　と悲鳴のような声を出して振り返った。

「確認。明日は杉浦に泊まること、言ってあるわよね。猫ちゃんの手術」

「うん、聞いてる。避妊(ひにん)の手術、失敗した猫だろう」

「うちで失敗したんじゃないわよ。別の病院でしたんだけど、うちの近くに引っ越してきたの。最近、発情の症状が出たのね。めったにないことだけど、卵巣遺残症候群のひとつ、卵巣の取り残しだと思う」

「そこまで説明しなくてもいいよ。要するに、術後のケアが必要だから、帰れないということだろう。一昨日だったたか聞いたよ」

亮子は、「ごめん」と手を合わせるような仕草をして、書斎と呼んでいる小部屋に入った。

翌日に手術があるときなど、この小部屋で遅くまで過ごすことがある。

7

翌朝、十時に目が覚めた。

自分で起きたというよりも、二匹の猫に起こされた。熟睡していて、耳の周りを舐められて目が覚めた。雌のアンズは自分が起きていて、飼い主が寝ているのが気に入らない。ベッドに飛び乗って起こす。

亮子はすでに出勤している。

猫の餌が残り少ない。食器を洗い、猫用タオルで拭いて乾かし、新しい餌を入れる。こんなふうに生き物の世話をする自分に苦笑する。もともと犬も猫も好きではない。飼い猫も、特に可愛いと思っているわけではないが、そばにいると、無関心ではいられないから不思議だ。これが生き物の持つ力なのかもしれない。

亮子に言われた通り、牛乳を飲み、クロワッサンを食べた。

外出の支度をする。仕事ではないからスーツでなくていい。クローゼットやチェストを開け閉めする。この頃になると猫の目つきが変わってくる。飼い主が出かけることが分かるらしい。余り鳴かない種類なので、そのぶん目に表れるのか、なんとなく寂しげで、もの言いたげなのだ。二匹が別々の場所に座って、尚紀をじっと見つめる。

　亮子のように、話しかけたりはしないが、名前くらいは呼ぶ。着替えが済んだところで一匹を抱く。普段は抱かれることを嫌うが、こういうときは大人しく抱かれる。もう一匹も抱く。公平でなくてはならない。猫に接するときは、そんなふうに意識している。

　餌と水の確認をして居間を出る。ドアの向こうに二匹が座って尚紀を見ている。手を伸ばし、昨夜取り付けたばかりのロックをかけた。


　代々木駅に着いたのが午後一時。約束の時刻までかなり時間がある。家を出るのが早かった。それは分かっていたが、何となく落ち着かなく、何となく気持ちが急いていた。コーヒーでも飲んで時間をつぶすしかない。昼食は、何もかも済んでからゆっくりと楽しみたい。

　駅前のカフェに入った。

　おととい、志村英美が言っていた。

「津山って、見かけより横着で横柄なところがあります。三原さんが行く時間が分かっているからドアの鍵、開けていますよ、きっと。チャイムを押しても、迎えに出ないかもしれません。私のときはそうでした。開いているからどうぞ、ですって。だから私も図々しく、ずかずか入ったんですけど、津山は何をしていたと思います？」

尚紀は、さあ、と言った。

津山が見かけとはだいぶ違う人間。それは痛いほど分かっている。

「熱心にコーヒーを淹れていました。あの人、ああ見えて、コーヒー通なんですよ。三原さんも遠慮しないで入っちゃっていいんです。自慢するだけあって、コーヒーは絶品でした」

そう言えば、そんな話を聞いたような気がするが、いつどこで聞いたのか覚えていない。

腕時計を見た。そろそろいいだろう。尚紀はカフェを出た。

フラワー公園を目標に歩いた。大人の足で七、八分と聞いている。尚紀は約束の時間ちょうどになるように計算して歩いた。

調べた通り、左手にコンビニ、右前方にかなり大きな公園があった。名前にふさわしく、公園を縁取るようにさまざまな夏の花が行儀よく並んで咲いている。その間に桜の木が横に枝を張り、銀杏の枝はすっくと伸び、いずれも深い緑の葉を密集させて、公園内に木陰を作っていた。

公園を横手に見ながら歩を進める。丁字路を左折。五十メートルほど先の右手にマンションがあった。植え込みのなかに大理石と思われる石が斜めに据えられ、マンション名が彫られている。間違いない。津山信夫の住むスターズマンション代々木だ。植え込みの奥がエントランスのようだ。

改めてマンションの全景を見渡した。中型といっていいだろう。これよりも規模の大きいマンションはいくらでもある。濃い灰色のごく普通のマンションだ。

初めてそのエントランスの前に立ち、手動のドアを通過した。中は思ったより広い。管理人室は見当たらず、左手にメールボックスが並んでいる。その脇にあるエレベーターに乗った。

八〇五号室のドアの前に立った。インターフォンの上に、津山信夫と表札がある。尚紀はボタンを押した。

しばらく間があって、はい、と応答があった。

「三原です」

「開いていますから、どうぞ」

例のぼそぼそした声が応えた。

志村の言った通りだ。一呼吸してドアを開けると、コーヒーの香りがした。実にいい香りだ。これも志村の言った通り。尚紀もコーヒー好きで、コーヒーの味で喫茶店を選ぶ。営業をしていた頃は、時間を調整してはお気に入りの喫茶店へ入ってコーヒーを楽しんだものだ。

思っていたよりも玄関内部が広い。隅に靴が一足置かれていた。津山の普段履きなのだろう。快適な室温。真夏の外を歩いてきたので人心地がつく。十センチほど段差のあるフローリングの上に、スリッパが揃えてあった。「失礼します」と、少し大きな声で言い、スリッパを履いた。洒落た鼠とあだ名をつけ、さんざん馬鹿にした態度をとっていたが、ここは津山の家だと思うと、多少は気持ちが改まる。

マンションの廊下は狭い。横幅に余裕というものがなかった。その先にドアがある。茶色の枠に囲まれた四角いガラス板が、縦二列に並んでいる。尚紀の家の居間のドアと似たようなデザインだった。廊下の右手にも左手にもドアがあった。こちらのドアにはなんのデザインもない、単なるドア。当然廊下の先のドアを目指した。

ドアの取っ手を手前に引いた。コーヒーの香りが強くなった。

目に飛び込んだのは見事な応接セット。濃い茶の革張りのソファが、木製のテーブルを挟んで配置されている。その向こうの大きな窓ガラスから都会の街並みが沈んで見える。ここは八階だと改めて思う。尚紀の家の居間ほど広くはないが、ゆったりとした余裕を感じる。調度品は少ないが、どれも上等に思え、それらが整然と配置されている。洒落た鼠の生活する場所とは思えない。

「津山さん、三原です」

初めての家だから部屋の間取りが分からない。見回しても津山の姿はなかった。

後ろ手でドアを閉め、もう一度、津山さん、と呼んだ。返事はない。居間を歩き、ソファに近づいた。ドアからは死角になっていて見えなかったが、居間はL字型で、食堂を兼ねているようだ。ダイニングテーブルが見える。キッチンはそっちの方向なのだろう。

尚紀はダイニングテーブルまで歩き、左手を見た。やはりそこに台所があった。半オープン式で、ダイニングとキッチンを仕切るカウンターがあり、その向こうに冷蔵庫が見えている。そこにも津山の姿はなかった。

「津山さん」

尚紀は大きな声を出した。返事がない。

そのときになって、初めて異様な静けさに気づいた。コーヒーの香りだけが漂っている。それなのに人の気配がない。津山はどこにいるのだ。ゆっくり首を回した。目に入るもの全てが、堅く冷たく静止していた。動きのあるものは何もない。

尚紀は急に落ち着きを失った。不吉な何かを察知したように鼓動が高鳴り、ハッハッと、口から荒い息が漏れた。生唾を呑み込んだ。

その頃から、耳鳴りの前兆が現れていた。奥歯を嚙みしめていないと虫が暴れまわる。顔をしかめながら、もう一度首を回したとき、目が一点に釘づけになった。

台所の入口と思えるところに人が寝ている。顔は見えないがグレーのシャツにグレーのズボン。同系色の靴下を履いている。つま先が上を向いていた。「……津山さん」、そう呟きながら、グレーの人物に近づいた。そのときの尚紀は、体調の悪くなった津山が倒れている、そう思うだけの余裕が残っていた。

顔を見た。その瞬間、悲鳴を上げて目を閉じた。瞼の裏いっぱいにその顔の残像が広がった。心臓が口から飛び出るような衝撃。ヒッヒッと声を出しながら、のめるように居間のドアへ向かった。取っ手をがたがた動かしてようやくドアを開けた。廊下が玄関に向かって延びている。その廊下は波打っていた。足が思うように動かない。左右の壁に手をあてがいながら、よたよたと歩いた。

倒れている人間が、むっくり起き上がって追いかけてくる。グレーのシャツ、グレーのズボンの男が尚紀の襟首を摑む。そんな強迫観念に駆られ、尚紀は切れ切れの悲鳴を上げていた。ようやく玄関に辿り着き、ドアを開けた。開かない。鍵がかかっているのだ。自分が入ったとき、ロックしたかどうかも思い出せない。ロックのつまみを横にした。開かない。縦にした。開かない。

グレーの男が追いかけてくる。襟首を捕まえにくる。尚紀は震えの止まらない指で金属のつまみを横にし、縦にし、取っ手を揺さぶったが動かない。両手で叩いた。全身をぶつけた。ドアはびくともしなかった。

尚紀はよろけながら居間へ戻った。なぜ居間へ戻ったのか分からない。何をどうすべきなのかも分からない。頭の中が、打ち上げ花火をしているように騒がしく、何かに締め付けられたように重くて痛い。尚紀はしきりに頭を振った。

しばらくソファの横に立ち、外を見ていた。ベランダのガラス戸はぴたりと閉まっている。街の景色が霞んでいる。

さっきの光景は錯覚——?!

そんなことをぼんやり考え、ふらふらした足取りで台所へ向かった。

津山信夫はまだ寝そべっていた。

その顔は、眼球が瞼から飛び出し、ぎょろりと尚紀を睨んでいる。大きな口から紫色の舌が垂れていた。尚紀のうつろな目は、奇妙な物体でも見るかのようにその醜悪な顔を見下ろしていた。やがてその口から、かすれた悲鳴が何回も上がった。

頭の中では虫が何十四、何百匹にも増え、羽根をフル回転させている。脳が破裂しそうだった。

頭を振りながら呟いた。「亮子、どうすればいい？　亮子、——そうだ、携帯だ。携帯で亮子を呼べばいい。亮子が何とかしてくれる」。ポケットを探った。携帯がない。虫がうるさくて仕方がない。頭が割れてしまいそうだ。尚紀は緩慢な手つきであちこちのポケットを探った。あった。携帯があった。これで亮子を呼ぼう。亮子が何とかしてくれる。

そのとき、居間の入口でチャイムが鳴った。その音は、部屋中を揺るがすほどに、大きく、鋭く響き渡った。尚紀は悲鳴を上げ、蛙のように飛び上がった。もう一度チャイムが鳴った。

ふいに視界がひらけた。

周りがやわらかい光に包まれ、心地いい空気が流れ込んできた。尚紀は思わず深呼吸をした。そのとき、右耳の奥がすっと軽くなった。反射的に耳に手を当てたとき、一匹の虫が目の前に現れた。

黒い虫は尚紀の顔の前を左右に飛んでいる。

ああ、今までこの虫が耳の奥にいたのだ。尚紀は素直にそう思った。頭の中が空っぽになったように軽く、とても心地いい。こんな爽快で気楽な気分を味わうのは初めてのような気がする。

虫は尚紀の前から飛んでいく。尚紀は首を回し、虫の行方を追った。虫が遠ざかる。やがて針の穴のように小さくなり、視界から消えた。

虫の消えた向こうに、目の覚めるような緑の大地が広がっていた。そこに穏やかな陽光が降り注ぎ、大地一面がつやつやかに光っている。尚紀はゆっくり近づいた。

太陽はどこだろう。柔らかい光を注ぐ太陽を探したが、太陽はなかった。ただ、なだらかな緑の稜線の上に、抜けるような青い空があった。一点の雲もなく、濃淡もなく、折り紙のような青一色の空。

目の前の風景は、青と緑の二色だけ。実に清々しい。こんなに旨い空気を吸うのは久しぶりだった。あの虫が、頭からいなくなったせいだ。だからこんなにいい気分なのだ。尚紀の胸は子どものように弾んだ。

あのなだらかな緑の山と青い空にもっと近づきたい、尚紀は歩を進めながらふと思った。こんな景色を見たことがある。どこで見たのだろう。尚紀は思い出そうと努力した。思い出したときに、何かいいことがありそうな気がする。尚紀は空っぽの頭に一心に力を込めたが手応えがない。頭の中は空っぽのままだった。

「なおき」

耳元で声がした。尚紀は顔を動かした。

すぐ隣に母がいた。母は尚紀を見つめて微笑んでいる。長い髪を後ろでひとつにまとめ、リボン代わりにハンカチを結んでいた。母がそこにいることが少しも不思議ではなかった。母が尚紀のそばにいるのは当たり前のことだった。

「……かあさん……」

尚紀は呼んでみた。小さい声だが自分の声がはっきり聞こえた。これなら母にも聞こえる。

叫びだしたいくらい嬉しかった。もう一度、今度は少し大きく呼んでみた。

「かあさん――」

「そうよ、お母さんよ」

久しぶりに聞く母の声だ。尚紀は、胸がわくわくするあまり、泣きたいような気持ちになった。母はいつものように優しい目をしていた。その目でじっと尚紀を見つめている。尚紀も母を見つめた。母と目を合わせるのは本当に久しぶりだった。

母は口元をほころばせ、澄んだ眸(ひとみ)で少し睨むようにすると、優しい声で言った。

「なおき、駄目でしょう、柵に登っては」

言われて初めて気がついた。目の前に柵があり、尚紀は柵の横棒に乗って、景色を見ていたのだ。柵は曲がりくねって延び、遠いところで青い空に溶け込んでいる。尚紀はにっこり笑って言った。

「そうだ、かあさん、ここは湯布院だよね。由布岳の隣の山だね。でも、牛も馬もいないよ。どこへ行ったのかなあ」

尚紀は柵の上で背伸びをして遠くを見渡した。牛も馬もいなかった。どこまでも緑と青だけの広がりだった。それにしても柔らかそうな緑の山肌だ。

「かあさん、僕、あの草の上に行きたい」

「なおき、お母さんがいつも言ってるでしょう。柵っていうのは、ここから向こうへ行ってはいけません、という約束なのよ」

尚紀は笑いながら言った。

「かあさん、僕、もう子どもじゃないよ。身長は百七十六センチ。こんな柵なんてすぐ飛び越えられる。簡単だよ」

尚紀は母に見せたかった。自分が大きくなったことを。大人になって何でもできるようになったことを。

尚紀は上の柵に手を掛け、体を柵に押し付けるようにしてジャンプした。柵の横棒が尚紀の腹にあった。身を乗り出すと、緑と青が一層広がった。尚紀はもう一度笑って言った。

「かあさん、見てて」

尚紀は片足を掛けてひょいと柵を越えた。


五階に住む主婦は、ベランダに並んだプランターの花に水をやっていた。

ジョーロの水がなくなったので、顔を上げた。そのとき、目の前を白っぽい物体が落下していった。あっという間のことだった。主婦は、一瞬ぼんやりした。そのあとで、上階の人が何かを落としたのかと思い、身を乗り出して上を見た。六階のベランダが邪魔をして何も見えない。次に下を見た。

主婦はしばらく地上を見ていたが、やがて小さい悲鳴を上げ、ジョーロを放り出した。破裂しそうな心臓を手で押さえながら室内へ飛び込み、電話機へ走った。七月二十九日、午後二時四十分だった。

通報者は他にもいた。スターズマンション代々木と、百メートルほど離れて建つマンションの住人二人が目撃している。一人は大学生、そのとき彼は、四階の廊下を歩いていた。何げなくフェンスの外を見たとき、スターズマンション代々木のベランダから、人らしい白っぽい物体が落下していった。逆立ちで両腕が万歳の形をしているように見えた。

九階に住む主婦は、買い物に行くため、玄関のドアを開けた。ドアに鍵をかけ、振り向きざまに、見慣れたスターズマンション代々木に目が行った。主婦は目を凝らした。スターズマンション代々木の、上階のベランダで、フェンスによじ登ろうとしている人がいる。咄嗟には何をしているのか分からず、声も立てずに見ている間に、その人物はフェンスを乗り越え、落下していった。あっという間の出来事で、夢を見ているのかと思った。

そのとき、ベランダには、飛び降りた人物以外、誰もいなかった。間違いない。主婦は後に、警察の質問にそのように供述している。

私と彼

「プログラム、いつ頃できるの？」

「さあ、いつ頃だろう。ピアノ教室の発表会ではないんだから、個性的なデザインなんかない。出場者名と経歴と曲名が書かれた簡素なものだよ」

「何人くらい受けるの？」

「五十人くらいかな」

「私も聴きに行きたいな」

「だから、発表会ではないって言ってんでしょ。会場に入れるのは、審査員、コンクールを受ける人とその家族のみ、部外者は駄目なの」

車は市街地を抜けた。田園風景のなかに住宅が数軒ずつ固まって点在している。行く手に濃い緑の山並み、稜線の向こうに夏の雲が湧きたっている。時折対向車とすれ違い、歩道には、ハイキングを楽しむグループやカップルが談笑しながら歩いている。

それにしても、予想を超えた結果だった。

予想では、三原尚紀は目の前の状況に動転し、玄関へ走る。ドアは開かない。パニック状態になりつつも、三原は自ら通報し、出動した警察官に現行犯逮捕される。そうなるような居間の状況なのだ。

　または、開かなかったドアが開き、玄関ドアから、外に飛び出す。そうだとしても、異様な三原尚紀の様子に近所の住人が不審を抱き、警察に通報する。いずれにしても、三原の身柄が警察の手に渡ることは間違いない。

　そうなったとき、我々の成功は不動のものとなり、彼と私は安全地帯へ着地したことになる。なぜなら、今の三原尚紀は、警察の聴取にまともに応じられる精神状態ではないからだ。どれほど気丈な人間でも、いきなり、残虐(ざんぎゃく)なおぞましい死体に直面すれば、パニックに陥り、正常な判断ができなくなる。まして三原尚紀は、気丈とは程遠い神経の持ち主。その上、今は神経症に冒されていると聞いた。場合によっては、乱心もしかねない。

　事実を説明したにしても、警察側には支離滅裂(しりめつれつ)な内容として伝わる。警察官は歯牙(しが)にもかけないだろう。そう思わせるほど現場の状況は完璧なのだ。私と彼に捜査の手が及ぶことなど、二百パーセントない。そのためにお金をかけ、時間をかけ、練りに練ったシナリオ。真実を知るのは、私と彼だけ。

　何よりも重視したのは、私たちとは無関係なところで、三原尚紀が逮捕、起訴され、裁判が行われる。被疑者の状態から、精神鑑定の必要性が出てくるかもしれない。結果、執行猶予付きになる可能性もある。だが、そんなことはどうでもいい。要は、裁判が行われ、判決が下ればいいのだ。そうなれば、今回の事件は完全に終結となる。まさに完全犯罪。そう思っていた。

結果は予想から大きく逸れた。後味の悪さがまったくないと言えば嘘になる。しかし、ものは考えようで、最高の結末ともいえる、なんとも複雑な心境だ。

「運転、上手いね。君の運転する車に乗ったの初めてだ」

「そりゃそうよ。私には車がないもの。本当はあなたに運転してほしいんだけど、大事なコンクールの前だからやめたの。――そういえば、この車、誰かに貸した？」

「どうして？」

「今、不意に思い出したんだけど、十日ほど前、あたし、この車でスーパーへ行ったでしょ。あのとき、シートの位置、少し変えたのよ。私より足の短い誰かが運転したって感じたんだけど」

彼が大声を出して笑った。笑いが止まらないというふうに、笑い続けた。

「どうしたの？」

「言いつけてやる、そいつに。僕の彼女が、君のこと、短足って言ってたって」

「誰？」

「一緒にコンクールを受けるやつ。そいつ、背が低いから、演奏のとき、椅子の高さを調節するんだ。でも、技術は高い。表現力も芸術性も上位にランクすると思う。僕と同じくらいか、ひょっとすると僕の上を行くかもしれない」

「やめてよ。そんな言い方するの。で、その人がこの車、運転したの？」

「そう、マンションへ遊びにきた。というよりも、僕の仕上がりぶりを偵察にきたんだと思う。夕飯を食べようということで、ちょっと離れた天丼屋まで、天丼買いに行ってもらった。この車で」

「そうだったの。で、その人、何を弾くの？」

「僕が革命に決めたから、英雄だと思う」

「そう。でも、弱気にならないでね。車の運転も、ピアノの演奏も、その他、なんでもあなたのほうがずっと上、シュン君はオールマイティーです」

「褒めすぎ。さすがに照れる」

「私の評価は間違ってないわ。で、結局、革命にしたのね」

「うん。英雄か革命か悩んだけど、今の自分には革命のほうが合ってると思ってさ」

「曲を変えて大丈夫なの？」

「それは大丈夫。二曲を同時進行で練習していたから。僕さあ、新しい発見をした」

カーナビの案内に合わせてゆっくりと左折した。田園風景が消えて、左右が鬱蒼（うっそう）とした深い緑の連続になる。道路は緩やかなカーブが続いている。散策の終わった人、これから行く人が、忘れた頃にひょっこり現れる。私は、事故を起こさないように慎重にハンドルを操作した。

「どんなこと？」

「革命の練習を続けたあと、英雄を弾くと、革命がよく思えてくる。英雄を続けて弾いたあと、革命を弾くと、英雄がよく思えてくる。不思議な感覚なんだよね」

「それって分かる気がする。二曲を弾くことによって。それぞれの曲を客観視することになるのよ、なんでもそう。一つのことに密着しすぎると視野が狭くなる。たまに距離を置くと、今まで見えていなかったものが見えてくる。どんな世界にもあることだと思う」

「ふーん、やっぱり頭がいいね」

「頭の問題じゃなくて感覚の問題でしょ」

「ますます、頭がいい」

「おだてないでよ。ねえ、このずっと上に、有名な神社があるの知ってる？」

「知らない」

「三峰（みつみね）神社。関東では有名な神社なのよ、霊験あらたかで、どんな願いも叶えてくれるし、どんな災いも払いのけてくれるんですって。この際、欲張りになって、願い事も厄除けも同時にお願いしましょうよ。確か、火の神様も祭られていたと思うんだけど、もしかしたら私の記憶違いかもしれない。でも、革命と炎。いいと思わない？　参拝しましょ」

「革命か。——君がよく言ってたよね。生きることは自分の欲を追求することだって。己の欲に従い、努力することだって。夢や希望も、言葉を替えれば欲だって。僕もそう思うようになった。君に感化された。もう今までの、ほんわか坊っちゃんではない。今日から新しく生まれ変わる。だから革命！」

私は声を出して笑った。こういうところが子どもっぽいのだ。

初めて彼に会ったのは、彼が小学六年生の四月、私が高校三年に進級したばかり。お互いにまだ子どもだった。驚いたのは、ピアノ教室での彼の演奏だった。この子は違う。そう思った。講師も彼には早くから目を付け、他の生徒とは扱いが違った。一回だけ一緒に発表会に出た。彼は「仔犬のワルツ」を弾いた。短い曲だが、少年だった彼の容姿とマッチして、保護者たちを魅了した。私は出番が後のほうなので客席で聴いていたが、ミスタッチが一度もなかったことを覚えている。黒のタキシードに赤い蝶ネクタイ。色白のふっくらした頬が少し紅潮し、額の髪の毛が微かに揺れていた。

「何見てるの？　頰に視線を感じる」

「さすが鋭い。君、今日は何時までに帰ればいいの？」

「門限がある訳じゃないし、何時でもいいわよ。それに有給休暇取っているから、明日の心配をしなくていい」

「そうか、休暇中だったんだよね」

「大きな山を越えることができたら、休みを取りたいと思っていたの。だから、前から届けを出していたんだけど、仕事を休んだことなんてほとんどなかったから、時間を持て余しちゃう。本当はあなたの練習ぶりを見に行きたいんだけど、そうはいかないでしょ」

「あったりまえ、緊張を緩めるのはまだ早い」

「よく分かってるじゃない。でも、あまり遅くなると、今日のレッスンができなくなるでしょ」

「大丈夫。巨大な壁は突破できた。今日は気持ちを切り替えるためのドライブでしょ。少し、のんびりしようよ」

「それはそうだけど、ほら、よく言うじゃない。一日休むと自分に分かる。二日休むと仲間に分かる」

「三日休むと、聴き手に分かる、でしょ」

「そういうこと」

「帰りにどこかで食事をして、七時までに帰れば、二時間はレッスンできる。あのさ、緑がすごくきれいじゃない。どこかに車停めて少し歩こうよ。都心と違って涼しい。ここまで登ったんだから見晴らしのいいところがあるよ。神社の参拝はそのあとにしない？　まだ時間はたっぷりある」

「分かった。駐車できるところ、探す」

二章　妻

1

父方の伯母が亡くなった。三年前から入退院を繰り返し、最近は容体が思わしくないことを知っていたので、父にさほどの動揺はなく、母から告げられると、そうか、と言っただけだった。診療が終わり次第、伯母の家に向かうことになり、名古屋にいる弟にもその旨連絡した。亮子は診療を一時間早く切り上げ、自宅に戻った。

身支度を整えながら、尚紀に電話をしているが通じない。マナーモードにしていて気づかないのだろう。尚紀と伯母は数回会ったことはあるが、特に親しいという間柄ではなかった。幼い頃、ずいぶん可愛がられた亮子とは心情も立場も違う。両親も、尚紀は明日の通夜だけ参列すればいいと言っていた。姪の夫としての義理を果たせばいいのだ。だからメールで事情を知らせ、後でかけ直せばいい。そう思いつつ、亮子は五分おきに三回かけた。

その合間に尚紀の喪服を出し、ハンガーに掛ける。

上着の胸元にブラシを当てながら、片手で携帯を持ち、登録してある会社の電話番号を押した。二晩家をあけるのだから、早めに、直接伝えるべきと思ったのか、親族の葬儀という、どこか興奮気味の心境がそうさせたのか分からない。とにかく、尚紀の勤務先にかけた。

「大空印刷でございます」

　歯切れのいい女性の声が応えた。

「三原と申します。営業二課に繫いでいただきたいのですが」

　しばらくお待ちくださいと言われ、軽快な曲が耳に流れた。保留音によく使われるメロディーを聴きながら、亮子は腰をかがめ、ズボンの裾にブラシを当てる。

「お待たせしました。営業二課の米山と言います。失礼ですが、もう一度お名前をお聞かせください」

　今度は男の声だ。会社に電話をすることなどないから、時折、尚紀の話に出てくる数人の名前しか知らない。米山という名前は初めて聞くが、年配者らしい落ち着いた話し方だった。

「三原です。三原尚紀の家のものです」

「三原さんの奥様ですか」

「そうです。いつもお世話になっております。三原が携帯に出ないものですから。今、席におりますでしょうか。至急、連絡したいことがありまして」

　相手が沈黙した。声も音もない時間が二呼吸ほど続いた。

　亮子はブラシを床に置き、無意識に姿勢を正していた。相手の沈黙に胸が騒いでいる。それは、伯母の死を知ったときの感覚とは異質の、わけの分からない動揺を伴う緊張感だった。

「三原さんは、部署が変わりましたが、ご存じなかったですか」

今度は亮子が沈黙した。一瞬、頭の中が混乱し、次に、聞いた言葉の意味を脳の隅っこで反芻していた。亮子の戸惑う様子を察したかのように相手が言った。

「三原さんは配置換えになり、今は検査部です。このまま、電話を回すことができますから、回しましょうか」

心臓がぐらりと揺れ、頬がかっと熱くなった。

「いえ、結構です。たいした用件ではありませんので、お忙しいところを失礼いたしました」

そそくさと電話を切った。

ちぐはぐな答え方だったと思うが、電話を回されては困る。この状態で尚紀に繋がれては困る。瞬時にそう思った。何がどう困るのか整理がつかないが、とにかく困る。

亮子は床のブラシを取り上げ、上着の袖に滑らせた。何かを一心に考えなければならない。そう思うのだが、取り留めのないことばかりが脳内を駆け巡る。ブラシは機械的に同じ所ばかりを撫でていた。亮子はブラシを持ったまま椅子に座り、しばらくぼんやり外を見ていた。

父の運転する車のなかで考える。

部署が検査部に変わった。検査部とはどんな仕事なのか見当がつかない。

印刷会社の検査部……？

聞きようによっては、重々しく、特殊で重要なポストのようにも思えるが、亮子はそうではないと思っている。なぜなら、尚紀が隠しているからだ。昇格や栄転なら真っ先に亮子に報告する。それも、得意満面の笑みを浮かべて。

ということは、降格？　左遷？

尚紀は自信家だ。よく自慢話をする。仕事柄、営業成績に関することが多いが、そういうとき、尚紀は補足をする。自分の実力において、そんなことはたいしたことではないというようなニュアンス。これは、自慢の上塗りである。そんなとき亮子は、また始まった、と苦々しく思いながら、いささか気持ちが沈む。

獣医師になって五年ほど経った頃、父に言われたことがある。

その頃、休憩時間になると、スタッフみんなと獣医療の現状について、懇談とも雑談ともいえるような話に興じていた。そんなある日、亮子が一人のときに父が言ったのだ。

人は話し手の成功談よりも失敗談に興味を持つ。飾り気のない失敗談には不思議な力がある。その談を聞いているとき、人は素直な気持ちになり、我が身を振り返る。なるほどと納得し、共感し、そして、話し手に好感を抱く。

スタッフ同士の会話のなかに、亮子の慢心を感じたのだろう。父はそんな話をさりげなくすることで亮子を諭したのだ。亮子はそのとき、なるほどなあと、素直に思ったものだ。

尚紀は、自慢話はよくするが、失敗談は聞いたことがない。他人を褒めることもしない。その点においては、子ども並みに単純で率直だった。だが、考え方を変えてみると、尚紀の度量の狭さに繋がる。

だからと言って、尚紀との日常生活に大きな不満や支障があるわけではない。陽気で穏やかな日々だ。尾を引くような喧嘩もしたことがない。尚紀は亮子を大切な人と思っている。大げさに言えば、唯一無二の存在と思っている。言葉に出して言われたわけではないが、そういうことは自然と伝わってくるものだ。そう思われることに悪い気はしない。

尚紀は人付き合いのいいほうではない。むしろ、その逆だと思う。亮子の肉親に対してもそうだった。仲が悪いわけではないが、親密ではない。最小限度、無難な程度に付き合っている。亮子もそういうことに拘るほうではないから、特に不満を持ってはいない。

結婚前、自然なかたちで話し合った。お互いの領域には深く立ち入らない。お互いの生活様式を認め尊重する。領域とは仕事や趣味ということになるが、二人とも特に趣味を持たないから、仕事ということになる。そして、この約束は守られている。

家事は分担。炊事と洗濯は亮子。掃除は尚紀。綺麗好きの尚紀は掃除を億劫がらない。ゴミ出しも平気でする。ゴミと言うべきものが長時間家のなかにあることが嫌なのだ。月に一度くらいの割合で、家中を徹底的に掃除する。もともと亮子は家事が得意ではないが、特に整理整頓が苦手だった。そんな亮子には、尚紀の綺麗好きはありがたい。

いつ配置換えになったのだろう。

尚紀の最近の生活ぶりを振り返ってみるが、これと言って思い当たることがない。

昨夜、尚紀は八時過ぎに帰宅した。亮子は七時半だった。尚紀の帰宅時間はだいたい八時前後なのだ。夕食は、スーパーで買った二種類の惣菜。実家からお裾分けのけんちん汁。亮子の手作りの野菜サラダ。それらを体裁よく器に盛り付けた。今、新聞やテレビで盛んに報じられている政治家のスキャンダルの内容を論評し合いながら、二人で缶ビールを二本ずつ飲んだ。

尚紀の様子に変わったことはなかったと思う。あの自信家の尚紀が、降格されたことを態度に出さず、平然としていられるとは思えない。かといって昇進ならば、これも亮子に自慢せずにはいられない。そういう意味でも、尚紀は分かりやすい性格なのだ。

米山という人が何か思い違いをしている？

たとえば、亮子を他の社員の妻と思い込んだ。いや、そんなはずはない。三原さん、と何度も言ったし、「三原さんの奥様ですか」と、確認もした。

いつもは口数の多い亮子が無口でいることに、両親は不審を抱いてない。生前の伯母に思いを馳せている。二人はそう思っている。だから、話しかけてもこない。だが、不謹慎にも、亮子の頭のなかは、尚紀をおもんぱかる気持ちが優先され、伯母の死は遠くへ追いやられていた。

あのプライドの高い尚紀が降格された。尚紀は三十六歳、営業マンとして、いわば働き盛りである。いったい何があったのだろう。

家を出る前にメールを送信した。尚紀から返信があったのは、両親と待ち合わせをしている場所へ向かう途中だった。普段よりも丁寧な説明文に対して「わかった、そうする」と、書かれていた。

宇都宮の駅前で弟の周平を拾い、車は伯母の家へ向かった。

翌日、尚紀は通夜の始まる三十分前に斎場に来た。伯母の夫にお悔やみを述べ、仕事のため告別式には出られないと詫びの挨拶をした。営業マンだけあって挨拶にソツがない。いつもの尚紀と少しも変わっていなかった。

米山という人は、亮子から電話があったことを尚紀に伝えていない。

たいした根拠があるわけではないが亮子はそう思った。伝えないほうが無難。亮子との短いやり取りで、米山氏はそう判断した。良識のある大人だったらそうすると思う。やはり尚紀は降格されたのだ。すでに亮子はそう確信していた。

　尚紀は最終の新幹線で帰っていった。

　亮子は新聞を広げ、社会面を拾い読みしながら、足もとに寝そべっている犬の腹を撫でていた。雌で名前はウメ。このほかに雄のタケとマツがいる。いずれも雑種で、室内飼いをしている。マツとタケはそれぞれの寝床に入ったが、ウメは家人が起きているうちは自分の寝床に行かない。

「あんた、こんなにしょっちゅう外泊して、いいの？」

母の道子（みちこ）が手帳を閉じ、老眼鏡をはずすと言った。咎（とが）めるような口調だった。

道子は毎晩、ひと言日記を付けている。

その日、印象に残ったことを短い文章にする。もう十年以上続いている。いつだったか、横からのぞいてみると、「特記すべきことなし。よかった、よかった」とあり、笑うよりも、その人となりに感心してしまった。あるときは、「スーパーの鮮魚コーナーでは、照明効果にだまされないこと。刺身を買うときは場所を移動し、角度を変えて検分しましょう」と書いてあった。

本当に笑ったのは、弟とのメールのやり取り。「息子から返信が来た。一文字、り、とあった。り、とは何かと送信すると、了解の、り、と返信が来た。ぶ、と一文字書いて送信した。それに対する返信なし。ぶ、とは無礼者のぶである、解説を送信する意欲なし」

亮子の弟周平は、名古屋の大学病院に勤務している。家族でただ一人、人間さまの医者だ。間もなく前期研修医課程を修了して、親のすね齧りも終わる。母の道子も獣医師で、結婚後も杉浦動物病院で働いていたが、息子の受験準備をきっかけにぴたりとやめ、専業主婦になった。

「今日は何書いたの？」

道子が手帳を開き、亮子に突き出すようにして言った。

「嫁に行った娘が今日も外泊しました。びっくりマーク付きよ」

「外泊だなんて人聞き悪いなあ。実家なんだからいいじゃない。それに、仕事がらみなんだしさ」

「何言ってんの。お母さんが知らないと思っているようだけど、手術をしたのはお父さんでしょ？　あんたが居残りしなくたっていいじゃないの」

亮子は母親の言い分を無視して、

「今日手術した犬なんだけどね、名前が大豆。食べ物をペットの名前にするの多いわね。あんこ、黄粉、小豆、黒豆、白豆、団子。最近でユニークなのは、大麦くんと小麦ちゃん。同胞の犬なんだけどね、飼い主の旦那さんがビール好きで、奥さんは麺類が好きなんだって。だから、大麦と小麦。あたし、この名前、気に入っているの」

「だから何？」

「何って、発想が面白いし、かわいいじゃない。犬や猫の名前だって飼い主はいろいろ考えるっていうこと。うちの犬は松竹梅。誰が聞いても必ず笑う」

「善意の笑いです！　これ以上おめでたい名前は他にない」

「犬の名前はともかくとしてさあ、病院名がねえ。杉浦動物病院。そのまんまでしょう。もうちょっと、個性的なほうがいいんじゃないかなあ。といって、あんこや黄粉じゃ和菓子屋になっちゃうし、いっそのこと、お父さんの名前のほうを使って、健三（けんぞう）。アニマルクリニックけんぞう。どう？」

「話をはぐらかしている。後ろめたいと思っている証拠よ。お嫁に行ったら、たとえ実家だろうと、外泊なのよ！　お父さん、言ってたわよ。あの二人、大丈夫なのかって」

「大丈夫って、何が？」

「分かっているくせに、やな性格。あんた、尚紀さんの食事、ちゃんと作っているの？」

「作っているわよ」

「ほんとに？」

「ほんとよ、どうして？」

「尚紀さんの、ゆうべのメニュー当ててみようか」

亮子はぽかんとして母親の顔を見た。

「煮込みハンバーグ、レンコンのきんぴら、小松菜と油揚げの煮びたし。生野菜サラダ」

「大当たりぃー」

それは、昨夜の杉浦家のメニューだった。亮子は、夕飯は実家で済ませ、残り物をタッパーに詰めて帰った。だが、尚紀は外で食事を済ませ、九時過ぎに帰宅した。

「煮込みハンバーグを惜しんでいるわけじゃないけど、尚紀さんにしてみれば、いい気持ちじゃないのよ。女房の実家の残り物だなんて」

「あの人、そういうことあまり気にしないの」

「そう思っているのはあんただけかもしれないでしょ。夫婦のことに口出ししたくないけど、自分を甘やかして、相手の気持ちを忖度(そんたく)しないでいると、あとでしっぺ返しがあるわよ」

「大げさだなあ。夕飯の話がどうして忖度にまで発展するのよ」

「お母さんはさ、家族の食事って、大切なものって思っているし、大切にしてきたつもりだけど、それを見てきたはずの娘はそう思わないのね」

「だって、家に帰ると七時半でしょ。それから食事の支度って大変なんだもの」

「帰ってから何もかもしようとするから大変なのよ！　朝、家を出る前に下拵えをしておく。あんた、尚紀さんより一時間も遅く家を出るんでしょ。一時間あれば充分できる。帰ったら調理するだけ。当たり前のことでしょ。本当のキャリアウーマンは、家事もきちーんとこなすんだってねえ、誰かが言っていたわ」

　道子は妙な抑揚をつけてそんなことを言う。皮肉たっぷりだ。亮子はまったく気にしない。自分の性格は母親似だなあ。そう思うとおかしくなる。

「お母さんの話を聞いていると、私はまったく家事をしないように聞こえるけど、私だってやるときはやるんです。うちの冷蔵庫のなかを見てもらいたいわ」

「分かってる。あんたの自慢のドレッシングね。何種類か作り置きしてあるんでしょ。そして、たまに実家におすそ分けしている。ほんとにいつもありがとうございます。お陰さまで美味しくいただいております」

　亮子は、ほら始まったと思いながら、ついにやにやしてしまう。母の道子はしゃべりだすと舌が滑らかになり、とめどなくしゃべり続ける。たぶん、日記をひと言書きにしたのは、自分の饒舌を自覚し、話を短くまとめる訓練にしているのだろう。それにしても、効果が上がっていない。そう思うとさらにおかしくなり、亮子は声を立てて笑った。

「よく聞きなさい。あのね、あんたの作るサラダは、料理のうちに入らないの。おかずにしようと思ったら温野菜にしなさい。そうすれば、量も多く食べられる。消化もいい。生野菜を刻んだだけなんて、トリの餌じゃあるまいし」

「亮子センセイは、お母さんに叱られてしまいましたとさ」

亮子はことさら優しくウメの腹を撫でた。

「あんたがいないとき、猫の世話は尚紀さんがするんでしょ」

「世話といっても、餌をやるだけだわ。二匹いるから猫同士で遊ぶし、犬より手がかからない。それに、可愛いらしいわよ。だから苦にしないの」

「まったくぅ。苦にするしないじゃないの。自分が飼いたくて飼ったんでしょ。無責任なんだから」

「だって、ここには犬しかいないし、猫の生態を実際に識（し）ることは大切でしょ。獣医師が動物をまったく飼っていないって、ちょっと、拙いんじゃないかしら」

「いつもそうやって理屈をこねて正当化する。悪い癖！　誰に似たのかしら」

亮子は母親に似ていると思うが、母の道子にその自覚はないようだ。「誰に似たのかしら」これは道子の口癖だった。

「ウメちゃん、またまたセンセイは叱られてしまいました。だから、とーっても素直にごめんなさいって、謝りましたとさ」

「台所の片づけくらいしなさいよ！」

道子はそう言うと、寝室へ向かった。ウメが、のっそりと起き上がり、道子のあとを追う。こういうとき、ウメは決して亮子のそばに残らない。どっちが本当の主人か、ちゃんと分かっているのだ。


亮子は台所で食器を洗った。

母の言う通り、犬の胆嚢（たんのう）摘出手術は父が執刀した。亮子はサポートしただけだ。術後のケアも父がしている。今日は胆嚢摘出と猫の避妊手術があった。

今夜は、犬が一匹、猫が一匹入院している。院長である父は、棟続きの診療室へ様子を見に行っている。つまり、亮子が泊まる必要はまったくない。

杉浦動物病院のスタッフは、アルバイトも含めて八名。街の動物病院としては中規模と言えるだろう。院長の杉浦健三、獣医師の三原亮子、免許取り立ての男性獣医師。あとは、動物看護師、受付と、診療の助手をする女性たち。これでシフトを組み、週休二日制をとっている。

当然と言えば当然だが、スタッフ全員が動物好きで、誰もがプライベートでも犬か猫を飼っている。それもほとんどが多頭飼いだった。女性スタッフの中には猫を五匹飼っている人もいる。杉浦家には、犬が三匹いるが、老犬のマツだけが亮子の結婚前からいる。

亮子が獣医師になり、父の助手をしていた頃の迷い犬だ。近くの公園を通るたびに松の根方にうずくまっていた。腹が白く背が薄茶の痩せこけた仔犬だった。それがマツ。去勢したせいもあって今は肥え太っている。いちばん態度が大きく、いちばん忠実で、亮子に対してもっとも親しみを示す。

自宅には三歳のロシアンブルーが二匹いる。尚紀は動物好きではない。だから亮子が飼うと言いだしたとき難色を示した。だが、尚紀は亮子が獣医師と知っていて結婚した。亮子はそれを楯にして譲らなかった。

不思議なもので、飼ってみれば無関心ではいられないらしい。毛嫌いすることなく、ほどほどに距離をおいて付き合っている。飼って半年もすると、犬よりも猫のほうがいい、などと言い出した。

猫は犬と違って人に忠実ではない。犬ほど人に密着しない。自分の好きなことしかしない。群れない。馴れない。媚びない。何事も勝手気ままに行動する。そんなふうだから、躾けるということができない。尚紀はそのあたりが気に入っているらしい。飼うまでは知らなかった、犬とは真逆ともいえる気質を面白がっている。

片づけが終わると尚紀に電話をした。

尚紀は、もうベッドのなかだと言った。

「食事どうした？　冷蔵庫の物、食べた？」

「外で済ませちゃった」

「どうしてよ。煮込みハンバーグを温めるだけじゃない。きんぴらだってお浸しだってあるでしょ。野菜サラダも作ってあるわ」

母親のけなす野菜サラダだ。

いつだったか、美容院で読んだグルメ雑誌に紹介されていたドレッシングを気まぐれに作ってみたら、びっくりするほどおいしかった。それがやみつきになり、今では、四種類のドレッシングを作り置きし、そのときの素材や気分でどれを使うか決めている。ドレッシングに関しては尚紀の評判もいい。

「めんどくさいよー」

亮子は吐息をついた。

「眠いから切ってもいい？」

「マロとアンは？」

猫の名前だ。マロンとアンズだが、呼ぶときは略している。

「寝た。リョウコママがいなくても、ぜんぜん寂しがらないよ」

「そんなこと聞いていません。明日は帰るから」

尚紀は半分眠ったような声で、分かった、と言い、電話を切った。

亮子はコーヒーを飲みながら、尚紀の帰宅後の様子を想像する。

少し酔っている。酔っていても普段着に着替える。そういう点は几帳面だ。お洒落だから着るものにお金を惜しまない。ちょっとばかり高価な背広に猫の毛がつかないよう、さっさとクローゼットにしまう。

そのあと、猫の食器を覗く。空だと食器を洗い、猫用のタオルでごしごしと拭き、新しい餌を入れる。残った餌の上に新しい餌を補充するようなことはしない。そのあとソファに横になり、新聞を読みながらうたた寝をする。尚紀の腹の上で、二匹の猫がしばらくじゃれあう。まずはそういったところだろう。

父がダイニングルームを覗いた。律儀にも白衣を着ている。

「どうだった？」

「うむ、異常はない」

「胆嚢炎、発見が早かったからよかった。出血も少なかったたし。点滴しているんでしょ」

「うむ。今交換してきた」

「お疲れさまでした。コーヒーにする？　それともビール？」

「いや、風呂に入ってから水割りにする」

「水割り？――分かった。用意しておく」

父は酒好きではないが、風呂上がりにいちばん小さい缶ビールをひと缶飲み、すぐに布団に入る。亮子が結婚する前からの習慣だった。だから、水割りと言ったことが意外だった。

亮子に話したいことがあるのだ。そんな予感がする。ビールではなく水割り。どうということはないのに、そんなふうにこじつけた。

いや、こじつけではない。その予感は、片づけをしながら時折胸を掠めていたのだ。それは、さっき、母から聞いた「あの二人、大丈夫なのか」という、父の言葉が下地になっている。

「尚紀君だが――」

風呂からあがり、パジャマに着替えた父が、水割りを一口飲んだあとで言った。やっぱり、と思いながら亮子はコーヒーを飲んだ。アルコールを飲むと熟睡してしまう。朝までに一度は動物たちの様子を診なければならない。

「何、尚紀がどうかした？」

「四十九日のときに感じたんだが、少し様子が変わったなあと思ってね。何かあったのか」

「別に何もないけど、どんなふうに変わったと思ったの？」

「どんなふうにと言われると困るんだが――」

父がグラスを回すようにしながら氷の動きに目を当てている。

たまたま、伯母の四十九日と休日が重なった。だから、尚紀も法事に参列した。その日の尚紀に特に変わった様子はなかったと思うが、父には何か感じることがあったのかもしれない。

尚紀に部署替えのことを問い質していない。つまり、一ヶ月半以上、聞きたいことを我慢しているのだ。日頃、なんでもぽんぽん口にする亮子には珍しいことだった。この件に関してはなぜか臆病になる。それは、嫌なことは先延ばしにするという心理とともに、そのほうが尚紀にとって優しい気遣いのように思うからだ。尚紀のほうから話したら、初めて知ったような芝居をする。亮子はそう決めていた。

「尚紀君は、チックの傾向があったかな」

「えっ？」

チックという言葉に面喰らい、亮子は父の顔をじっと見た。

「斎場で何度も首を振っていた。おまえは気づかないか。毎日顔を合わせているんだ」

そのことなら知っている。だが、チックなどと大げさには感じていない。確かにときどき首を振ることがあるが、それは以前からの癖のようなもので、首を振るときにギコギコと骨がきしむような音を出してみせ、それさえも自慢の一つにしていたのだ。

言われてみれば、その癖が多くなったようにも思えるが、亮子は気にしていなかった。もし父の言うようにチックの症状なら、亮子に気づかないはずがない。そもそもチックは子どもに多く出る症状だ。

黙り込んだ亮子に父が言った。

「毎日一緒にいると、かえって気づきにくいこともある。通夜にも来てもらったが、あのときは、こっちも落ち着かなかったし、尚紀君、斎場にいた時間が短かっただろう。どんなふうだったか覚えていない。だが、四十九日のときは感じた。それに、少し痩せたようにも思った」

「でも、チックって、子どもに出る症状じゃないかしら」

「うむ、男児に多いとされているが、成人になって、症状の出る人もいる。そういう人を実際に知っている。成人の場合、咳払いが多いが、首振りの症状の人もいる」

チック。一見、普通の癖のように見える神経疾患（しっかん）である。子ども、それも男児に多く、五人から十人に一人が経験すると言われ、動きが中心の「運動性チック」と、発声が中心の

「音声チック」の二つに分類される。症状は乳幼児期からの心と体の成長に伴って見られ、十歳を過ぎれば徐々に症状は消失する。

チック症について、亮子が識っているのはその程度だ。

尚紀がチック症だなんて夢にも思っていなかった。

夫である尚紀のことをどれだけ知っているだろうか。

父の話を聞き、不意にそんなことを思った。お互いの領域に深く立ち入らない。結婚前の約束事の一つだが、ひねった考え方をすれば、相手に無関心になることを努力する。そう言えなくもない。

それぞれが配偶者に無関心――。

言葉だけをじかに聞けば、夫婦の姿として不自然にも思える。だが、どんな人間関係であろうと、越えてはならない一線はある。それは無関心とは違う。相手に対する礼儀であり、節度であり、思いやりでもある。結婚前、軽い気持ちでそんなことを話し合った。そんな会話を楽しんでもいた。現に、尚紀との結婚生活に格別の不満はなかった。

だが、ここにきて、心に微かな影が差すことがある。

何げない時間や空間の中に、ふと、うつろな尚紀を感じるのだ。たとえば、亮子の話に機械的に相槌を打つような、新聞や雑誌を開いていても読んではいないような、そんな空疎な、それでいて、どこか挑戦的で不敵な表情。これまでの亮子なら、「どした？　なにかあった？　リョウコちゃんが聞いてあげる」などと、気軽に口を挟んだりした。だが、最近の亮子にはそれができない。

なぜか――。

尚紀の心に鍵がかけられているように感じるからだ。それは、礼儀や節度ではない。無意識に発信している拒絶のシグナル、とでも言えば近いかもしれない。結婚以来、初めて経験する重苦しい感覚だった。もともと、あけっぴろげな性格の亮子にとって、この状態は自分の心にも鍵がかけられたようで息苦しい。

「チックの原因って、ストレスでしょ？」

「私の知る限り、チック症の原因は、正式には分かっていないはずだ。だが、大人のチック症に関しては、ストレスが原因と言われている」

亮子は掌で温めるようにしていたコーヒーカップをテーブルに置いた。

「実はね」

「うむ、なに？」

「尚紀が部署替えになったらしいの」

「らしい？　らしいとは、どういうことだ」

父は、さほど驚いた様子を見せず、そんなふうに聞いた。

子どもの頃から獣医師になることが夢で、それ以外のことには無関心な生き方をしてきた父は、会社勤めという、ごく普通の社会生活の経験がない。獣医師免許を取得後、都内の動物総合医療センターに十年近く勤務し、そのあと開業した。亡き祖父母が資金を調達したと聞いている。

自宅と隣接する空き地を買い、住まいと医院が棟続きという造りである。父は、三十代半ばで杉浦動物病院の院長になったのだ。開業当初こそ、経営、運営に戸惑いや苦労はあったものの、やがてペットブームの波に乗り、今日まで、これといった大きな支障もなく、安定した道を歩んできている。

父は、サラリーマン、それもセールスマンの仕事を知らない。

そのことについて、尚紀が一度言ったことがある。お義父さんは苦労知らずだ、営業マンの厳しいノルマを分かっていないと。そのとき、亮子は少しむっとし、自営業には自営業の苦労がある。知らない世界のことを簡単に批判するのは間違っていると言い返した。

「おまえの憶測ということなのか」

「部署替えは間違いないと思う。でも、尚紀はそれを私に言わないの」

　亮子は、伯母が亡くなった日、尚紀の勤務先へ電話をして知らされたことをかいつまんで話した。その件について人に話したのは初めてだった。話しているうちにだんだん腹が立ってきた。尚紀が自分に隠していることにも、知っていながら、問い質すことをせず、ことさら明るく振舞ってしまう自分に対しても。確かにこれは夫婦として不自然である。

「尚紀君はどうしておまえに隠しているんだろう」

「わからないわ」

「しかし、サラリーマンにはつきものなんだろう？」

「えっ？」

「部署が替わるということさ。たとえば、銀行や保険会社は、転勤は当たり前のことで、それを重ねながら出世していくと聞いている。それと似たようなものじゃないのかね」

「それだったら、私に隠す必要ないでしょう」

「まあ、そうだな」

　やっぱり父はサラリーマンというものを知らない。それは、亮子も同じだが、少なくとも、民間企業の社員にとって、営業部署は花形だと聞いている。尚紀は営業部の一員であることを誇りに思っていた。尚紀の話はなにごとも誇張気味だから、少し割り引いて聞く習慣ができているが、それにしても、彼の話の全てが過大評価や誇大妄想だとは思っていない。

「そのことと、チック症が関係あると思う？」

「いや、たぶん、私の早合点だ。それに、おまえは隠しているというが、尚紀君は報告するほどのことではないと思っているのかもしれない」

亮子は、そうね、と言いながら、違う、と確信していた。尚紀が隠していることは間違いない。尚紀は亮子に知られたくないのだ。

「私のほうから聞いたほうがいいかしら。全て正直に話して」

「うーむ、難しい問題だな。私にもよく分からない。ただ、尚紀君が、おまえに知られたくないと思っているのなら、無理に聞き出すことはどうかなあと思う。転職したわけではないし、普通に通勤しているんだろう？」

「ええ」

「給料に変化があるのか」

「そんなことはないわ」

咄嗟にそう答え、亮子は内心狼狽した。給料のことは考えたことがなかった。お互いの収入はそれぞれが管理している。給料のうち、二十万円を決められた口座に振り込み、それが二人の生活費。合わせて四十万円である。家は持ち家、借金がないので、それで充分賄える。生活費の残高はそのまま預金となる。預金の管理は亮子がしていた。亮子は尚紀の給与額を知らないし、尚紀も亮子の給与がどれほどなのか知らない。結婚以来ずっとそうだった。

父の一言で、初めて具体的な内容に気づかされたが、尚紀の月々の入金額は変わっていない。米山という人から部署替えを聞いてからも、決められた額が振り込まれている。ボーナス月は四十万円ずつという取り決めだが、まだその時期ではない。

「まあ、もう少し様子を見たらどうだ。チックのことは気にするな。私の思い過ごしかもしれない。ただ――」

「なに？」

「言いにくいが、尚紀君、挫折に弱いんじゃないかな。おまえは、どう思っているか分からないが」

父はそう言うとグラスをテーブルに置いた。

亮子はその言葉にさほど驚かなかった。亮子もそう思うことがある。だからといって、父親からあからさまに言われるといい気持ちはしない。

両親は尚紀との結婚に難色を示した。その理由は単純だった。尚紀が幼い頃に両親と死別し、祖母に育てられたということに拘りをもったのだ。尚紀の家庭環境に対する一種の偏見だった。亮子は憤慨し、失望もした。両親はもっと寛大で、物事を正しく理解し判断する人だと思っていた。尚紀の両親が早く死んだことは尚紀の責任ではない。祖母に育てられたことも尚紀の責任ではない。

亮子は意地になった。だから、尚紀の祖母が別居しようと言いだしたとき、亮子のほうから同居を申し出た。尚紀の本心が分かっていたし、亮子も同居すべきと思っていたから。

「そうかもしれないわね。――ああ、あとはあたしに任せて。朝までに二回は巡回します。泊めていただいたのに、全部、院長先生任せでは申し訳ないわ」

「そうしてくれるとありがたい。犬のほうは覚醒が早いと思う」

父は自室へ行った。亮子は冷めたコーヒーを飲み、遠い目つきをした。早急に対処しなければならないことがあるような気がする。だが、何をどう対処すべきなのか、その正体は漠然としていて、まとまりがない。

私と彼

西日が差すのでカーテンを閉めている。

ベッドに寄りかかりながらペディキュアを塗っていた。指の間にコットンを挟み、一本塗っては顔をあげ、仕上がり具合を確かめる。そんな作業をベッドの上から覗き込み、ときどき私の頭を小突いて邪魔をする。そんなときの彼はまるで子どもだった。物心ともに不自由なく育ったせいか、どこかのんびりしている。それを指摘すると、それは、精神の安定という資質であって、単なるのんびりとは違うと、口をとがらせて反論する。そんな様子も子どもだった。

また頭を小突いた。刷毛(はけ)が爪の上でぶれたので私は文句を言い、「今の住居、住み心地はどう？」と、訊いた。

「いいに決まっているさ。いくらピアノ可のアパートでも、やっぱり、近所への音を気にするし、弾ける時間帯は決められている」

「あのとき幸先がいいと思ったわ。分譲マンションなのに、手狭なタイプの造りだから、なかなか買い手がつかない。売り手は空き家にしておくよりも賃貸にして家賃がほしい。私たちにとっては、おあつらえ向きの部屋が手に入った」

「防音の部屋で、グランドピアノに向き合ったときは、指が震えた」

私は、コットンをゆっくり取り除き、団扇（うちわ）で扇ぎ、足指に風を送った。

「君って、変わってるね。いまどき団扇を使う人なんていないよ」

「じゃあ、何使うの？」

「よく知らないけど、例えばハンディファンとか、ヘアードライヤーとか」

「ハンディファンなんて興味なし。ヘアードライヤーは風の調整が厄介だし、電気代がかかる。団扇は手動だから調整が自在のうえ、タダです」

ベッドの上でシュンが声をたてて笑った。

「今日だってエアコン入れてないし。仕事をしているときとか、街中を颯爽（さっそう）と歩いている君を知っている人には想像できないね。この生活ぶり」

彼は、ピアノ以外のことには無頓着。実生活も、何とかなる式でのほほんとしている。若々しく見えるのはそういう人柄のせいかもしれない。私は子どもの頃から、しっかりしていて落ち着いていると言われた。それは、言い方を変えれば、実年齢よりも上に見えるということだ。実際、私と彼が一緒にいると、姉弟と思われる。彼はそれを面白がった。私も一緒に笑い飛ばしながら、心中は穏やかでなかった。

彼をメジャーなピアニストとして成功させる。それが私の目標であり強い願望。欲望と言ってもいい。それは、若いだけが取り柄の、世間知らずの平凡な娘にはできない。私でなければできない、いわば一つの起業である。

私は、父の急逝でピアニストへの道を断たれた。音楽家という道が突然足元から崩れ去ったのだ。あの頃は、何もかもが虚しく悲しく腹立たしく、それは長い間、心の傷となって私を苦しめた。だが今は違う。彼と再会したことで一変した。志なかばで閉ざされた窓を彼が開けてくれたのだ。彼を通してピアノともう一度向き合う。開け放たれた窓の向こうには、眩いばかりの希望の道が続き、薫る風は、体の芯まで流れ込む。

心の傷は、彼を愛し、彼に夢を託すことで癒えた。傷はふさがった。

あとは、前へ前へと突き進むだけ。行く手を阻むものは何であろうと、知恵と行動力で乗り越える。それが彼と私に定められた、運命の一本道なのだから。十二年という歳月を経て、私の生き方はこのように変わったのだ。

シュンが仰向けのまま言った。

「俺、小さい頃からピアノ続けていたけど、本格的に勉強しようと思ったのは、君に憧れたからなんだ。いつだったかな。ピアノの発表会があったでしょ。君、なに弾いたか覚えてる？」

「発表会は何回もあったから分からない。なに？」

「ピアノソロ用にアレンジされた、ラフマニノフのピアノ協奏曲第二番一楽章」

「ああ、あれね」

「あの頃、小学六年生だったけど、その曲が好きで、家で勝手に練習していたんだ。発表会のプログラムを見たとき、初めて君の名前、知った」

「で、感想は？」

「だから、言ったでしょ。その曲を聴いて、君のようになりたいと目標を定めた。そして、今の僕がある」

「そう。それは嬉しい。目標が低すぎたけど、きっかけはなんでもいいの。あなたが憧れていた私は、今、シュン君という富士山を麓から仰ぎ見ている」

彼の高い技術と表現力、他の人にはない彼固有のオーラ。音楽プロデューサーがそれを見逃すわけがない。そうなればＣＤデビューができる。リサイタルも開ける。つまり、ピアニストと呼ばれる人間になれるのだ。私が果たせなかったピアニストの夢――。

「コンクールの前に、越えなければならない険しい山があるわ。それは、仰ぎ見る美しい山とは違う。これだけは私一人で越えることはできない。でも、二人で力を合わせれば必ず越えられる」

彼は私を見つめて大きく頷いた。

2

帰宅すると、先に帰っていた尚紀が、居間のドアの前に座って何かやっている。そばで二匹の猫が尚紀の手の動きに合わせてじゃれていた。

「何やってんの？」

「居間のドアにロックをつける。帰りにホームセンターで買ってきた。背伸びをすると前足が届くんだ。昨日、もう少しで、開けそうになった」

「マロのほうでしょう。こいつは大きいからね。アンの一・五倍はある。マロが背伸びをして、前足で取っ手を下げる。アンが下に回ってドアを押す、二匹が共謀して外に出る」

「だから、そうならない前に先手を打つ。猫は思っていた以上に学習能力がある。それに犬よりも好奇心が旺盛だ。特に、アンのほうはなんにでも首を突っ込む」

そんなことを言いながら、尚紀は細かい部品を組み立てている。ちっちゃな作業なのに、作業場の周りに新聞紙を広げている。床が傷ついたり汚れたりしないように気遣っているのだ。尚紀がいくら叱り、追い払っても、猫は嬉々として作業道具を噛み、新聞紙をひっかいている。

「あのさ、新聞紙なんか広げるからよけいじゃれるのよ。猫は乾いた紙の音が好きなんだから。そもそも、床の上を見てごらんなさいよ。ちょっと見ただけじゃ気づかないけど、角度を変えてみると、爪痕でどこもかしこも傷だらけでしょ、今さら新聞紙を敷いても意味ないと思うけど」

亮子は台所に入り、スーパーのレジ袋を開いた。こういうとき、二匹の猫が飛んでくるのだが今日は来ない。よほど、尚紀の作業に興味があるのだ。

調理台にスーパーで買ってきた品を広げた。そのなかに、精肉店で買った、揚げるだけになっている、衣のついた豚ロース肉がある。さすがに亮子も、揚げたカツは買わない。どんな油で揚げたのか、想像するだけで胸やけしそうになる。母の道子に言わせると、カツだけじゃない。スーパーで売っている惣菜はみな同じ、と一蹴する。だが、亮子は揚げ物だけに拘りを持っている。

今日はそれとなく訊いてみようか――。

買ってきたキャベツの千切りを皿に盛りながら思う。この頃、毎晩のようにそう思うのだが、結局は訊くことができず、くだらない話をして笑って食事が終わりになる。

尚紀がソースをたっぷりかけたカツを頬張った。「旨いね」そう言ってビールを飲む。

「何か、面白い話ない？」

「面白い話？　人を落語家みたいに言うな」

「あら、落語って、人間の日々の営みを面白おかしく話すんでしょ。人間、誰だって社会生活送っていれば、笑っちゃうような話に一つや二つ出会うわよ。面白いだけではなく、驚いた話とか、腹が立った話とか、なんかない？」

「君は？」

　またかわされた。亮子はそう思った。気にしすぎかもしれないが、最近の尚紀は聞き手にまわることが多いように思う。尚紀は本来、人の話を聞くよりも自分が話したいほうだ。亮子に対してもそうだった。

「私の話ねえ——猫のアサリとシジミの話、したっけ？」

「聞いたような、聞かないような。よく覚えてない」

「したと思うんだけどまあいいわ。雄がアサリで雌がシジミなんだけど、飼い主さんが、すごーく神経質で、しょっちゅう連れてくるの」

「病気でもないのに？」

「まさか、飼い主にとっては病気なのよ。何でもないのに来るわけないでしょ」

「ずいぶん、弱い猫なんだ、二匹そろって」

「特に雄のアサリのほう。ある日は吐きました。ある日は耳の皮膚が赤っぽくなりました。

ある日は便に血が付いてました。ある日はくしゃみを連発します。そのあとで、飼い主さんが必ず言うの、でも、よく食べて元気に走り回ってるんです、って。この言葉は、その人の口癖って感じ、よく食べて元気に走り回っているなら、どこも悪くないってことでしょ。たとえ、便に血が付いていても、それは肛門の、――ごめん。食事中の話じゃないわね」

「ぜーんぜん、気にしない。俺もアンやマロがそうなったら、連れていく」

「獣医師がここにいるんですけど」

「そりゃそうだ。で、アサリがどうしたって？」

「十日くらい前なんだけどね、糸を呑み込んだって連れてきたの」

亮子もつい笑いながら続けた。

「その若い飼い主さん、これと同じ糸ですって、手を開いて見せたんだけど、十センチ程の白い木綿糸が掌に乗っていて、長さもこのくらいだったと思いますって真剣な顔をして言うの。そのあとで、でも、よく食べて元気に走り回っています。ですって。スタッフのひとりが、そーっと診療室を出て行っちゃった。あれは笑いを堪えきれなくなったのね。あとで聞いてみたら、やっぱりそうだったんだって」

「不謹慎なスタッフだ」

「まあ、それは脇に置いといて。その飼い主さん、何回か会っているけど、可愛らしくて、感じのいい人なの。やることは子どもっぽいけど、なんとなく上品で、育ちがよさそう。言葉ではうまく説明できないんだけど、とにかく今風の若者とは雰囲気が違う」

「いくつくらいなの、その飼い主」

「子どもじゃないけど、大人でもない。陳腐な言い方をすれば青春時代？　おとなしそうなんだけど、内側に何か輝くものを秘めているって感じ。二十歳になったかならないかってところかな。まだ社会人じゃないことは確か。だって、あんな時間帯に連れてくるんだから、大学生かな」

「で、呑み込んだ糸はどうなったの」

「どうもしないわよ。心配ないからって、帰っていただきました」

「薬も出さないで？」

「出さない。必要ないもん。そういう点では、杉浦動物病院は良心的なんです。病院によっては整腸剤かなんか出したりするようだけど、ちょっと考えたって分かるでしょ。そんなの放っておけば、二、三日で便と一緒に出ちゃうわ。はい、私の話は終わり、今度は三原尚紀さん、どうぞ」

尚紀は肉とキャベツを合わせて頬張ると、目を天井に向けた。咀嚼と一緒にこめかみが大きく動いている。亮子は父の話を思い出した。尚紀君、少し痩せたように思う。四十九日の法要のときに感じた。父はそう言っていた。チックの話のあとだったと思う。

「あなた、少し痩せた？」

尚紀がびっくりしたように亮子を見た。

「どうして？」

「今、あなたの顔を見て、なんとなくそう思ったから」

「——驚いた、っていうほどじゃないけどね」

「え？」

「さっきの話。日々の暮らしの中で出会ういろいろなこと」

それこそ話の方向転換に驚いた。亮子は尚紀に痩せた？　と聞いた。もちろん、尚紀がどう反応するか探りたい気持ちがあるからだ。ところが、尚紀は亮子の質問をすり抜けるかのように、まったく関連性のない話題に転じようとしている。

「ええ、なに？　何か驚いたことがあったの？」

「だから、驚くような話じゃない。少し前なんだけど、偶然、知り合いに会った。新宿駅の近くで」

「誰？　私の知っている人？」

「いや、知らない。話はそいつのことではなくて、そいつが連れていた恋人のこと」

「へえ、恋人と一緒だったんだ。それで？」

こういうところが駄目なんだと反省する。「あたしの質問に、ちゃんと答えてから聞かせて」と言えばいいのだ。それを言わないうちに尚紀の話題に興味が湧き、すぐに乗ってしまう。尚紀もそれを承知の上なのかもしれない。

尚紀は大事そうに残しておいた、いちばん肉の厚いところを嬉しそうに口に入れた。亮子は食べ終わり、お茶を飲んでいる。

「その彼女なんだけど、君が、若い飼い主に感じたような印象を僕もその人に感じた」

「どういうこと？　育ちがよさそうってこと？」

「うん、そのときはそこまで思わなかったけど、今思えばそういうことだと思う」

「へえ、そうなんだ。でもさあ、育ちがよさそうって簡単に言うけど、具体性がないわよね。何をもって育ちがいいと言うのか、定義があるわけじゃないし、感覚の問題でしょ」

尚紀が椅子から立ち、冷蔵庫からウーロン茶を出してコップに注いだ。

亮子に、飲む？　と聞いた。亮子がいらないと答えると、ごくごくと音を立てて一気に飲み干し、「そのとき、思ったんだ」。尚紀はウーロン茶を冷蔵庫に戻し、「あの二人、似合いのカップルだなって」そう言いながら椅子に座り、

「そのあと、駅の改札口に向かいながらまたまた思った」

「なにを？」

「僕と亮子を他人が見たら、似合いのカップルと思うかなあって」

亮子は話の内容に戸惑っていた。尚紀は日頃、夫婦間のこととか、友情、恋愛、信頼、敬愛など、いわゆる精神論を述べるほうではない。どちらかというと、現実的で即物的な話に関心を持つ。そういう意味で、尚紀はロマンチストではない。

「あなたは、自分ではどう思ってる？」

「そりゃあ、似合いのカップルだと思っているさ、君は？」

亮子は即座に言った。

「片方だけがそう思うなんてありっこない！」

「じゃあ、亮子も、僕たちは似合いのカップルだと思っているんだ」

「あったり前でしょ。だから、結婚したんじゃない。――私ね、今の話をしながら思い出したことがある」

「何？」

「獣医師免許を取得して、しばらく父の知り合いの動物病院で勉強させてもらったんだけど、そのときの先輩の女性獣医師でバツイチの人がいたの。その人と食事をしたとき聞いたんだけど、先輩が離婚を考えている頃、まだ夫だった人と電車に乗ったんですって」

尚紀が真剣な顔をして聞いている。

「二人で一緒に出かけるなんてめったにないことだったけど、その日は親戚に何かがあって出かけたの。それでね、二人で並んでシートに座っていたんだけど、途中で電車が混んできたのね、そしたら、空いたシートを探していた人が、失礼しますって言って、先輩と夫の間にお尻を押し込むようにして座ったんですって。これって凄いことだと思わない？　先輩はそのとき、離婚を決意したって言ってた。私その頃、夫婦のことなんかまったく知らないし、関心もなかったけど、そのときの先輩の話は印象に残った」

「つまり、夫婦で並んで座っているのに、他人からは、夫婦に見えなかった。ということだ」

「そういうこと。あのさ、電車のシートに隣り合って座る無言の二人が、同伴か他人かってなんとなく分かるでしょう。それは理屈じゃなくて感じるものよね。他人に夫婦だって感じさせない。夫婦なのに他人同士と思われる。これって、深刻だと思う」

「そうだね、深刻だ。離婚すべき二人だった」

「私も、そう思う」

「俺も、またまた思った」

「今夜は、また思ったが多いのね、何？」

亮子は、気分を良くしていた。今夜の尚紀はとても素直で、気取りも見栄もない。リラックスしているせいか、人間的に一回り大きく見える。

「育ちがいいという話だけど――」

「また、そこに戻るの？　今度は誰の育ち？」

「リョウコ」

「え？」

「ばあちゃんが、言ってたからさ」

「おばあちゃんが、何を言ったの？」

「育ちがいいというのは、亮子さんのような人を言うんだよって。亮子さんを大切にしなさい。あんたの人生の最高点は亮子さんを妻にしたことだって」

二呼吸ほど息がとまった。そのあと、不意に胸が熱くなった。笑おうと思っても、顔が歪んでしまう。これほど嬉しい褒められようがあるだろうか。義理の祖母にそう思われていたことも嬉しいが、それを亮子に伝えた尚紀の心はその何倍も嬉しかった。

「では、三原家の嫁として合格ということね、さっそく実家の両親に伝えましょう。我が娘は、できそこないの嫁だと思い込んでいるから」

湧きあがってくる涙で周りが霞んで見える。亮子はそんな顔を見られたくなくて、顔を仰向けにしてお茶を飲んだ。一口飲んで、「いけない！」そう言うと音を立てて立ち上がり、廊下のガラス戸を開けた。洗濯物が出しっぱなしだ。いくら夏とはいえ、九時近くになれば深夜も同然。生ぬるい夜気の中で干された衣類が静止して並んでいる。

亮子はサンダルをつっかけ、洗濯物を取り込んだ。

一枚ずつ腕に重ねながら空を見上げた。夏の空にしては星がいくつも見える。

尚紀の祖母が生きていた頃、亮子が帰ると洗濯物が綺麗にたたまれ、それぞれに分類されて部屋の隅に置かれていたものだ。

洗濯は自分でしたが、帰りが遅いため、取り込むのは祖母ということになる。

初めて自分の下着類がたたまれているのを見たとき、仰天した。裸を見られたようで頬が熱くなった。「おばあちゃん、たたむのは私がします！」。そのときの亮子は少し力んでいたと思う。

祖母が言った。「亮子さんは、実家にいたとき、自分の洗濯物は自分で取り込んで自分でたたんでいたの？」。返す言葉がなかった。たたむどころか、亮子がしたことといえば、洗濯すべき衣類を洗濯籠に入れただけ。あとは母親任せだった。

嫁ぐ前に母に言われたものだった。「洗濯物をおばあちゃん任せにしないこと。そんなことをされたら、お母さんが恥をかくんだからね」と。祖母が続けて言った。「綺麗に洗濯したものはみんな一緒、男も女もない。若者も老人もない、みんな一緒。それに、洗濯物は取り込んだらすぐにたたまないと、張りをなくして湿ってしまうのよ」

祖母にしてみれば、自分と尚紀の物だけ取り込み、亮子の物はそのまま、というわけにはいかないだろう。たたむのだってそうだ。亮子の分だけたたまず放り出されていれば、それはそれで面白くない。

今、思い出すと、そのときの洗濯談義は長かったと思う。祖母は無口な人だった。若夫婦の中には立ち入らない。それは主義というよりも、そういう人柄だったのだと思う。訊いたことは簡潔に教えてくれるが、自我を主張することのない人だった。

亮子が帰宅すると食事の支度が整っていた。だが、亮子たちと一緒に食事をすることはほとんどなかった。若い人とは生活のリズムが違うからという理由だった。夜は九時に部屋の明かりが消え、朝五時半には台所に立って家族の朝食を作った。その合間に庭の掃除をし、花の手入れをする。

亮子と尚紀のベッドカバーは、祖母がパッチワークで作ってくれた。いろんな生地や模様を組み合わせているので、独特の味わいがある。ずいぶん長い時間をかけて作ってくれたのだと思う。

若い二人から、一歩も二歩も下がって、ひっそりと暮らしていたが、結局は家事全般を祖母がしてくれていたのだ。亮子は弱い星の光を仰ぎながら呟いた。

「おばあちゃん、尚紀さん、大丈夫だと思う。今日はぜんぜん、首を振らなかったのよ」

3

「亮子ー」

遠くで尚紀が呼んでいる。

亮子は夢うつつで、その声を聞いている。

また、ゴキブリが出たのだろう。たまには自分で退治すればいい。そう思いながら寝がえりを打つ。「りょうこー」。また呼んだ。その声に重なるように電話の音がしている。これも遠い音だ。どこの電話が鳴っているのだろう。尚紀はどうして出ないのだろう。

早く出なければ、そう思うのだが、身体が重くて起きられない。まるで全身が布団のなかにめり込んだようだ。やはりこれは夢なのだ。実際に夢を見ていた。夢のなかで、尚紀がしきりにしゃべり、笑っていた。だが、声が聞こえなかったような気がする。だから何を話していたのか分からない。

電話はまだ鳴っている。

どうしてこんなに執拗に鳴るのだろう——。

亮子はガバッと体を起こした。一瞬、どこにいるのか分からず、ぼんやりした。コール音が耳に突き刺さるように鳴った。ギョッとして立ち上がり、襖を開けた。居間のカウンターにある電話機が、震えんばかりに音を響かせている。

なぜかそのとき尚紀を思った。なぜ、そう思ったのか分からない。亮子はしばらく、鳴り響く電話機を見ていた。

居間へ入り、電話機に向かったとき、父が二階から下りてきた。一瞬、二人が立ち止まり、顔を見合わせた。夜明け前に鳴り響く電話。父娘とも、不吉な予感に顔が怯えていた。母と弟の足音を聞きながら亮子が受話器を取った。

亮子は父と弟に抱えられ、車に乗せられた。

周平の運転する車に同乗したのは父と亮子だけだった。母の道子は電話の内容を聞くと失神しそうなほどの取り乱しようで、近くに住む、道子の従姉妹が駆けつけ、従姉妹と共に家に残った。

車の中で、亮子はときどき、ひきつけを起こした子どものように体を震わせ、激しく泣きじゃくった。実家で電話を受けたときは、事態を呑み込めず、「どうして——どうして」と、呟くばかりだった。今も、なぜ泣いているのか、なぜ、身体がこんなに震えているのか分かっていない。考えがまとまらないまま、尚紀の笑顔だけが頭に浮かんだ。亮子はその笑顔に体が硬直し、悲鳴のような声が出るのだ。「まだ、はっきり決まったわけではないんだから」。父がそんなことを言う。何がはっきり決まっていないのだろう。

亮子は運転している周平をぼんやりと見ていた。

「周平はどうしてここにいるの？」

「昨日、研修で東京に来た。それで泊まった」

「ああ、そうだったわね」

夏の夜は明けるのが早い。東の空には真夏の太陽が顔を覗かせている。その光はまだ本来の力を持たないのに、亮子の腫れたまぶたには痛いほど眩しかった。さっき父が、車の中で奥村弁護士と話をした。携帯で話す父の声を遠くに聞きながら、その内容も、なぜ奥村弁護士に電話をかけるのかも考える余裕がなかった。

代々木南警察署に着いた。六時半だった。

尚紀の葬儀は地元の斎場でひっそりと行われた。

参列者は、亮子の実家の親類縁者、亮子の友達、杉浦動物病院のスタッフ、合わせて三十名ほど。尚紀のほうは、父方の叔父とその娘、この二人だけだった。二人にとって尚紀は甥と従兄弟にあたるわけだが、結婚式で会っただけで、その後、まったく付き合いがなかった。亮子は二人の顔をうろ覚えだったし、叔父と従姉妹も亮子の顔を覚えていないことが、挨拶の様子で分かった。

大空印刷からは一人も参列しなかった。当然だ。現役の社員が、定年退職してひと月足らずの元社員を殺害し、自殺したのだ。会社側としては前代未聞、不名誉この上ない事件である。

亮子は参列者に対して丁重に対応したが、決して卑屈な態度はとらなかった。皆の前で堂々としていること。これが尚紀への一番の供養だと思ったから。

尚紀は殺人者ではない。確たる根拠があるわけではないが、亮子はそう信じている。そう信じることで、狂乱しそうな心を宥め、滞りなく流れていく葬儀の一切を、乾いた心で見つめていた。

人の身に何が起ころうと、朝が来て夜が来てまた朝が来る。

混乱と慟哭(どうこく)で、眠ることも食べることもできない錯乱状態の日々。霧の中を彷徨い続けるような現実からの逃避。頭と手足がばらばらに動いているような、収拾のつかない思考と行動。半分生きていて半分死んでいる。

そんな時間が過ぎ、僅かながら本来の自分が再生される兆しを意識したとき、亮子の頭の中に芽生え、育ち、充満し、心を支配したのは、真相究明への執着心だった。それは、真犯人の追及ということになる。

あの日、警察から事情を説明されたとき、亮子は力を振り絞って訴えた。

真犯人は別にいる。尚紀は津山宅を訪れたとき、偶然、犯行を目撃してしまった。犯人が津山信夫を殺害する現場に出くわしてしまった。真犯人は、咄嗟に尚紀に殺意を持った。そして、目撃者排除のため、尚紀をベランダから突き落とした――。

そのときの亮子は、取り乱しながらも確信の思いでそう言った。尚紀に殺人などというおぞましい行為はできないのだ。殺害方法は犯人の手が判別できない状態の扼殺と聞いたが、扼殺だろうと何だろうと、尚紀にはできない。なぜなら、尚紀は虫一匹殺せないのだから。

虫も殺せない。

よく使われる言葉だ。小心者、大人しい、優しい。そういう人間に使われる言葉のひとつといえるだろう。だからといって、そう言われる人が、本当に小蝿一匹殺せないかと言えばそうではない。

だが、尚紀はその言葉の通りなのだ。

なぜか尚紀は虫が嫌いだ。特に虫の死骸を異常なほど怖がる。虫の死骸だけではない。尚紀は葬式が嫌いだった。身近に不幸があり、通夜に参列すると、必ずと言っていいほど、遺体と対面する。尚紀はそれをひどく嫌った。好きな人がいるはずもないが、尚紀の場合は、嫌うというより怖がった。その反応ぶりは大人げないと思うほどだった。

近い話では、父方の伯母の通夜がある。尚紀は、伯母の遺族や、亮子の両親の手前、棺の中を覗いたが、すぐに目を逸らし、そそくさと場所を離れた。さすがに祖母のときは喪主でもあり、棺のそばを離れなかったが、棺の窓を覗くことはほとんどしなかった。

尚紀のそんな性癖までを刑事に話はしないが、亮子にとって、尚紀の特異な性癖は、殺人など決してできないという立派な根拠だった。

刑事は、必死に説明する亮子を気の毒そうに見ながら、そういうこともまったくないとはいえない、よく捜査してみましょう、と言ったのだ。

だが、今日までなんの連絡もない。

ないのは当然だった。日が経つうちに事件の詳細が明らかになり、津山信夫殺害犯人は三原尚紀、そう決断が下されていたのだから。というよりも、事件発生直後から、ことの次第は明白で、亮子が衝撃の電話を受けた時点で、警察側の結論は出ていたのだ。

あの電話を受けたとき、亮子は事件の全容を聞いていなかった。尚紀がマンションのベランダから飛び降りて死亡した。代々木南警察署からそう告げられたとき、その場にへたり込んでしまった。その後は父が電話を引き継いだが、警察側も、父に全てを話したわけではなかった。ただ、単なる投身自殺ではなく、事件性があることを匂わせたらしい。

尚紀の投身を目撃したのは、スターズマンション代々木の五階に住む、林田光代（はやしだみつよ）という主婦で、ベランダで花に水をやっていたとき、目の前を人が落下していった。通報を受けた警察官が急行し、六階から上の階を調べた。八階の津山家のチャイムを押したが応答がなく、ドアのロックは開いていた。警察官は迷わず津山宅へ入り、台所の入口で、仰向けで倒れている津山信夫の死体を発見した。

通報者は他に二人いた。

スターズマンション代々木から少し離れた場所に建つマンションの住人二人。一人は大学生。大学生はそのとき、四階の廊下を歩いていた。何げなく、スターズマンションを見たとき、人らしい白っぽい物体が落下していった。

もう一人は、九階に住む主婦、彼女は、買い物に行くため、玄関を出てドアに鍵をかけ、振り向きざまに、スターズマンション代々木に目が行った。上階のベランダで、フェンスによじ登ろうとしている人がいる。何をしているのか分からず、声も立てずにいる間に、その人物はフェンスを乗り越え、落下していった。

そのとき、ベランダには、飛び降りた人物以外、誰もいなかった。間違いない。主婦は後にそのように供述している。

つまり、亮子が未明の電話を受けた時点でそれだけのことが明白になっていた。

警察官が、亮子の訴えに耳を傾け、真犯人のいる可能性もないとは言えない、などと言ったのは、現実を受け入れられず、目の前で半狂乱になっている犯罪者の妻を持て余し、適当に相槌を打ったにすぎないのだ。

尚紀の身元が分かるまで時間がかかった。はじめに、津山信夫が元大空印刷の社員だったことが分かった。僅かな遺留品もあり、そこから手繰り寄せ、立川の尚紀の家を経て、西国分寺の亮子の実家にたどり着いた。

尚紀は普段着姿で、身元を示すものを持っていなかった。携帯電話は、落下の衝撃で破壊されていた。


尚紀の勤める大空印刷は、今年の二月、コンサート用プログラムパンフレットの納期ミスという、極めて単純、かつ基礎基本的注意を怠ったことによる失態で、多大な損失を出し、信頼を失った。長年の顧客だった芸能プロダクションから損害賠償を請求された上、取引停止となったのだ。その張本人が三原尚紀。尚紀は即刻、検査部に降格された。

部署替えとその理由、給与明細については警察から聞き、給与の明細書はコピーをもらった。

営業時代の尚紀の給与総支給額は月額四十八万、あれこれ差し引かれて、手取り三十九万。検査部員としての総支給額は月額三十六万、手取り二十八万。

尚紀は早々に、津山信夫殺害の容疑者となり、容疑者死亡のまま書類送検されていた。警察が果たすべきことも、大空印刷が処理すべきことも全て終わった。

尚紀は殺人者として葬られたのだ。警察と大空印刷は、この事件に終止符を打った。だが、亮子は今、スタートラインに立っている。

葬儀のあと、一週間で仕事に復帰したから、一日の時間をまるまる使えるのは週に二日しかない。仕事が終わってからできることはないか、その内容と段取りを考えてみる。だが、頭のなかは、薄紙を貼ったようにぼんやりしていてまとまりがない。何を根拠に、何から手を付けたらいいのか分からない。ただ気持ちだけが焦り、もがき、悶々とした日々がどんどん過ぎていく。

尚紀は殺人者ではない。亮子が信じるその思いには、人を説得させるだけの根拠がない。証明できる材料もない。逆に、尚紀が殺人者で、犯行後自殺したという裏付けは山ほどあり、すでに結論は出ている。それが現実なのだ。

尚紀を信じ、尚紀を信ずる自分を信じる。その信念だけが亮子の心を奮い立たせていた。

とにかく真っ先にしたいこと、理由がはっきりしていて、実現が可能に思えること、それは、津山信夫の遺族に面会することだった。これだけは早くから願っていた。奥村弁護士は反対した。こういう事態の場合、当事者同士はしばらく会わない方がいい、すべきことは弁護士がする。そう言われた。亮子は心外だった。奥村弁護士までが尚紀を犯人と決めてかかっている。

亮子が津山の遺族に面会するのは、謝罪をするためではない。尚紀が借りたお金を、妻である亮子が直接返済する。そして、尚紀は犯人ではない、遺族にはっきりそう伝えたいからだ。

強引なことは分かっている。遺族の気持ちを逆なですることになる。そのことも分かっている。それでも亮子は言いたい。なぜなら、それが言えるのは亮子だけだからだ。尚紀はもう自分では何も言うことができない。

しかし、津山の息子は葬儀と事情聴取が終わると、いったんニューヨークに帰った。日本の本社勤務になるのは九月に入ってからと聞いている。

津山信夫への借財は三百十万。五枚の借用書には、それぞれ尚紀の直筆で、借りた日付、借入の金額、返済日、尚紀のサインがあった。そのコピーを警察署で見せられた。借用書の他に、無記入の領収書が一枚、津山宅の居間のテーブルに置かれていた。室内はさほど乱れていなかった。

尚紀の借入はそれだけではなかった。消費者金融から百三十万借りていることが判明している。事件が明るみに出た直後、たちばなローンという金融会社から直接亮子に電話があった。亮子は即刻返済した。

借入額は合計四百四十万。

尚紀の預金通帳の残高は、十万円余り。お洒落で着るものにお金を惜しまない尚紀は、義務付けられた二十万を決められた口座に振り込むと、あとは使い放題。貯蓄しようという意識はなかったようだ。

亮子はそのことに不満はない。自分が働いて得たお金だ。夫婦間で取り交わした約定を守りさえすれば、あとはどう使おうと自由。むしろ、男が妻に内緒で貯蓄をし、通帳を眺めては頬を緩めたり、眉を顰めたりするよりはよほどいい。この先、家族構成が変わるようなことになったとき、改めて約定を変えればいい。亮子はそう考えていた。

尚紀は高級志向が強い。衣類のほか、身につけるものはほとんどブランド品。当然、クレジット払い。月々の支払いは七万から八万だった。営業マン時代はともかく、検査部へ異動してからの五ヶ月間はやりくりに追われていただろう。

そんな理由から、津山信夫のセカンドビジネスを利用した。

これを知ったときは言葉を失うほど驚いた。会社員、それも、そこそこ名のある企業に勤務する人間が、副業として金貸しをする。亮子には想像の域を超える所業だ。そんなことが現実にあることが信じ難かった。だが、現実であり、尚紀はそれを利用した。利用した尚紀にはさらに驚いた。


居間のほうで母の声がする。道子はしばらく亮子の家に泊まっていたが、いまは休日だけ顔を見せる。猫に餌をやっているらしい。道子も亮子と同じで、犬や猫に人間と同じように話しかける。

「アンズはこっちでしょ、マロンが怒るよ。ほら、こっちを食べなさい」

アン、マロ、と呼び馴れているから、母の呼び方に馴染めない。よその猫のようだ。

食器は二つあり、同じ餌、同じ量を入れ、並べて与える。なぜか、二匹が右側に置いた食器に同時に顔を突っ込む。すると雄のマロがアンの顔を押しのけ、追い払う。アンは逆らいもせず、左側の食器に行って食べる。

あるとき尚紀が言った。「なぜだろうな、なぜ、二匹が右側の食器に拘るんだろう。色も形も同じだし、餌の量も同じだろう。毎回、二匹が同じことを繰り返すから、右側の食器はすぐ空になる。どう思います？　リョウコセンセイ」

そんなとき、亮子は得意げに言う。「猫科は、食べることは雄が優先なのよ。ライオンがいい例でしょ。獲物を捕まえるのは雌だけど、真っ先に食べるのは雄。雄が満腹になったら、次に雌と仔ライオンが食べる。雌は雄が食べ終わるまで待っている」

その答えに尚紀は言う。「そんなことを聞いているんじゃないよ。なぜ、右側の食器に拘るのかって聞いている。必ず理由があるはずだ」。それは亮子にも分からないから、「マロもアンも、なんとなく右側の食器が好きなのよ」。そんないい加減な答えでごまかす。「リョウコセンセイなんて呼ばれて威張っているくせに、幼稚園児なみの答えだ」。そう言って尚紀が勝ち誇ったように笑う。

仏間に設えた小さな祭壇で、尚紀の遺影は微笑んでいる。二年ほど前、亮子が撮ったもので、今よりも頬がふっくらしており、微笑んだ顔は穏やかだった。亮子のもっとも好きな写真を選んだ。

自信家、体裁屋、小心者、お洒落、どれも罪のない程度の個性がにじみ出た、亮子だけが知っている、尚紀の微笑だった。

亮子はそんな尚紀の顔をじっと見つめていたが、不意に顔を上に向けた。

（餌……？）

亮子の頭がゆっくり稼働を始めた。

「お母さん、あの日のことなんだけど――」

道子はソファに座り、分厚い雑誌を見ていたが、雑誌を閉じて、何？　と言った。

「何時頃だったか覚えてないけど、お母さんに電話して、猫の様子を見にいってもらったでしょ。お母さんが家へ来たら、二つの食器は空で、台所の隅に置いてある餌の袋に猫の歯形がいっぱいついていたのよね」

「そう。猫は、飼い主が留守の間はたいてい寝ている。だから餌もあまり食べない。それにしても、丸一日以上ってことでしょう。野良猫なら一日、二日、餌にありつけないことだってあるだろうけど、室内飼いの猫が丸一日何も食べないって、ないわねえ」

尚紀がどのくらい餌を与えていったのか分からないが、二匹ともよほどお腹が空いたのだろう。猫は餌の置いてある場所を知っている。だから餌の袋を嚙み切ろうとした。袋は丈夫な素材。口はファスナーで閉じられている。袋全体が歯形だらけだった。

「二匹で必死に嚙み切ろうとしたのよね。かわいそうに。二つの食器が洗ったようにきれいだったわ」

「そんなことしたのは初めてなんだけど、私が言いたいのはそのことじゃないの」

道子が亮子を見つめた。

「そんなにお腹を空かせていたってことは、あの日、尚紀は、用が済み次第すぐ帰ってくるつもりだったってことよね。だから時間を計算し、餌の量を決めて食器に入れた」

「何が言いたいの？」

「尚紀って、一度にどさっと餌を食器に入れる人じゃないの。なるべく新鮮な餌を与えたい人なの。尚紀はそういう性格なの」

「だから？」

「尚紀はあのとき普段着だったでしょ。財布には七千円ちょっとしか入ってなかった。ここから津山さんのマンションまで、快速を利用すれば片道一時間十分ほど。お隣の奥さんが、尚紀が出かけるのを見たのが、十一時半頃って言ってたでしょ。それで、スターズマンション代々木のエントランスの防犯カメラに尚紀が写っていたのが、午後二時二十五分。ということは、尚紀は少し早めに出て、どこかで時間を潰した。それで――あのことが起きたのが二時四十分だから――」

急に胸が詰まり、亮子は言葉を呑み下した。同時に霊安室で対面したときの、尚紀の遺体が目の前に広がった。霊安室には大きな灯明があり、人が出入りするたびに炎が大きく揺れ、線香の匂いが充満していた。

尚紀の顔は包帯で巻かれ、鼻孔と口だけが出ていた。だが、亮子はそのとき、包帯から丸ごと出ている左の耳をじっと見ていた。他は損傷が激しいのに、不思議なことに左耳だけはきれいだった。その耳は小さく肉が薄かった。

「僕の耳、小さいでしょ。ばあちゃんがさあ、耳の小さい人は幸せになれないからって、毎晩、耳たぶを引っ張りながら、福耳、福耳って、おまじないをしたんだ。だからかな、君に再会できて幸せだ。ばあちゃんのまじないが効いた」

そう言って尚紀は笑った。恋愛していた頃のことだ。尚紀は耳の小さいことを気にしていたらしい。亮子は聞くまでは気にならなかったが、言われて改めて見てみると、確かに尚紀の耳は小さかった。白い包帯に囲まれた小さい耳がまざまざと蘇る。

喉の奥から呻き声が断続的に押し出された。止めようと思っても止めることができない。まるで、切り裂かれた心臓から、血が噴き出るかのようだった。

亮子の口から、途切れ途切れの言葉がほとばしり出た。

「尚紀、ごめん――おばあちゃん、ごめんなさい。尚紀さんを幸せにできなくてごめんなさい。尚紀さんが――こんなことになっちゃって、ほんとうにごめんなさい」

亮子は両手で顔を覆い、号泣した。

道子は亮子の泣き声を黙って聞いている。あの日以来、何回も見ている亮子の姿だ。突然このように泣きだす。そんなとき、何を言っても亮子は聞く耳を持たない。号泣は七、八分ほど続き、そして、しゃくりあげ、やがて気持ちが治まる。全身に力を込める号泣は、十分とは続かない。それは子どもも大人も同じ。だから、感情の鎮まるのを待つしかない。

亮子はしゃくりあげながらティッシュで顔を拭いた。

「だからね、——津山さんとの用事に三十分かかるつもりだったとして、そこに帰りの移動時間をプラスすると、四時半、遅くとも五時には帰宅できる。だから、それに合わせて餌の量を考え、食器に入れた」

「うん、それは分かるけど、そのことが、何に繋がるの？」

「尚紀は五時頃には帰宅できると思って出かけた。そのことに大きな意味があるの。これから殺人を犯そうとしている人間が、それ以外のこと、それも猫の餌のことなんかに、細かい気遣いをすると思う？」

「それは分かるわよ。だから、警察だって、計画的とは言ってないんだし」

亮子は道子を睨んだ。その目から新たな涙が流れ落ちた。

「お母さんもそう思っているんだ。尚紀はそんなことのできる人じゃないって、思ってくれないんだ」

「またひねくれた言い方をする。そういうわけじゃないわよ。警察が話したことを言ったまでのこと。そんなことよりさあ、あんたの話を聞きながら、ふと思ったんだけど——」

「何？」

亮子が涙の目を道子に向けた。「時間のこと」。道子はそう言うと、考え込むような目つきをして両方の掌を頬に当てた。

「ちょっと、変。時間的に合わないような気がする」

「どこが変なの？　時間の何が合わないの？」

「あんたの話は何回も聞いていたけど、こんなふうに細かく考えたことはなかったように思う」

「だから、何？」

道子はお茶を一口飲んだ。

「尚紀さんがスターズマンション代々木の、エントランスの防犯カメラに写っていたのが二時二十五分よね」

「そう」

「ということは、尚紀さんは、津山さんのマンションに午後二時半に行くつもりだった。津山さんとそういう約束ができていた。そういうことにならない？」

「そうね、そういうことでしょうね。七月二十九日、午後二時半に津山宅を訪問する約束だった。私もそう思うけど、それがどうしたの？」

「尚紀さんがああいうことになったのは、五階の主婦の目撃から二時四十分なんでしょ。それって、変だと思わない？」

亮子は瞬きもしないで道子を見つめていた。頭の中で、ばらばらになっているものが一つにまとまろうとしているのだが、その正体が何なのか分からない。ただそれは、亮子や尚紀にとって、明るい情報のような予感がしている。

「尚紀さんが二時半に津山さんの玄関に入ったのは事実よね。エレベーターの防犯カメラの時間を考えてもそうなるでしょ。つまり、約束の時間通り津山宅に着いた。尚紀さん、津山さんのお宅に行ったの、はじめて？」

「私はそう思うけど、実際にどうなのかは分からないわ」

「たとえ、何回か訪ねていたにしても、普通、お茶くらいは出すでしょう。現に、台所にはコーヒーの支度がしてあった。でも、返済用のお金は現場になかったんだから、尚紀さんは、返済のめどが立たなかったってことよね。尚紀さんはその弁明とか、謝罪とかすることになる。それにしてもよ」

「分かった！」

亮子は間髪をいれずに言った。思わず声に力が入っていた。

「お母さんの言おうとしていること、分かった。時間が足りないってことでしょ？」

「そう。だって、二時半に玄関に入って、お茶も出さないうちにトラブルが起きて、津山さんがああいうことになって、尚紀さんが——」

亮子は、道子の話を遮るように言った。

「お母さんは、尚紀は、返済のめどが立たなかったと言ったけど、それだったら津山さん、借用書や領収書を用意しておくかしら」

「それは、どうとでも言えるんじゃない？　実際は返済できないけど、できるかのように話してとにかく津山さんに会う。会ってから、事情を話して返済を引き延ばしてくれるように頼む。それにしてもよ、時間的に無理があると思う。たった十分で二人の人間があんなことになるなんて——」

確かにそうだ。道子の説明は的を射ている。尚紀が津山にひどく罵られて争いになったにしても、百歩譲って、尚紀が津山を殺害し、自分のしたことにパニック状態に陥り、ああいう行動に出たにしても、十分では無理。

「お母さん、いいところに気づいてくれた。ありがとう。私、何かが見えてきたような気がする。それがなんだか分からないけど、でも、今までとは違う何か——」

尚紀は返済のめどが立たなかった。実際には返済できないが、できるかのように話して津山信夫に面会した。

母の道子はそんなふうに推測したが、はたしてそうだろうか。スターズマンション代々木のエレベーターには、防犯カメラが設置されており、そこに写っている映像を警察署で見せられた。エントランスを堂々と入る尚紀。上昇するエレベーター内でひとり佇む尚紀。どちらの尚紀もリラックスしていた。他人には分からなくても亮子には分かる。あのときの尚紀は確かに悠然としていた。

これから面倒な話し合いが始まる。それは犯罪に発展しかねないほど険悪な状況。しかし、カメラに写る尚紀に、そんな様子は微塵もなかった。特にエレベーター内の尚紀は、鼻歌でも歌っているかのように気楽そうで、壁面の掲示物を読み、顎に手を当てたりしていた。

亮子はモニターを指差しながら、必死に訴えた。「この姿が、これから殺人を犯そうとしている人間に見えますか」。警察官は軽く答えた。「計画的犯行とは思っていません」と。

亮子の訴える内容は、容疑者の妻の主観であり、その映像に、三原尚紀は容疑者ではないという具体的根拠は何もない。言葉にこそ出さないが、警察官の口調と表情がそう語っていた。

「亮子、アンバラごぼうって何なの？」

「え？」

「アンバラごぼう。これなんだけど、書いたのあんたじゃないわよね。字が違う」

道子が、カタログギフトをテーブルに広げた。

「あの日、猫の様子を見にきたとき、テーブルの上にあったから棚に載せたんだけど、さっき、何げなくめくっていたら、こんなことが書かれていたの」

亮子は手に取ってみた。そこはダイニング用品を紹介するページだった。白紙のページの中央に《ＤＩＮＩＮＧ》とある。黒い文字の上下は空欄。そこに見慣れた尚紀の文字があった。ずいぶん大きい字だ。上段にアンバラごぼうと横書きで三列書かれている。字が大きいから空欄のほとんどが、その文字で埋まっている。下には、葉月、と三つ書かれていた。これも大きな字だ。

道子の指がある箇所を指した。

そこに小さく、７月29日午後２時半と書かれていた。

4

「ここ数日、ご飯をこぼすんです。食器の周りが噛み砕いたご飯だらけになって。それに、食べにくそうで、それでもこの仔、ご飯が大好きで、シジミのほうはおやつ好きなんですけど。アサリはおやつよりご飯が好きで、一生懸命食べようとするんです。でも、口からこぼれちゃって。今までご飯をこぼすなんてなかったんですけど――」

亮子は、アシスタントに猫の口を開けさせ、ライトを当てた。喉が炎症を起こしている。

「数日って言いましたけど、正確には？」

「――二日くらい前からだと思います。とにかく食べにくそうで、噛んではいるんですけど、口から出しちゃう。呑み込めないんじゃないでしょうか」

「そういう症状が出る前に、何か変わったことありませんでした？」

アサリの飼い主が首を傾げた。色の白い可愛らしい顔に眉間を寄せ、診察台の一点をじっと見つめている。

「吐くようなことはありませんでした？」

飼い主がさっと顔を上げ、「ありました！」と、力強く言った。

「私は知らなかったんですけど、吐いたと言っていました。母が。薄茶色の塊のようなものだったそうです。でも、走り回ったりして元気なんです。ですからそのことを忘れていました。今も元気なんです。シジミとじゃれ合ったり、喧嘩したり。食べるときだけなんです。一生懸命噛むんですけど、ぽろぽろこぼして――」

飼い主は、この世の終わりのような嘆きぶりだった。アサリはスタッフに押さえられ、窮屈そうに身をよじっている。

「猫は基本的に餌を丸呑みします。砕くことはしても咀嚼はしません。そのため、早食いしたり、一度に食べすぎると、食後に未消化のまま嘔吐することがあります。たぶん、吐いた量が多かったのでしょう。そのため喉が炎症を起こして、食べた物を嚥下できないんです。薬を一週間分出しますから、一日一回、飲ませてください。炎症は数日で治まると思いますが、薬は一週間飲ませます」

「分かりました」

「餌はしばらく固形物はやめて、ペースト状の物にしましょう。一週間後にまた連れてきてください」

「あの、食べ物ですけど、こちらには置いてないんでしょうか。ペースト状と言っても、どれを選んでいいか分かりませんし」

「ありますよ。受付に伝えておきます」

午前の亮子の診療が終わった。

今日は、父が院長研修会でいない。もう一人の若手の男性獣医師は第二診療室で犬の診療をしている。最近は、猫ブームと言われるが、動物病院へ来るのは圧倒的に犬が多い。それもほとんどが十二歳以上。動物も高齢化が進み、病気の内容も人間と同じで、腎不全、糖尿、癌が多い。

亮子は椅子に座り、パソコンの画面に写る犬のレントゲン写真を見る。肝臓に癌の影が見える。人間でいえばステージ3。十六歳のゴールデンレトリーバー、雄である。来週、亮子が手術を担当する。何回も経験しているので手術そのものに心配はない。だが、亮子は力強い目つきで映像を観ている。正確には、画面に目を釘づけにしたまま、頭の中は別の考えに支配され、脳が忙しく回転している。

アンバラごぼうとは誰のことだろう。

母には言っていないが、これは、尚紀が女性につけたあだ名である。尚紀はあだ名の解説をするとき、取引先の女性だと言った。そして亮子は、ごぼうは野菜の牛蒡と思い込んで話を聞いていた。だが、カタログには、ごぼうとひらがなで書いてあった。改めて別の意味を考えてみるが、やはり、ごぼうは、野菜の牛蒡しか思いつかない。色が黒くて細長く、顔の造作がアンバランスだからアンバラ牛蒡。たぶん尚紀は、カタログに書くとき、牛蒡という漢字が思い出せなかったか、漢字で書くのが面倒だったのだ。

その話題になったのは、夕食時だった。そのとき、亮子は尚紀に忠告したことを覚えている。女性の体や顔のことを悪く言うのは、セクハラのようなものだと。そのとき尚紀は言い返した。痩せて背が高いのはスタイルがいい、色が浅黒いのはエキゾチック、顔の造作がアンバランスなのは個性的。尚紀はそんなふうに言い、彼女は結構、もてる。そんなニュアンスのことも言ったと思う。

つまり、アンバラ牛蒡さんは、スタイルがよく個性的な顔立ちの人で、男性の関心を集めるタイプの女性。年齢は二十代から三十代。年齢については亮子の憶測だが、尚紀の話しぶりから、中高年とは思えない。

では、葉月とは何だろう。

ページの下方に、葉月と、三つ書いてあった。この言葉は尚紀から聞いていないが、思いつくのは人の名前と旧暦の八月。尚紀が八月を気取って葉月と書くのはしっくりしないし、八月とアンバラ牛蒡さんの関連性が摑めない。それよりも人名の方が自然である。

独断的すぎるとも思うが、一人で考え、一人で判断して結論を出すのだから仕方がない。こういうときは、的を絞らないと考えが拡散して、結論に至らないのだ。だから、ここでは人の名前と仮定して考えを進める。

葉月――。

苗字にも下の名前にも通用する。平凡とは思わないが、特に珍しいとも思わない。苗字となると男性か女性か分からないが、下の名前なら女性だ。

　女性の名前となると、葉月は、アンバラ牛蒡さんの本名と考えるのが自然ではないだろうか。二人が別人となると、葉月の存在が広がりすぎて、考えが深まらない。だから、葉月はアンバラ牛蒡さんの本名として考えを進めてみる。では、苗字だろうか、名前だろうか。いずれかによって印象が大きく変わってくる。

　これを書いたのは尚紀だ。そして、アンバラ牛蒡さんは二十代から三十代の、スタイルのいい個性的な女性。尚紀が苗字を書いたのなら、事務的に思えるが、葉月が下の名で、名前だけ書いたとなると、両者間に私的な親しみが生じてくる。両者とは、アンバラ牛蒡さんと尚紀だ。

　実際にそうだ。恋人、親友、その他ごく近しい人を呼ぶとき、苗字ではなく下の名前で呼ぶ。尚紀もそうだった。付き合い始めの頃は杉浦さんと言った。そのあと、亮子さんに変わり、結婚が近づいた頃は、亮子と呼んだ。

　アンバラ牛蒡さんと尚紀は親しい関係――？

　こんなことを考えていると、どんどん想像が広がっていく。そして、忘れていたことが次々に思い出される。あのとき、からかい半分に、「あだ名をつけるということは、アンバラ牛蒡さんに興味があるからだ」と、言ってみた。それに対して尚紀は、「ぜんぜん興味なし。俺の好みとは真逆だ」。こんなふうに返したと思う。

その言葉を鵜呑みにするわけではないが、女性問題という点では、尚紀を信じている。それは、真面目だから、誠実だから、などの道徳観ではなく、尚紀は俗に言うところの、女好きではない。

尚紀は女性に対して選り好みが激しい。その場の雰囲気で気軽に男女の関係になるとか、下手な鉄砲数撃ちゃ当たる式に女性に近づいたりしない。尚紀はそういうタイプではないのだ。それは、今日まで変わることのない、尚紀の女性観だった。

唯一無二。

尚紀にとって、亮子は唯一無二の存在だったと思う。負けず嫌いで自信家だから言葉に出したことはない。むしろ、悪ぶって逆の態度をとることもあった。だが、心にあることはそれとなく伝わってくるものだ。尚紀にとって亮子は、出会うべくして出会った、宿命の女性。自惚れているようだが、亮子はそう信じている。

八年前、電車の中で再会したときの、息を呑んだような驚きの表情。そのあと、尚紀の顔に広がった眩いほどの笑顔。その笑顔は感動のあまり、泣き顔に変化するような微妙な脆さを伴っていた。たった十秒足らずのことだが、亮子は尚紀のその顔を今も忘れていない。そして、急速に思い出したのだ。高校生だった頃の尚紀を。

その当時、特に尚紀に関心があったわけではない。ただ、どことなく影のある人だと感じたことがある。電車内で佇んでいる尚紀。通学路をうつむき加減に歩く尚紀。校庭を横切る尚紀。尚紀は一人でいることが多かった。

再会して二年後、尚紀と結婚した。

誰に対しても挑戦的で、肩を聳やかし、常に自分を大きく見せようとしている尚紀。それは、心の器の小さいことを自ら示していることになる。そんな尚紀の気質に触れたとき、気分が沈むこともあった。だが、亮子を愛し、信頼し、甘え、亮子以外の女性には目もくれなかったことは確かだ。

では、葉月とは誰だろう。アンバラ牛蒡さんの本名ではなく、別人だとしたら誰だろう。それとも、葉月は人名ではない？　では、アンバラ牛蒡さんの本名は？　尚紀は、その二つの名詞をカタログギフトの同じページに書きこんでいる。その上、ページの隅には、津山宅を訪れる日時が書かれていた。

ということは、二つの名詞は津山宅訪問に関係がある？

そして、アンバラ牛蒡さんは、大空印刷の取引先の女性――。

亮子は思う。

尚紀の仕事上のミスやそれによる降格を知ったからといって、尚紀を責めたり侮辱したりはしない。むしろ、検査部の仕事に甘んじているよりも、転職を勧めたと思う。亮子は、自分が好きな仕事をしているから、尚紀にもそうあってほしい。尚紀の希望する仕事が見つかるまで、経済的なことは亮子がサポートできる。そのくらいの蓄えはある。

尚紀の祖母が残してくれた預金高は、びっくりするほどの額だった。祖母は言った。「あたしの育て方が悪かったんだわねえ。尚紀は経済観念がないの。これは亮子さんに渡します。これから先、二人に困ったことがあったとき、役立てて頂戴。尚紀には内緒にしておいてね。尚紀が知ったら当てにするから」そう言って祖母は、節くれだった手で、預金通帳と印鑑を渡した。名義は三原澄子。澄子は祖母の名前である。

亮子の目に涙が盛り上がり、ぽとぽとと机の上に落ちた。

「おばあちゃん、ごめんなさい。おばあちゃんの遺してくれたお金を役立てることができませんでした。四百四十万なんて、どうということないのに、おばあちゃんに合わせる顔がありません。無念で無念で、あたし、自分が壊れてしまいそうです」

亮子は呻くように言うと、声を殺して泣いた。

「ただいまー」

アシスタントの浜田かおりが買い物から帰ってきた。亮子は慌ててティッシュで目をぬぐい、呼吸を整えた。かおりは近くのコンビニで昼食を買ってきたのだ。数人分だから袋が重そうだ。スタッフのほとんどがコンビニ利用。亮子もその一人。

あの件の直後、院内は重たい空気に包まれていた。昼食中は誰もが言葉少なく、どんな話題も気配りしながら話す。亮子は実家で食べようと思ったこともあったが、それはやめた。

そして、みんなに言った。「私に遠慮しなくていいのよ。今度のことで、聞きたいことがあったら何でも聞いて、答えられることは答えるわ。でもね、これだけは言っておきます。私は、夫の三原尚紀が容疑者とは思っていない。それはこれからもずっと変わらないの」と。

「いつも思うんですけど――」

かおりはレジ袋を机の上に置くと言った。

「なに？」

「鷲尾さんです」

「わしおさんて、誰だっけ？」

「アサリ君の飼い主さん」

「ああ、さっきのよく食べて元気なアサリ君ね、飼い主さん、鷲尾さんだったっけ」

「そうです。鷲尾さんです。私、あの人の指を見ていつも思うんです。色が白くて可愛らしくて、全体的にふわっとしていて優しい感じなんですけど、指だけがちょっと違うなあって。猫を抱いているときとか、頬に指を当てているときとか」

「どんなふうに違うと思うの？」

「上手く言えないんですけど、逞しいというか、指の先が丸っこくて、節々が太い感じ、指だけが全体の雰囲気と違う。若いのに爪はいつも短くしているし」

「ああ、そのことね。あの人、たぶん、ピアノを弾く人だと思う。それも幼いころから長年弾いている。そういう人って、爪を伸ばさない。マニキュアも塗らないと思う。常に指を動かしているから、節々も筋肉も強くなるのよ。でも、柔らかくてしなやかなはず」

「そういえば、アサリ君もシジミちゃんも、いつも爪を綺麗に切って、ヤスリで処理していますよね。専用の高価な爪切りを使っていると思います。爪で引っ掻かれても、傷つかないように用心しているんですかね」

亮子の幼い頃からの友人が、アサリの飼い主と似たような指をしている。彼女は今、ピアノ教室の講師と、声楽家のピアノ伴奏をしている。本当かどうか知らないが、ピアニストは十本の指それぞれに保険をかけているとも聞いた。

三時までの休憩時間を、実家の居間で過ごした。

目的もなく新聞を開いた。政治経済には興味がないから飛ばす。尚紀の一件は新聞でも小さく報じられ、テレビではニュースで短く伝えたという。亮子はいずれの報道も読んでいないし、観ていない。

社会面を開いた。当然だが、事故や事件の記事が並んでいる。季節柄、水難事故が多い。茨城県の大洗海岸で、水泳中に娘が溺れ、それを助けようとした父親が溺れて死亡。まもなく娘も溺死体で発見された。この記事は大きく取り上げられていた。昨日の出来事である。亮子はその記事を二回読んだ。

遺族は今、どんな思いでいるだろう。つい、自分と重ね合わせてしまう。あの事件を知らされたとき、その翌日、そのあたりのことはよく覚えていない。覚めることのない悪夢の中を、もがきながら、叫びながら、彷徨い続けた日々。

尚紀はもういない。尚紀と迎える明日という日は永遠に来ない。はっきり自覚するのは、そのことだけだ。その事実は、心に大きな空洞をもたらし、空洞は日を重ねるごとに寂寥感と絶望感に埋め尽くされた。ただ、尚紀の笑顔だけが目の前に現れ、亮子を哀しみの淵へと追い込む。

目を移動させた。

「秩父の山中に女性の遺体。八月十日の夕刻、ハイキング中に山林に迷い込んだグループが、雑木林のなかに遺体のあるのを発見し、秩父台署に通報した。遺体は二十代から三十代の女性。腐乱が進んでおり、死後十日以上経過していると見られる。現場は女性が一人で入り込むような場所ではなく、身元を示すものが見当たらないこと、その他にも不自然な痕跡があることから、自殺と他殺の両面から捜査を開始した。秩父台署は女性の身元の確認を急いでいる」

似たような事件や事故のニュースが毎日のように起きている。尚紀のときはどのように報じられたのだろう——。

食器棚の隅っこに見慣れたものがある。

亮子は立ち上がり、食器棚を開けた。やはり、母のひと言日記手帳だった。そう言えばあれ以来、日記を覗きこんだりしないし、母が日記を書く姿も見ていない。亮子は尚紀を亡くしてから、一度も実家に泊まっていない。尚紀を一人だけにすることなど、到底できない。初めの一週間ほどは、母が立川の家に泊まったが、今はそれもしなくなった。

椅子に座り、手帳をめくってみた。

最後の日記には、こう記されていた。

「アサリ君とシジミちゃんのママに恋人出現。可愛いママは、△△オミさんと呼んでいた。なかなかのハンサムボーイ。でも、うちの無礼息子のほうが、ちょっと上かも。親バカです」

日付は七月二十九日。事件のあった日の夜に書いたひと言日記。亮子はその日、実家に泊まった。翌日の明け方にあの電話が鳴ったのだ。あの日以後、母は日記を書いていない。

「こら、盗み読みするな！」

母の道子が台所の出入り口から入ってきた。キュウリとトマトの入ったボウルを抱えている。隣家からもらったのだろう。隣の家は老夫婦二人暮らしで、近くに畑を借りて野菜作りを楽しんでいる。収穫物があると、二人では食べきれないと言って、分けてくれるのだ。形はよくないが、味はいい。

亮子は母のために氷入りのウーロン茶を出した。道子は美味しそうにごくごくと音をたてて飲んでいる。肌の色つやがよく、六十二歳には見えない。亮子は手帳を閉じた。

「鷲尾さん、恋人がいるんだ。そんなふうには見えないけどね。ようやく少女から女性へ一歩踏み出した。そんな感じ。でも話し方なんかきちんとしているわよ」

「そうなの？　あたしもちょっと意外だった」

「この二つの三角はどういう意味？」

「最初の方が聞こえなかったのよ。洗濯物を干し終わったとき、二人がうちを出て駐車場へ行ったんだけど、その時、彼女がそう呼んだの。彼のほうがキャットバスケット持っていた」

杉浦動物病院の駐車場は、医院の前の道路を渡ったところにある。庭の隅から見えるのだ。道子が洗濯物を干し終わったときというから、午前の診療が始まってまもなくの頃だ。恋人も学生ということだろうか。社会人なら勤務時間帯である。

「恋人じゃなくて、お兄さんか弟じゃないの？」

「それはない。そんなの見ただけで分かるわよ。あれは、恋人同士です。なんとかオミさんて言っていたもの。猫が馴れるくらい頻繁に鷲尾家に出入りしているのよ、きっと」

「オミさんという苗字かもしれないじゃない」

「まあね、そうかもしれないけど、そのときはそんなふうに聞こえたの。でもさ、恋人を呼ぶとき、苗字で呼ぶかしら、それに、兄や弟を、さん付けで呼ぶ？」

母の言葉に思わず笑った。考えることは皆同じだと思った。葉月は、やっぱりアンバラ牛蒡さんの下の名前に違いない。だが、尚紀と葉月は男と女の関係ではない。それは自信をもって言える。では、どういう関係？　男が、女の名前をメモするとき、苗字ではなく名前を書く。些細なことのように思えるが、意味は深いと思う。

「他人のことはどうでもいいけど、カタログギフトに書かれていた文字、意味分かったの？茂子(しげこ)さんの四十九日は七月十九日。カタログもその日に持ち帰った。あんたんとこも同じ。

あのことがあったのが二十九日。その間に書いたってことになるわね。尚紀さんと何か関係があることは確かよね」

「どんな関係？」

「それは、分からないけど、葉月って、女の名前でしょ」

「じゃあ、お母さんは、なんとかオミさんと同じように、葉月を苗字とは思わないんだ」

「苗字？　ああ、そうね、苗字でも不思議はないわね。そうだ、そうだ。あたし、咄嗟に女の名前って思いこんじゃったけど、苗字でもいいんだわ。ほら、ずっと前になるけど、葉月なんとかというタレントがいたわよ。そうよ、苗字でもいいんだわ」

「何をそんなにムキになってるの？」

「――気になっていたのよ。尚紀さんの浮気相手じゃないかって」

「ずいぶん短絡的なのね。もしそうなら、尚紀がそんなところに書きこむと思う？　そんなことは決してない。それは信じている」

「それならいいの。いくら親でも夫婦のことは分からないからね。でもさ、あんただって言ったじゃない。鷲尾さん、意外だったって。あんたは診療室にいるから分からないだろうけど、あのお嬢さん、うちへ来るとき、いつもその男性が一緒なんですって。受付の佐和子さんが言っていたわ。人は外見だけでは分からないということ」

「そうなの、それは知らなかった。――ほら、葉月の上に書いてあったアンバラごぼう、あれはね、尚紀が取引先の女性につけたあだ名なの。これは尚紀から聞いているから間違いない」

「へえ、アンバラ牛蒡ってあだ名なんだ。で、どういう意味なの？」

「あだ名の説明はやっかい。私にもよく分からない。とにかく、取引先の女性のあだ名であることは確か」

「だったら葉月は、アンバラ牛蒡の本名じゃないの？」

「そう、私もそう思っている。それがいちばん自然だもの。それは分かっているんだけど――人の名前以外の名称ってこと、考えられない？」

「それは、ないことはないだろうけど、どんなものが考えられる？」

「それをお母さんに聞いてるのよ」

道子は小さく頷きながらコップを置くと、

「実はね、いろいろ考えてみたのよ。娘のことが心配でさ。女の名前でなければいいなあと願いながら。それで、一つだけ思いついたものがある」

「なに？」

「和菓子屋の店名か、和菓子その物の名称。ほら、望月とか、名月とか、月明かりとか、和菓子って、月にちなんだ名前がよく使われるでしょ。葉月は旧暦の八月だから、葛かなんかで仕立てた涼しげな和菓子、どう？」

なるほどと思った。和菓子屋はともかくとして、アンバラ牛蒡さんは、大空印刷の取引先の女性。これは分かっている。そこの会社名か、そこで製造している何かの商品名。ありうることだ。その他にも、情報を集め、絞り込んでいけば、葉月の正体に行き当たるかもしれない。アンバラ牛蒡さんの本名、というのは、どうしてもしっくりこないのだ。

「お母さんて、凄いね」

「何が？」

「この前の、十分という時間の疑問。葉月は、店名か商品名ではないかという閃き。とっても参考になる。私、気持ちばっかり急いて、ちっとも考えがまとまらないの」

「それは、当事者だからよ」

「――お母さんさあ、私、少し休暇もらってもいいかな」

道子が空のコップを弄ぶようにしながら亮子を見つめた。

「駄目かしら、柴田さん、ずいぶん経験を積んで、自信がついてきたようだし、しばらく、私なしでシフトを組んでほしいと思っているの。お父さんと柴田さんには負担がかかると思うけど」

「休暇を取って何をしたいの？」

「これと決まったことはないんだけど、このままではいけない。尚紀のためにも、私自身のためにも」

「だから？」

「全てを警察に任せるしかなくて、警察の思う通りにことが運び、尚紀は殺人者として葬られた。それが事実なら仕方がないけど、それならそれで、納得できる何かがほしい。今の私は何一つ納得していない。ただ無念で、尚紀にもおばあちゃんにも申し訳なくて、どうしていいのか分からない。尚紀のために何もできないでいることに耐えられない」

「だからって、あんたに何ができるっていうの？」

「それは、分からない。でも、今のままでは、仕事だって誠実にできない。正直に言うと、あの日から今日まで、動物にも飼い主にも優しい気持ちになれないの。ミスしないことを意識しているけど、大事なことが欠落している」

「………」

「目の前の動物が遠くにいるように感じるの。飼い主の声が遠くから聞こえるように感じるの。それって、きちんと向き合っていないってことよね。それじゃ駄目でしょう。早く前の自分を取り戻したい。それには納得しなくちゃいけない。どんな結果であってもそれが真実だと認め納得する。そのとき初めて、心に区切りができると思う」

「それって、つまり、あんたが探偵みたいなことをするってこと？」

「本物の探偵を知らないから分からないわ。でも、真実を知りたい。これまで警察が出した結論は真実ではない」

警察側は事件の全容を、点の集合体として見ている。その上、点の内容はほとんどが仮説。三原尚紀が降格した検査部に、金貸しを副業とする津山信夫がいた。どのような経緯か分からないが、三原尚紀は津山信夫に借財をした。返済が遅延したため、その金額は三百十万に膨らんだ。三原尚紀は津山宅を訪れ、返済期日を延ばしてほしいと懇願した。だが、津山に断られた。

逆上した三原尚紀は衝動的に津山信夫を殺害した。そのショックでパニック状態に陥り、投身自殺を遂げた。三原尚紀直筆の借用書が五枚、未記入の領収書が一枚、テーブルの上に置かれていた。そこへ、三原尚紀は降格に苦悩し、神経症気味だったという情報が入った。渡りに船。これで物的証拠も状況証拠も出揃った。これが警察の捜査内容であり、僅かな事実と多くの仮説が混じり合った結論である。

この捜査は、表に現れたさまざまな事象を物として扱っている。そこには心がない。点と点を結ぶ心の糸がない。当事者二人が死亡し、真実を語る者がいないから実に単純明快。深く掘り下げる必要がないのだ。

尚紀は殺人など犯していないと必死に訴える。すると、何の根拠もないと撥ねつけられる。確かに説得させるほどの根拠はない。だが亮子は、夫の尚紀を心の目で見る。事件前日までの尚紀がどんな生活ぶりであったかを知っている。尚紀本来の人間性を知っている。

防犯カメラに写し出された尚紀を、妻の目で見れば、夫がどんな心境で津山宅を訪問したか、直感的に分かるのだ。捜査員の目には心がない。現実に視野に入る現象だけが判断材料だ。

「あのページの隅っこに、7月29日午後2時半と書かれていたでしょ。尚紀が津山宅を訪ねた日時よね。アンバラ牛蒡、葉月、と書かれた同じページに書かれていた。ということは、アンバラ牛蒡、葉月、津山宅訪問の三つは、無関係ではないってことじゃない？　繋がっているということにならない？」

「そういうことになるわね」

「葉月のことは後回しにして、今ふいに思ったんだけど、尚紀が津山宅へ行くこと、取引先の女性だという、アンバラ牛蒡さんに指示されたって考えられないかしら。だから何げなくカタログに書いた。指示された日時も一緒に」

道子が亮子をちらりと見て言った。

「話が飛躍しすぎている。それこそ、なんにも根拠がない」

亮子は沈黙した。道子の言う通りと認めざるを得ない。

「聞きにくいんだけど——」

「何？」

「警察から、尚紀さんが神経症気味だったと言われたんでしょ。そのことで、何か分かったことないの？」

「何もないわよ。尚紀は神経症なんかじゃないもの。それは私が確信を持って言える。誰がそんなことを警察に話したのか分からないけど、ずいぶん失礼だわ。刑事ったら、ノイローゼなんて言うの。今時そんな病名、使わないわよ！」

「そう、だったらいいの。——休暇の話は、あんたから直接、お父さんに話しなさい。夕方には帰ってくるって言っていた」

「分かった。そうする」

「初めに言っておくけど、何もかも一人で抱え込まないこと、一人の知恵や力なんて微々たるものなのよ。行き詰まったときは人の考えを聞いてみる。相談されて嫌な気分になる人はいないの。思いがけないヒントに出会うかもしれない。あんたは当事者だから、意地を張って感情に走りがちになる。だから心配なの」

「分かってる」

「危険なことはしない。これは約束してね」

亮子は頷いた。母親に隠しごとをしていることに胸を痛めながら。


捜査中、亮子は警察官に聞かれた。

「ご主人は、どんな性格の人でしたか」

亮子は一瞬、思考が止まり、まん丸い顔をした警察官をじっと見ていた。まだ、衝撃の嵐が収まらず、頭のなかが混乱状態ということもあったが、いきなり尚紀の性格は、と聞かれても、的確な言葉が思い浮かばない。また、簡単に説明できるような質問でもない。

無言のまま亮子にじっと見つめられ、警察官は戸惑いの様子を見せながら言った。

「ご主人は、最近ノイローゼ気味だったと聞いたのですが、奥さんは気づいていましたか？私はそちらの方面の知識はないのですが、最近よく言われる鬱とは少し違うようです」

亮子は仰天し、目が覚めた思いで警察官の顔を見直した。

「誰がそんなことを言ったんでしょうか」

「誰がということではないんです。捜査は続行中ですから、情報は多方面から入ってきます。調書を整えるにあたって、奥さんからも事情を聞くわけです」

「主人がノイローゼだなんて嘘です！　誰が言ったのか知りませんが、ずいぶん無責任で失礼です。私は三原尚紀の妻です。毎日一緒に生活していたんです。そんなことがあるなら、私が気づかないはずがありません！」

尚紀が侮辱されたようで腹が立った。亮子の剣幕に警察官が目を見張るようにして、何回か小さく頷いた。そのあと、机上の書類に何か書き込んだ。

警察署からの帰り道、父の言葉を思い出していた。伯母の四十九日の法要が終わり、数日経った日の夜だったと思う。「尚紀君は、チックの傾向があったかな」。チックという言葉に面喰らい、亮子は咄嗟に何も言えなかった。「斎場で何度も首を振っていた。おまえは気づかないか」とも言った。父の観察眼は鋭く、正しかったのだ。

営業マンとして自信の塊だった尚紀が、検査部に降格された。その業務内容は、尚紀にとって屈辱以外の何ものでもなかったはずだ。自分の起こしたミスの結果とはいえ、夢にも思わなかった突然の転落。心に生じた、憤怒や絶望は計り知れない。それを誰にも言わず、胸の中に押し込めていた。給与が激減し、月二十万の振り込みにも苦慮した。そのストレスを発散する場がない。ストレスは胸の中に蓄積され、やがて発酵する。

その心の歪みが、チック症を引き起こした。

亮子はそのことを見逃していた。いや、見逃したのではない。亮子の前で、その症状は出なかった。専門的な知識があるわけではないが、少なくとも尚紀は、亮子の前では以前の尚紀と変わらなかった。亮子はそう思っている。

誰にも言っていないが、葬儀の数日後、尚紀の机の引き出しから診察券が見つかった。《メンタルクリニックわかば》。すぐにインターネットで検索し、そのクリニックへ向かった。国分寺駅前の細くて高いビル。

メンタルクリニックわかばは五階だった。亮子はペンシルビルのような建物を見上げ、看板を見た。小さい規模だということが分かる。目の前の奥まったところにエレベーターがあった。亮子はしばらく佇んでいたが、ビルには入らず踵(きびす)を返した。

クリニックを訪ねて何をどうしようと思ったのか、目的の定まらない衝動的な行動だった。尚紀は、四月の末に一度だけ、クリニックわかばで診察を受けている。亮子はそのときの尚紀の気持ちを想像できた。

以前、獣医師仲間に聞いたことがある。街の小さい心療内科は若い医師が多い。問診票を見ながら機械的に質問し、患者の応えや説明をパソコンに入力する、キーボードの指さばきはお見事の一言。しかし患者の顔は見ていない。処方薬は安定剤か、入眠剤か、抗うつ剤。患者の顔をろくに見もしないで精神科医などとよく言えたものだ。いちばん楽で儲かるのは、街の心療内科。冗談混じりの仲間の話に、そうだそうだと言いながら気楽に笑った。

尚紀のことだ、医師が若いというだけで見くびったかもしれない。だから、一度しか診察を受けていない。だが、心療内科へ行ったことは確かなこと。屈辱感、挫折感、被害妄想。これらが神経症となって尚紀の心を蝕んでいたのだ。それを妻である亮子は気づかなかった。「尚紀君、挫折に弱いんじゃないかな」。今となれば、父のこの言葉も、認めざるを得ない。

尚紀の深刻な異変に気づかず、父の忠告を重大視せず、何の手も打たなかった。いや、打てなかった。降格という二文字が亮子の心を縛り、臆病にしていた。尚紀の性格をおもんぱかり、そのことに直接触れることを躊躇した。亮子がしたことといえば、ことさら明るく振舞い、尚紀の気持ちを引き立てようとした。だがそれは、苦悩を共有したことにはならない。力を貸したことにもならない。妻として手を差し伸べることのないまま、尚紀はあのような無残な状況で逝ってしまった。

5

ドアがノックされ、恰幅のいい奥村弁護士が姿を現した。さっき亮子を案内してくれた女性があとに続き、奥村弁護士の前にアイスコーヒーを置くとすぐに出て行った。

「悪かったですね。待たせて」

「いいえ、いつもすみません。勝手なお願い事ばかりで」

「そんなことはいいんだが、少しは落ち着いた？」

「はい、お蔭さまで少しずつ……」

「それは何より。いつまでも苦しんでいては体が参ってしまう」

亮子は黙って頷いた。

「お父さんは元気にしていますか」

「はい。今度のことでは、両親に心配を掛けてしまいました」

奥村弁護士は小さく頷き、コーヒーを一口飲んだ。スーツ姿で、きちんとネクタイをしていた。奥村弁護士は父のゴルフ友達。亮子がまだ実家に住んでいる頃、ゴルフ帰りの奥村が西国分寺の家へ何度か立ち寄ることがあり、亮子とも顔を合わせている。

目じりに幾分しわがあるが、肉付きがいいせいか顔全体に張りがあり健康的だ。父と同じ六十三歳だが、細身の父よりも若々しく見える。

「私は、三原さんには面識がなかったが、なかなかの好男子だ」

亮子はごく自然に頭を下げた。

参列者の少ないひっそりとした葬儀だったが、奥村弁護士は通夜にも告別式にも来てくれた。だから遺影の尚紀を見ている。

「さっそくだが、依頼の件です。亮子さんの意向を先方に伝えたら、早速、返事がありました。帰国したら会うそうです。帰国の日時は未定だが、九月の初め頃だろうと言っていました。私が立ち会います。そうそう、息子さんの名前は和明（かずあき）さん。津山和明」

「津山和明さん……」

「一度だけ、国際電話で話しましたが、感じは悪くないです。父親の副業を事件があるまで知らなかったようで、快くは思ってないようだったなあ。そのせいか、三原さんをひどく恨むとか、激怒しているふうにも感じなかった。電話ですから詳しくは分かりませんがね」

「先生は、息子さんとはお会いしなかったんですね、あの折り」

「ええ、会っていません。警察署の見解を聞いただけです。息子さんも、葬儀が終わると慌ただしくニューヨークへ戻りましたから」

「その息子さん、商事会社に勤めていて、帰国後は東京の本社勤務と聞いていますが、今のマンションを手放すとか、人に貸すとか、そんなことはないでしょうか。あんなことがありましたから」

「うーむ。それは、どうかなあ。あのマンションは分譲だから、買い手がつくかどうか。それこそ、ああいうことがありましたからね。そのことがなにか？」

「夫の最期の場所を見たいんです。他の人が住むようになると、伺うことができなくなりますから。もちろん、借りていたお金を返済することがいちばんの目的ですが」

奥村弁護士が目を細めるようにして亮子を見ている。

「今回のことで、息子さんに詫びることはしません。私、夫を犯人と思っていませんから。——さんざんお世話になっている先生の前で、こんな言い方は無礼なことと承知しています。申し訳ありません」

「そんなことを気にする必要はない。亮子さんの気持ちは、お父さんから聞いています。ご主人は容疑者ではない。そう信じているんですね」

「はい、信じています。でも、それとは別に、夫の最期の場所を見たいのです。そのときのままの状態で見たいのです」

「気持ちは分かります。私に遠慮する必要はない。亮子さんの気持ちを、息子さんに率直に伝えればいい。メールのやり取りは何回かあったが、わけのわからないことを言う人には思えなかった。たとえ、売却するにしてもずっと先になるんじゃないかな。今は引き継ぎやら何やらで忙しくしているでしょうから」

奥村弁護士はそう言うと、窓の方へ目を移し、思案げな表情をしている。亮子は、何か新しい情報が聞けるのではないかと、思わず姿勢を正した。奥村弁護士が視線を戻し、亮子に目を当てた。

「亮子さんのお宅は、猫を飼っていましたね」

思いがけない内容に、一瞬思考が停止し、奥村を凝視した。

「確か、二匹」

「はい、飼っています」

「現場から猫の毛が採取されたそうです。津山さんの着衣から一本。もみ合ったと思われる場所から一本。片方のスリッパの底から二本。ベランダのフェンスから三本。津山さんは、猫は飼っていません。三原さんは普段着で津山宅へ行ったんでしたね」

「そうです。——夫が、津山さんに密着したということですね」

「警察ではそう見ています」

ちぐはぐな会話だと承知している。奥村弁護士もそれを分かっていて、亮子の話に付き合っているのだ。津山は扼殺されたのだから、犯人と密着したのは当然。そんなことはあの日、警察官が現場へ駆けつけた時点で分かっている。

津山の遺体の近くに片方。ソファの脇に片方。このスリッパは、尚紀が履いていたものと断定された。スリッパラックに置かれた、客用と思われるスリッパと同じだったから。

津山は家の中でスリッパは履かない。これは息子が証言した。

「これに関しては、事件後しばらく経ってから警察から聞きました。しかし、事件は終結していましたし、亮子さんに話す機会がなかったので今日になりました」

亮子は思う。奥村弁護士はその話を言い出しにくかったのではないかと。かたくななまでに夫の犯人説を拒否する亮子の心を気遣ったのかもしれない。三原尚紀が犯人、これは事件当日に結論が出ていた。

要は、猫の毛という強力な物証が追加されたことを、奥村弁護士が遅まきながら亮子に報告したということだ。夫は犯人ではないと言いきっている亮子に。さぞ言いにくかったことだろう。

尚紀は、通勤着には丹念にブラシを掛けるが、普段着はさほど気にしない。あの綺麗好きの尚紀が、猫には寛大で、腹の上でじゃれあっても何も言わない。そのあと、手を洗うだけで食事をする。そもそも、いくら丹念にブラシを掛けても、一本残らず取り除くなんてことはできない。換毛期でなくても、犬や猫の毛はいつでもたくさん抜けるのだ。

あの日も、家を出るまでに猫に纏わりつかれたり、抱き上げたりしたかもしれない。猫は抱かれることを嫌う。尚紀はそれを面白がって無理やり抱く。猫はもがくから一層毛が抜ける。

これから人を殺そうという人間が、猫の毛を付けたまま、現場に向かうはずがない。だが、このたぐいの話になると、計画的犯行ではない、衝動的犯行だからと一蹴される。それを言われると返す言葉がない。あの日、尚紀は有給休暇を取り欠勤している。亮子は知らなかった。そのことも、警察の心証を悪くした。

「それと――」

沈黙している亮子に奥村弁護士が声をかけるような調子で言った。

「はい」

「三原さんは、非通知からの電話に出る人ですか」

「え？」

「非通知です。固定電話にも、携帯にもたまにかかってくるでしょう。非通知からの電話」

「非通知の電話がどうかしたんですか」

「三原さんの携帯は、壊れてしまいましたが、警察は、電話会社からデータを入手したそうです。事件に関係のあるようなデータはなかったそうですが、六月から七月にかけて八回、非通知の相手と話していたそうです。非通知には出ない人が多いと思うが、三原さんは出る人だった？」

「出る人でした。私の目の前でも二回ほど出たことがあります。さんざん相手にしゃべらせておいて、切ってしまうんです。そんな子どもじみたところがありました」

「なるほど。非通知に出る人だったわけですね」

「非通知の件で何か不審な点があったんですか」

「いや、そういうわけではないです。非通知は反射的に無視、と思いがちですが、そうではない人もいるということです」

「津山さんとのやり取りはあったんでしょうか。携帯のデータです」

「いや、これもないそうです。これに関しては、三原さんと津山さんは部署が同じで、席も近かったようですから、電話で連絡し合う必要はなかったというのが警察の見解です」

「津山さんからお金を借りていたのは、主人だけではないですよね、そのことで何か分かりませんでしたか」

「十数人の名前が挙がっているようだが、これは警察が公表しません。ただ、全員が返済ずみになっている、そう聞いています。津山さんは、早急に回収したかったようです」

亮子は、他に聞きたいことがいろいろあった。

なぜ、津山宅の玄関ドアは開いていたのか。津山は尚紀を玄関に入れたあと、鍵を閉めなかったのか。それとも津山が死んだあと、尚紀がドアの鍵を開けたのか、それならなぜ尚紀は外へ出なかったのか。ドアの内側に尚紀の指紋が無数に付いていたのはなぜか。

防犯カメラを見ると、尚紀は堂々とエントランスを通過した。エレベーター内での尚紀の様子は気楽そうだった。壁面の掲示物を読んでいたのは、余裕の表れのような気がする。これらの全てが、亮子にはなぜ？　に繋がる。

いくつものなぜが頭の中を駆け巡る。そして、ある思いに行き着くのだ。尚紀はあの日、返済に行ったのではない。借用書と領収書を受け取りに行ったのだ。

それだと、さまざまなことにつじつまが合う。

あの日の前夜、尚紀は機嫌が良かった。亮子が帰宅したとき、尚紀は床に新聞紙を広げ、居間のドアに鍵を取り付ける準備をしていた。二匹の猫が嬉々としてじゃれていた。食事のときは、二人でずいぶん会話が弾んだ。尚紀が街中で出会った知人の連れていた恋人の話。亮子の先輩が離婚を決意したときのエピソード。アサリとシジミの飼い主の話。祖母が亮子を高く評価してくれていた話。楽しい時間だった。尚紀は一度も首を振らなかった。

そして翌二十九日。突如尚紀は、自ら死へ向かって飛び去った。

居間のテーブルの上に、尚紀直筆署名の借用書が五枚、その合計金額は三百十万円。それと、未記入の領収書が一枚置かれていた。

亮子の憶測通り、尚紀が借用書と領収書を受け取りに行ったとなると、誰かが三百十万円を事前に調達し、津山に返済したということになる。では、誰が何のために調達し、津山に返済したのか――。

尚紀は津山のマンションへ行くとき手ぶらだった。それは防犯カメラを見れば分かる。三百十万という額は、あの日尚紀が着ていた衣類のポケットには入らない。また、高額な現金を無造作にポケットに突っ込んで持ち歩くはずもない。

それを主張すると、警察官は、そのことにどんな意味があるのか、そう言わんばかりの顔つきで言う。「ご主人は、返済額が調達できなかった。だから、返済日の引き延ばしを頼みに言った。津山は受け入れなかった。そこで、トラブルになった。世間にはよくある話なんです」

いや違う。どう考えても尚紀の所業ではない。亮子の答えはそこへ舞い戻る。

尚紀の背後に首謀者がいる。今回の事件に大きく関わった重要な人物。

尚紀はその人物が計画したシナリオ通りに踊らされたのだ。亮子は尚紀の性格をよく分かっている。見かけとは裏腹、小心者で怖がり、人を殺すなど、空に太陽が二つ並ぶほどにあり得ない。

だが、自尊心を擽(くすぐ)られると、単純にその気になる。自信が先走り、相手の心の裏を読もうとしない。子どもであれば、素直とも純真とも言えるだろうが、大人では短所以外の何ものでもない。短所はそのまま弱点になる。

では、尚紀の弱点を知り、自尊心を煽り、その気にさせたのは誰――？

亮子の憶測は、何の根拠もないまま、無限に膨らんだ。

奥村弁護士が言った。

「津山さんは、今のマンションを息子家族に譲り、自分はこぢんまりしたマンションを購入するつもりだった。息子の帰国が予定よりも早くなったので返済を迫った」

「はい、そのように聞いています」

亮子は、ドアの内側に尚紀の指紋や掌の跡が無数に付いていたこと、この矛盾点だけでも奥村弁護士の見解を聞きたいと思ったがやめた。言われることは分かっている。そのとき尚紀はパニック状態に陥り、数々の意味不明の行動に走った。尚紀は、常識では計り知れないほどの錯乱状態だった。

警察側と奥村弁護士の見解は同じなのだ。


帰宅したのは七時半だった。

玄関の鍵を開けているとき、後ろに人の気配を感じた。振り向くと背の高い男性が立っている。亮子はドアの取っ手を持ったまま、じっとその男性を見つめた。

「三原尚紀さんの奥さんですか」

落ち着ついた歯切れのいい声だった。三十代半ばくらいに見える。「そうですが、どちらさまでしょうか」。その男性は顔を和ませながら亮子に近づき、「松下と言います。三原さんと同僚の松下慎吾です」。男性の顔を見つめたまま、亮子の頭が記憶の再生のためにすばやく回転した。

(しょぼさん――しょぼくれ煙突さん!)

思わず、しょぼさんと言いそうになり、慌てた。

「松下さん。はい、三原から聞いています。家へ来てくださったんでしょうか」

「はい、弔問させていただきたいと思いまして」

亮子はその言葉を聞いただけで涙が溢れそうになった。

「それは――どうもありがとうございます」

松下慎吾は小ぶりの花かごを持っている。亮子は松下を玄関に招じ入れた。猫のためにエアコンは付けたままだから、室内はひんやりしている。居間の照明も保安球は点けたまま。ドアの向こうで二匹の猫がちんまり座っていた。普通なら立ちあがり、取っ手をどうにかしようとするのだが、見知らぬ人間がいるので警戒しているのだ。

「これが、ロシアンブルーですか。三原君から聞いていました」

「三原はそんなことを松下さんに話していたんですね」

亮子は嬉しくなり、手を伸ばして、ドアの上に取り付けたロックを外した。

「こんなふうにしないと、二匹で協力してドアを開けちゃうんです。三原が取り付けたんです」

あのことがあった、前日の夜です。

そう付け加えそうになり、言葉を呑んだ。「どうぞ、お入りください」。照明を全灯にすると、二匹がさっと走りだし、洗濯場の方へ行って身を隠した。

松下慎吾を仏間へ案内した。仏間は祖母が生前使っていた部屋だ。亮子は今、この部屋で食事をし、この部屋で寝ている。尚紀の遺骨と遺影の前に布団を敷いて。

寝室で寝ようと思っても、仏間が気になって眠れない。尚紀が仏間から出て、寝室へ歩いてくるような気がするのだ。つい耳をそばだててしまう。納骨が済むまでは仏間で生活するつもりでいる。尚紀もそれを望んでいると思う。

松下慎吾は、花かごと香典を供え、焼香をした。長いこと尚紀の遺影を見ていたが、姿勢を変え、改めてお悔やみの挨拶をした。月並みな言葉だが、松下の誠実さが表れている。尚紀がこの人と親しくしていた。そのことがますます亮子を嬉しくさせた。

「ありがとうございました。松下さん、お食事は？」

「済ませてきました。奥さんはこれからでしょう。すぐにお暇（いとま）します」

「そんなことおっしゃらないでください。——会社の方で、弔問してくださったのは松下さんが初めてなんです。少し、お話をしていってください。三原も喜びます。松下さん、車でみえたんでしょうか」

「いえ、会社帰りに寄らせていただきました。立川駅から歩きました」

「それでは、今ビールを用意します。お付き合いしてください。三原と一緒に」

松下は少し思案するような表情をしたが、「それでは、遠慮なく」そう言って軽く頭を下げた。

「嬉しいです。どうぞお楽になさってください」。座布団を勧め、亮子は台所へ小走りした。支度をしながら、涙がこぼれて仕方がない。少しでも気を緩めると声を上げて泣き出しそうだった。喉をひくひくさせながら深呼吸をしたあと、ティッシュで涙をふき、鼻をかんだ。

昼間のうちに母が来て、惣菜が用意されている。松下は、食事は済ませたと言ったが、それは食事の誘いを断るときの常套手段。亮子も食事まで勧める気はない。惣菜の中から、母親が丹精している糠漬け、春雨の中華風サラダ、枝豆をそれぞれの器に盛り、おしぼりとコップを三つ用意した。

松下のコップにビールを満たし、尚紀にも供えると、松下が亮子に注いでくれた。

「今日はありがとうございました」

二人が申し合わせたように、尚紀に向かってコップを捧げた。松下はいける口らしく、一気にコップの半分を飲んだ。亮子はビールを満たした。

「こんな物しか用意できません。ほんのお口汚しですけど、摘んでください。本当に嬉しくて、何と言っていいか分からないんです」

　写真の尚紀が微笑を浮かべて見ている。

　自分で作ったわけでもないのに、よく言うよ。そんな憎まれ口を言いだしそうな口元。そんなことを想像することさえ、亮子には心楽しいことだった。人の厚意が心に沁みるとはこのようなことを言うのかもしれない。

　松下慎吾は、亮子の知らない、職場での尚紀を知っている。そのことが、かつて経験したことのない感慨で亮子の心を満たしていた。

　それは松下慎吾を通して感ずる尚紀の存在感だった。尚紀には、職場という亮子の知らない世界があり、尚紀は間違いなくそこに存在していた。そこで生きる尚紀を、亮子はまったく知らない。

「三原とは、よく話をしていたんでしょうか」

「同じ二課では、話したほうだと思います」

「三原は人付き合いが悪かったと思います。でも、松下さんとは親しくさせていただいたということなんですね」

「親しいといえるかどうか分かりませんが、私は営業マンなのに口下手なほうで、三原さんは弁が立ちましたから、そのあたりが上手い具合にマッチしていたかもしれません」

「三原は口が悪いですから、不愉快な思いをなさったんじゃないでしょうか」

松下は笑い、「確かに辛辣でしたが、言葉を替えれば正直な人だとも言えます」そう言って枝豆を摘んだ。

亮子は内心思っていた。尚紀は、松下慎吾のことを割り引いて話していたと。尚紀が話す松下慎吾の印象は、なんとなく覇気がない。なんとなく精彩に欠ける。なんとなく野暮ったい。そんなふうにイメージさせる話し方だったが、実際の松下慎吾は決してそうではない。落ち着いていて、穏やかで知的である。確かに、背はひょろりと高いが、しょぼくれてなどいない。

「奥さんは、私のあだ名をご存じですか。三原君がつけたんです」

亮子はびっくりして、コップを置いた。胸の中を見透かされたようで、どぎまぎしていた。

「しょぼくれ煙突です」。松下はそう言って笑い、尚紀の遺影に目を遣った。

亮子はこういうとき、取り繕うことができない。心にあることが、すぐ顔や態度に出てしまう。咄嗟に適当な言葉を使うほど器用でもない。

「僕の話をするとき、しょぼさんと言ってたんじゃないですか」

「ほんとに申し訳ありません。実は、玄関でお名前を伺ったとき、思わず、そんなふうに呼びそうになって慌てたんです。でも、三原の観察眼はだめですね。採点はゼロです」

松下慎吾が笑いながら、「いえ、いいところを衝いていると思います。――奥さんは正直ですね。三原君は、そういうところを愛していたんだなあと、今日、納得しました。いつだったか、珍しく二人で飲んだとき、臆面もなく言うんです。誰と飲むより妻と飲むのがいちばんだと。僕と一緒に飲んでいるのにです」。松下はそう言うと再び笑い、ビールを飲み干した。

亮子が注ごうとすると、掌をコップの上に置くような仕草をして、「充分、頂きました。そろそろ失礼させていただきます。気になっていたんです。もっと早く来るべきだったのに、申し訳なかったです」。松下はそう言うと、頭を下げるようにした。

そんな松下に向かって、言葉が口を衝いて出た。

「松下さん、私、三原が殺人を犯したなどと思っていません」

声が震えるのが分かった。立ちかけた松下が目を見張るようにした。

「誰がどう思おうと私は信じています。三原に殺人などできません。――三原は臆病で気の小さい人間なんです。それの裏返しで、虚勢を張ったり、尊大な態度を取ったりしますけど、本当は、虫も殺せない人なんです」

立ちかけた松下が座りなおした。黙って亮子を見ている。

「すみません。ちょっと取り乱しました。実は、今日、弁護士さんに会って、津山さんの息子さんと会う手はずをしてきました」

「そうだったんですか」

「息子さんが帰国されたら、弁護士さんと一緒に、津山さんのお宅に伺うことになりました。その他に、事務的な手続きがあったりして、それで、帰りましたら松下さんがお見えになっていて――」

松下が黙って頷いた。

「松下さんは、今回のいきさつをよくご存じと思います。でも、私が、津山さんの息子さんをお訪ねするのは、詫びるためではありません。詫びるということは、三原の犯行を認めたということです。そんなことはできません。訪問の目的は、借金を返済することと、三原の最期の場所を見るためです。どんな思いであのような最期を遂げたのか。それを思うと無念でなりません」

松下が複雑な表情を浮かべている。どう対応していいのか分からないのだ。これ以上話し続けるのは相手に負担をかける。そう思いつつ、自分を抑えられない。

「警察で、三原はノイローゼ気味だったと言われました。今はあまりそういう言い方はしませんが、会社の人たちからの情報のようです。答えにくいと思いますが、松下さんも、三原はノイローゼ気味だったと思いますか？　私はそんなふうに感じたことはなかったんです。もし、噂通りなら、妻として失格です。毎日顔を合わせているのに気づかなかったのですから」

「――実は、三原君が検査部に配属されてから、一度も顔を合わせていません。フロアが違い、業務内容も勤務体系もまったく違いますから、会うことがないんです。避けているというのではなく、顔を合わせる機会がないんです。正直なところ、僕には分かりません」

「そうですよね。すみません、耳障りなことばかりお聞かせして。ご迷惑だということは分かっているんです。松下さんにも立場がおありですから。でも、今日聞かなかったら、もうお聞きする機会がないと思って、つい」

松下が小さな声で、いえ、と言い、

「何の力にもなれなくてすまないと思っています」

誠実そうに小さく頭を下げた松下慎吾に、思い切って言った。

「あの、他にも、お聞きしたいことがあるんです」

「なにか？」

「唐突ですけど、松下さんは、葉月という言葉に心当たりはないですか」

「はづき？」

「葉っぱの葉に月です」

松下は頷き、「葉月ですね、葉月がどうかしたんですか、旧暦の八月のことですよね」

「そうなんですけど、もしかして、大空印刷の得意先に、葉月という名前の会社はないかと思いまして。はじめは、人の名前かと思ってネットで調べたんですけど、葉月という姓は意外に少なくて、俳優やタレントの芸名などは別にして、実名では日本に十件ほどしかないそうです。下の名前となると、雲を摑むようで調べようがありません」

「うちの顧客に葉月ですか。というと、やはり社名ということになりますね。私は知りませんが、営業は一課から七課までありますから、ここではっきり答えることはできません。その葉月がどうかしたんですか」

「三原が、カタログに書きこんでいたんです。葉月、と三つ並べて書いてあり、同じページの端に、あのことがあった日時が書いてありました。7月29日午後2時半と」

松下が黙り込んでしまった。

亮子が突然、興奮気味になり、矢継ぎ早に質問され、説明され、混乱しているらしい。亮子も松下の困惑気味の顔を見て、我に返った思いで気持ちを鎮めた。

「すみません、突然聞かれても困りますよね、失礼しました」

だが、反省もつかの間、すぐに次の言葉が出た。

「失礼ついでにもうひとついいでしょうか」

「はい、なんでしょう？」

「大空印刷のお得意さんで、何回か会社を訪れたことがあって、スタイルが良くてエキゾチックで――」

あっけにとられたような松下の顔を見て、亮子は言葉を呑んだ。

松下が帰ってしまえば聞くチャンスがなくなる。そう思うと、焦燥感に駆られ、相手の心中を考える余裕のないまま、言葉が口から飛び出てしまう。

「うちの顧客？　それは女性ということですね」

「そうです」

「スタイルがよくてエキゾチック、年齢は？」

年齢？　あのとき尚紀は年齢を言っただろうか？　いや聞かなかった。聞いていればこういうときに思い出さないはずがない。

「年齢は言わなかったんですけど、年配者ではないと思います。仲間内では関心を持っている人が何人もいるって言っていましたから」

「それも、三原君が話した。そう言うことですね」

「そうです。実は、その人の名前が葉月さんなのかな、と思ったんですけど、姓である可能性はゼロに近いことが分かりましたから、ファーストネームということになります。でも、なんとなくしっくりこないんです。取引先の女性をファーストネームで書くということに」

アンバラ牛蒡と言いそうになったが、さすがにそれは言えなかった。

「会社には大勢の人が出入りしますから、今の情報だけでは見当がつきません」

「そうですよね。承知しているんですけど、つい口に出してしまいました。忘れてください。すみません。せっかく弔問に来て頂いたのに無作法なことをしました」

「いえ、そんなことはありません。スタイルのいいエキゾチックな女性のほうは調べようがありませんが、葉月という名称の顧客がいるかどうかは調べられると思います」

「本当ですか？」

「もちろんです。すぐにというわけにはいきませんが、珍しい名前ですから分かるはずです」

「助かります。ありがとうございます」

松下が、座り直すような所作をして、首を傾げてテーブルの端に目を当てている。何かを思案しているようだ。亮子は口を挟まず、そんな松下をじっと見ていた。やがて、松下が顔を上げた。

「葉月ですが――」

「はい」

「今、不意に思いついたんです。呉服屋の店名はどうでしょう。旧暦の言葉ですから、和装関係を売る店ということです」

亮子は思わず笑顔になった。松下慎吾の誠実さに、心の底からじわじわと広がる感動だった。尚紀はこの人と親しくしていた。松下もまた、異様な事情をはらんだ尚紀の最期を悼み、弔問してくれた。久しぶりに味わう、他人に対する信頼感だった。

亮子に笑顔で見つめられ、松下が戸惑った表情をしている。

「やはり、変ですか」

「いいえ、そんなことありません。実は、実家の母は、和菓子屋さんではないかと言ったんです。人によって、いろいろな発想があるんだな、と思いまして。――母に言われていたんです。困ったことを一人で抱え込まないで誰かに相談しなさいって。松下さんに話してよかったです。呉服屋、和装店、葉月とよくマッチします。早速調べてみます。ありがとうございました」

亮子はバッグから名刺を出してテーブルに置いた。

「実は私、今、休暇を取っています。携帯はいつでも出られますから、何か分かりましたらご連絡いただけますか。無理をなさらなくていいんです。お時間のできたときに調べていただければいいんです」

松下は名刺をじっと見ている。「獣医さんですね。三原君から聞いています。なにしろ、自慢の奥さんだったようですから」

亮子の胸に生じた熱い塊は、急速に、喉から鼻へ、鼻から目へと押し上げられ、涙となってこぼれ落ちそうになる。亮子は奥歯を噛みしめて嗚咽を堪えた。

「三原は話を誇張しますから、割り引いて聞いてください」

「そんなことはないと思いますよ。承知しました。分かり次第、連絡いたします」

松下慎吾が帰り、夕飯をすませたあと、亮子はパソコンに向かった。

母の言った和菓子屋はすでに検索済みで、情報は得られなかった。

松下の提案した呉服屋も和装小物店も検索できない。しばらく考え込んだ。

連鎖反応というのだろう。やがて、亮子の頭は、和装から洋装へと発想が飛んだ。洋装と言えばブティックだ。《ブティック葉月》で検索した。あっけないほどに三つヒットした。全て都内である。東京駅八重洲口店、吉祥寺店、下北沢店。

三日後、松下慎吾から連絡があった。

「当社の取引先、顧客や業者も含めてですが、葉月という名称の会社はありませんでした」

「そうですか。お忙しいなか、お手数をかけました。この前、松下さんの言われた和装関係のお店ですが」

「ええ、どうでしたか」

「和装関係では、検索できなかったんですけど、検索しているうちに、洋装関係ではどうかと思いつきまして、ブティックで検索してみたら、ありました。都内に三軒、ブティック葉月です。でもこの葉月が、三原がカタログに書きこんだ葉月と関係あるのかどうか、まったくわかりません」

「なるほど、ブティックですか、お洒落な店名ですね。――ところで、スタイルのいいエキゾチックな女性のことですが」

「はい」

「三原君は、その女性について、他に具体的なことを言ってなかったですか」

「何か、心当たりがあるんでしょうか」

松下慎吾はしばらく沈黙したあと、

「奥さんは、ヴィナスという化粧品会社を知っていますか、三原君の担当ではなかったのですが、当社の顧客です」

「いいえ、知りません」

「では、志村英美という名前を聞いてないですか、三原君から」

「志村英美さん？　いいえ、聞いていません。その方が、葉月と関係あるんですか」

「葉月のこととは別なんです。志村英美さんはヴィナス化粧品の社員で、当社に出入りしていました。しょっちゅうではないですから、私も数回見かけただけで話したこともありません。ただ、その人の容姿が――」

「スタイルが良くてエキゾチック」

「まあ、そんなふうに言えるかなあと思いまして、そのひと、一年中日焼けしているような肌の色をしていて、痩せて背が高くて、顔の作りが、なんといいますか――」

「たぶん、その人です！　私、先日は遠慮して言えなかったんですけど、三原が言うには、色が黒くて細長くて、顔は――そのとき私、怒ったんです。人の容姿をそんなふうに言うのは間違っているって。そうしたら、痩せて背が高いのはスタイルがいい、色が浅黒いのはエキゾチック、顔の造作がアンバランスなのは個性的。仲間の中には関心を寄せている人が何人もいるって。志村さんという人が、その容姿に似ているということですね」

「今の奥さんの話を聞いて間違いないと確信しました」

アンバラ牛蒡の正体がわかった。化粧品会社の社員、志村英美。では、志村英美と葉月はどう繋がるのだろう。松下慎吾は、葉月とは別ものと言ったが、カタログの書き込みのアンバラ牛蒡は志村英美となると、葉月と志村英美はおおいに関係があることになる。

「その志村英美さんですが」

「はい」

「亡くなったんです」

松下の発した言葉がうまく脳に染み込まず、「はい？」と聞き返した。

「先週の新聞に出ました。秩父市の山中で遺体で発見されたと。われわれも新聞の記事で初めて知って、営業内で話題になったんです」

遺体で発見。その言葉に絶句し、一瞬脳内が空白になったが、やがて携帯を握りしめたまま頭がフル回転を始めた。

新聞記事。秩父市の山中。自分も読んだ気がする。どこで読んだのだろう。

そうだ、実家の居間、お昼の休憩時間だった。

頭の奥の方で水難事故の記事が蘇った。それは徐々に明確になる。娘が波にさらわれ、助けようとした父親が溺死、娘も死亡した。そんな記事だったと思う。そして、同じ社会面の片隅に報じられた記事。

「私も読んだと思います。詳しくは覚えていませんけど、自殺と他殺の両面で捜査とか、身元確認中とか、そんなふうに記憶しています。それが、その遺体が志村英美さんだったんですか」

「そうです。たぶん、奥さんの読んだ記事は第一報だと思います。そのあと、身元が分かったという続報があり、私は続報で知りました。どうやら警察は、他殺の可能性が高いとみているようです」

アンバラ牛蒡の正体は、化粧品会社勤務の志村英美。その志村英美が死んだ。いや、殺された？　立ち尽くす亮子の耳に松下の声が続く。

「これは話すべきことではないのですが、営業の統括部長が、志村英美さんと個人的な付き合いがあったらしくて、何回か警察の事情聴取を受けているそうです。このことは今日知ったんですが、志村さんが亡くなったことは、先夜お宅に伺ったとき、すでに知っていました。ただ、志村さんと三原君を結び付けてなかったですから話しませんでした」

亮子の頭の中は混乱している。いろいろに性格の違う情報が一どきに流れ込み、あちこちでぶつかり合って収拾がつかない。

「奥さんは、エレベーターの事故のこと、三原君から聞いていますか」

エレベーターの事故？　また、新しい情報だ。それも、尚紀の事件とも、志村英美の事件とも関係のない内容。

「三原君なら、面白おかしく話したんじゃないかと思いまして」

「あの、どういうことでしょうか」

「かなり前になりますが、社内のエレベーターが故障して」

「あっ！　はい、それなら聞きました。エレベーターが下降中に止まってしまったんですよね。だんだん思い出しました。そのとき、女性と二人きりになった――」

「そうです、その女性が、志村英美さんです」

丁寧に礼を述べ電話を切った。

頭の整理ができず、しばらく立ち尽くしていたが、思いついて廊下へ走った。廊下の隅に古新聞が積んである。そばに座り込んで数日分の社会面に目を通す。その記事は簡単に見つかった。薄暗い電灯の下で正座して読んだ。新聞を持って居間へ戻り、ソファに座って二回読んだ。

6

亮子は、弟の周平に会うため、朝九時に家を出た。

名古屋なら日帰りができる。周平は午後五時すぎなら会えると言った。新幹線に乗る前にやりたいことがいっぱいある。

まずは、《ブティック葉月》を訪ねる。東京駅八重洲口店は後回しにして、吉祥寺店から下北沢店へと向かう。吉祥寺店は中央線なので、立川駅から乗り、途中下車する。下北沢店は井の頭線に乗り、下北沢駅で下車。

吉祥寺店は駅近くの商店街のなかにあった。どこの街でも見かける、さほど規模の大きくないブティックで、店名は確かに葉月だった。店の前に立ったとき、不意に思った。何をしたくてここへ来たのか。

改めて考えたとき、これといった目的のない、衝動的な行動だったことに気づく。尚紀がカタログに書いた葉月にこだわり、こうして葉月に辿り着いたが、何の根拠もなく思いつきだけで探しあてた葉月だ。何をどうすればいいかさえ分かっていない。

しばらく佇んでいたが、とにかく店内に入った。

開店したばかりのようでお客はいない。奥のカウンターの中に女店員が二人いる。二人が声をそろえるように、いらっしゃいませ、と言った。店内を一回りしたが、商品は見ていない。これからどんな行動に出るか、頭の中はそのことで占められている。

躊躇している意味も時間もなかった。店員が近づいてこないうちに、亮子の方からカウンターに向かった。亮子は尚紀の写真を持っている。

「お忙しいところおじゃまします」

年上の方の店員が不審げな顔をしたが、それでも、いらっしゃいませと言った。

「すみません。お聞きしたいことがあって伺ったのです」

「はい、どういうことでしょう」

「葉月というお店なんですが、下北沢と東京駅八重洲口に、こちらと同じ葉月というお店がありますが、同じ系列ですすか」

「そうですが、何か？」

「へんなことをお聞きしますが、男性のお客も来ますか」

「男性が一人で見えることはほとんどありません。たまに、カップルで見えることはありますが」

バッグから写真を出し、カウンターに置いた。

「この男性がこちらに来たことはないでしょうか」

若い方の店員も加わって写真を見ている。

「今、カップルで見えることはあると、おっしゃいましたが――」

亮子は、志村英美の特徴をできるだけ具体的に伝え、写真の男性と来たことはないかと重ねて聞いた。考えてみれば吉祥寺店は立川駅から近い。同じ中央線で八つ目である。あれほど考えあぐねた葉月が、こんな近場にあったことに不思議な気がする。二人の店員が顔を見合わせたあとで、年上の方の店員が言った。

「見おぼえがありません。この写真の方も、説明された女性の方も」

「そうですか、お忙しいところ、失礼いたしました」

下北沢店は駅前のビルの二階にあった。吉祥寺店よりも規模が大きい。若者を対象にした衣装が何列もフロアに並び、壁面を飾り、マヌカンが入口付近に何体も立っている。アクセサリーのコーナー、カジュアルなバッグなども置いてあった。亮子は、やはり二人いる店員に同じ質問をしたが、答えは吉祥寺店と同じだった。

想像していたとはいえ、何一つ情報が得られなかった落胆は大きい。理由は分かっている。ブティック葉月には、事件に結び付く根拠が何一つない。こちらの提供できる情報にも限りがある。尚紀の写真を見せ、この人に見覚えはないか？　それだけだ。ないと言われたらそれで終わり。それ以上、探りようがない。

インターネットで葉月を探し当てたときは声を上げるほど興奮し、胸が震えたものだが、今は風船がしぼんでいくような虚しさを感じる。

亮子はそんな自分を叱咤した。

初めの一歩を踏み出したばかりではないか、と。

両親に自分の思いの丈をぶつけて説得した。両親はその意志の強さに妥協はしたが、条件として、無謀な行動に走らぬよう戒めた。その言葉以上に娘の心身を案じていると思う。その上、仕事仲間には、物理的にも、精神的にも大きな負担をかけている。

何より、ここで弱音を吐くということは、尚紀は無実という信念を自ら裏切ることになる。そんなことはできない。これからも、失望という壁がいくつも待っている。そのことを覚悟しなければならない。

八重洲口店は新幹線に乗る前に立ち寄る。その前に、新宿で中野沙織と昼食を摂る約束をしている。ピアノ教室の講師と、声楽家のピアノ伴奏の仕事をしている沙織とは中学時代から親しくなり、高校も一緒だった。高校一年の文化祭でコーラス部だった亮子は、大勢の部員と合唱を披露したが、そのときのピアノ伴奏者は沙織だった。

進路が違うので大学は別だったが、付き合いは続いていた。沙織は、同じ高校で一年間過ごした尚紀をまったく覚えておらず。結婚を報告したときも、「三原尚紀？　ぜんぜん覚えていない」。そう言って笑った。沙織は尚紀の通夜にも告別式にも来てくれた。告別式以来、初めて会う。

新宿駅ビルのイタリアンレストランに入ると、沙織はすでに来ていて、店の隅の四人席に陣取っている。テーブルに書類らしきものを何枚も広げ、真剣な顔つきでボールペンを握っていた。亮子がそばに立っても気がつかない。亮子は黙って前の椅子に座った。

「ずいぶん熱心ね。悪事を企んでいるような顔つきよ」

「失礼ね、せめて瞑想に耽(ふけ)っているとでも言ってよ。芸術祭の企画を立てているんだから」

「そう？　なんだか目がぎらぎらしているって感じだった」

ピザを一枚、スパゲティを一皿、それにサラダを注文し、ウエイトレスに飲み物を聞かれると、沙織は迷わずビールと言った。

「あなた大丈夫なの？」

「平気よ。今日は、レッスンはないの」

二人はビールを飲み、ピザとスパゲティを分け合って食べた。沙織は尚紀のことには触れない。亮子の気持ちがいくらか落ち着いてから、ときどきメールや電話でやり取りをしている。

「芸術祭の企画って何？　ピアノのコンサート？」

「コンサートではなくコンクール」

「ふーん、どんな？」

「ピアノのコンクールは数あれど、今回はハイレベル。ショパン全日本コンクール。かの有名な世界ショパンコンクールの前段階のようなもの。入賞者三人と、五位までの二人は、世界ショパンコンクールにノミネートされるんだから」

「へえ、で、あなたも出るの？」

沙織はピザを喉につかえそうにして、「歳を考えて歳を。そもそも、次元が違う」。そう言って、ピザを呑み込んだ。「じゃあ、教え子？」「やめてよ。心が折れる。うちの生徒は、まだ幼稚園児なみ、レベルの高い子もいるけど、そういう子は、立派な先生の指導を受けていて、補助的にうちの教室に来るの。ほら、東大を目指し、有名塾に通う子にとって、学校で受ける授業は息抜きのようなものだっていうでしょ。あれと同じ」

「で、沙織は瞑想に耽って何をやっていたの？　印刷物、いっぱい広げていたでしょ」

「企画部の使い走り。審査員の一人が大学の恩師なのよ。それで駆り出されたというわけ。応募者のプロフィールをまとめているんだけど、これが結構大変な作業なのよ。でもね、今回はちょっと興味があるの」

「何？」

「鷲尾教授のお嬢さんが、応募しているのよ」

「その教授、有名なの？」

「ピアノ界では有名。東和音楽大学の教授」

「あなたは共生音大でしょ」

「私の恩師と鷲尾教授が親しくしているの。鷲尾教授は今回、肉親が応募するから審査員を辞退したけどね。それでも多少の影響力はあるんじゃないかな。だって、審査員の何人かは鷲尾教授の息のかかった人ですもの。そのお嬢さん、入賞者候補に入っているのよ。でも、親の力は関係ない。もし、入賞して、親の七光りと思われたら気の毒。彼女、そういうレベルじゃないの、本物の力なの」

鷲尾？　どこかで聞いたことがある。それもつい最近。

すぐに思い出した。アサリとシジミの飼い主だ。「よく食べて元気に走り回っているんです」。そう言って握り締めた手を開くと、掌に白い木綿糸が載っていた。あの飼い主の姓が、確か鷲尾だった。

「その教授のお嬢さん、名前は？」

「美弥子（みやこ）。鷲尾美弥子さん。大学は私と同じ共生なんだけど、年齢が違いすぎるからまったく面識はない。でも、噂は入ってくるのよ。一度だけ彼女の演奏を聴いたことがあるけど。噂通りだった」

「そのお嬢さん、うちに来る猫の飼い主かもしれない。彼女の手、あの手は、幼い頃から長年、ピアノを弾き続けてきた人の手だわ。沙織の指と同じような指をしているの。節々がしっかりしていて、指先が丸っこくて、それでいて、なんとなくしなやか」

沙織が自分の手を開いて指を動かしている。

「鷲尾という姓も、掃いて捨てるほどある姓ではないでしょ」

「そうね。鷲尾教授のお嬢さんがペットを連れて、亮子の実家の動物病院へ行く。それはあるかも。東和音大は八王子だけど、教授の住まいは国分寺だと思う。亮子の実家と近い。杉浦動物病院は評判がいいからねえ。特に、リョウコセンセイの評判がいい。もしそうなら、面白い偶然ね」

「ちょっと待って」

病院は休憩時間中だ。スタッフの一人に電話をした。「亮子ですけど、アサリ君とシジミちゃんの飼い主さん、鷲尾さんと言ったでしょ。下の名前、教えてほしいんだけど、それから住所も」。しばらくしてスタッフの声が言った。「美弥子さんです。鷲尾美弥子さん。住所は国分寺です」。礼を言って電話を切った。

「ネコちゃんの飼い主、鷲尾美弥子さんですって、住まいも国分寺。鷲尾教授のお嬢さんに間違いないと思う」

「ほーら、面白い偶然じゃない」

「私はピアノに縁がないから、偶然も何もないけど、そのお嬢さんの飼っている二匹のアメリカンショートヘア、雄の名前がアサリなの」

「アサリって、このアサリ？」

そう言って、沙織がスパゲティの中のアサリをフォークで触った。シーフードスパゲティだからアサリも入っている。

「そう、そのアサリ。雌はシジミ」

鷲尾美弥子のエピソードを聞かせた。具合が悪いから連れてくるはずなのに、必ず、「よく食べて元気に走り回っているんです」と、言うこと。木綿糸の話。餌をこぼすと言って、この世の終わりのように打ちひしがれていたことなど。

「可愛いのね。お育ちがいいのよ。一人娘って聞いている」

「へえ、一人娘なんだ。確かに可愛いの、色が白くて、頬がふっくらしていて、子どもの日本人形みたい。でも、恋人がいるみたいよ。私は見たことないけど、うちに来るとき、若い男性が一緒にくるんですって」

「そりゃ、いても不思議はないでしょうねえ。二十くらいになっているもの」

「まあね、でもちょっと意外だった。ほんとに清純って感じなのよ」

「それってさあ、恋人というより、ボーイフレンドの一人じゃないの？　世界ショパンコンクールにノミネートされるかもしれないのよ。ピアノ人生を左右する重大なときに、恋人とか、恋愛とかって、そぐわない感じ。当然、留学するだろうしね。今、彼女の頭の中は、ポーランドの青空を、大きく羽ばたく夢を描いているわよ」

「なるほど。沙織も芸術家だわねえ。考えることが違う」

「私が芸術家だったら、日本中、芸術家だらけになっちゃうわよ。——周平君に会いに行くんでしょ。彼、立派なお医者さまになりましたか」

「前期の研修医がようやく終わり、卵からひよこになったってところじゃないの」

「周平君はもてるでしょう。お医者さんだし、ルックスもまあまあだし」

「大学病院の、ひよっ子センセイ。日本で一番貧乏なお医者さんだわね」

沙織が声を立てて笑い、そのあとで言った。

「コンクール、聴きに来ない？　気分転換になると思うよ。ほんとにレベル高いの。ショパンの曲だけだけど、聴いて損はない」

「私が行ってもいいの？」

「今回は、受験者と家族のみで、部外者は駄目なんだけど、私の縁者ということにすれば、大丈夫。役得、役得」

「革命、弾く人いる？　ショパンのなかでは好きな曲なの」

「いる、いる。何人もいる。そこがコンクールのいいところ」

「鷲尾美弥子さんは、なに弾くの？」

「幻想即興曲。彼女らしいでしょ。これも、定番だから何人も弾くわ」

久しぶりに味わう楽しい時間だった。たいした内容でもない話をして笑い、食べ、昼間からビールを飲み、僅かな間だが、尚紀のことが頭から遠ざかっていた。しかし、沙織と別れて一分と経たないうちに、沙織に会う前の自分に戻っていた。


調べた通りに東京駅八重洲口の地下街を歩いた。

人通りが多かった。旅行者らしき人が目立つ。角を二回曲がった通路の左側に《ブティック葉月》があった。午前中に見た二店舗とは雰囲気がまるで違う。店内全体が高級感と重厚感に包まれ、入るのに少し勇気がいる、そんな感じである。

店内は意外と広い。商品はそれほど多くないが、その分、空間が生かされ、贅沢感を演出している。全体的に大人の雰囲気が漂い、展示されている衣装もシックで洗練されている。

二人の客がゆっくりと店内を歩いていた。

白いブラウスに、黒のラフなパンツ姿の女店員が、店の隅に控えめに佇み微笑んでいる。

この女性も、前の二店舗の店員とは醸し出す雰囲気が違う。

　亮子も店内を歩く。妙に緊張する。さりげなく、胸元がレース仕立てのインナーに触れてみた。値札を見てぎょっとした。亮子が普段身につける衣類の価格と桁が一つ違う。尚紀を思った。尚紀はお洒落で、身につけるものはほとんどがブランド品。亮子の誕生日には、何かしらプレゼントしてくれたが、どの品にも必ず、誰もが知っているブランドのロゴマークがついていた。

　カウンターのなかにも女性がいる。パソコンの画面と、横に置いた書類を交互に見ている。

「お仕事中失礼します」。女店員が振り返った。

　前の二店舗と同じ質問をした。女店員はフロアにいる同僚に合図を送り、二人で亮子の話を聞いてくれた。だが、答えに変わりはなかった。亮子は思案した。もう少し具体的な説明ができないだろうか。カタログギフトは七月十九日から家にあった。事件のあったのは二十九日。尚紀がカタログに書きこんだのは、その間ということになる。

「七月二十日から二十八日までの間、この写真の男性と、説明した容姿の女性が一緒か、あるいは別々に来店したとか、お店を覗きこんでいたとか」

　二人の店員が顔を見合わせるようにしたあと、一人の店員が言った。

「あの、偶然だと思いますけど、七月二十日から二十八日といいますと、お店はほとんど休業しておりました。七月十五日から二十五日まで、店内改装のため休ませていただき、二十六日から、秋物に向けて新装オープンしたんです。それに、男性がお一人で来店することはあまりないですから、この写真の方が見えたとしたら覚えていると思いますけど」

亮子は厚く礼を述べて、ブティック葉月を出た。新幹線に乗る時間が迫っていた。

周平の大食いぶりをあきれる思いで見ていた。

「あんた、食べ物のない国から来たみたいよ」

「その通り、食糧難の国からきた。昼飯はバナナ一本」

周平は三百五十グラムのステーキを平らげ、ナプキンで無造作に口の周りを拭った。亮子は食欲がないので、ホットケーキと紅茶を頼んだが、ホットケーキは半分残した。周平は「もーらい」と言って、それも残さず食べた。周平の前にコーヒーが届く。周平が亮子の顔を上目遣いに見ながらコーヒーをすすった。

「少しは見られるようになったね」

「何が？」

「姉さんの顔。まるで、幽霊みたいだったから」

「幽霊見たことないくせに」

「で、俺に何を聞きたいの。わざわざ名古屋まで来て、これだけご馳走するんだから、なにか大きな注文があるってことだろう」

　亮子は新幹線の中で組み立てていた仮説を、周平が食事に夢中になっている間、頭の中で反芻していた。「坪内達也くん、元気にしている？」。周平が少し首を傾げるようにしたあと、どうして、と聞いた。

「彼、警視庁のキャリア組でしょ」

「だから？」

「周平はどう思っているか分からないけど、私は尚紀が津山信夫さんを殺害したなんて、一ミクロンも思っていないの。そのことは、お母さんから聞いているでしょ」

「そんなようなことは、聞いている」

「あんたもそう思ってね、これは私の命令。それが前提でないと、これから話すことは全て妄想で片づけられちゃう」

「姉さんがそう思うのは自由だし、俺に賛同しろと言うのも構わないけど、そのことに他人を巻き込むことはできないよ」

「そんなこと思ってないわよ。達也君のことを言ってるんだろうけど、達也君とはしばらく会っていないから、元気かどうか聞いただけよ。子どもの頃から知っているんだから、自然な会話でしょ」

「分かった。それで？」

淡々と先を促す周平を見つめた。弟に下心を見透かされ、早々に扉を閉められた。そんな感じだ。ムキになってしゃべっていることは分かっている。その内容が言いわけであり、こじつけであることも分かっている。亮子は気持ちを立て直した。

「津山さんを殺害したのは尚紀ではない。ということは他に真犯人がいるということ。警察は現場に駆けつけたときの状況を見て、その場で結論を下した――」

亮子は一息つき、紅茶を飲んだ。

「津山さんと尚紀の間で金銭トラブルがあった。尚紀が衝動的に津山さんを殺害し、そのことでパニック状態になり、投身した。警察はそれ以外の見方をしない。でもそうじゃない。尚紀はそんなことはしていない。そんなことのできる人じゃないの」

周平は真顔で亮子を見つめている。

「周平も知っているでしょ。尚紀が虫嫌いだということ」

「うん、蛾が一匹、窓に張り付いていても声を上げるよね。いつか、姉さんの家へ行ったとき、俺、虫だけは苦手なんだって認めていた。あの見栄っ張りの義兄（にい）さんが」

「見栄っ張りはよけいよ！　とにかく虫が嫌いなの。それに、どういうわけか死んだ虫が大嫌いなの。虫だけではない。死体を見ることが嫌なのね。周平は気づいたかどうか分からないけど、茂子伯母さんのお通夜のとき、伯父さんの手前もあったから棺のなかを覗いたけど、顔が引きつっていた。とにかく、死骸が駄目なのよ。異常なくらい。遺体を見慣れているあんたには理解できないだろうけど、世の中にはそういう人もいるの」

「俺を引き合いに出すことないだろう。それで、そのことがどこに繋がるわけ？」

「だから、尚紀がパニック状態になったとしたら、それは自分が津山さんを殺害したからではなくて、尚紀が津山さんの家へ行ったとき、すでに津山さんは殺害されていた。扼殺って、遺体が無残だと思うのね。そんなものが、いきなり目に飛び込んできたら、尚紀なら錯乱状態になるか、卒倒する」

「それって肉親だけに通る理屈だよね。根拠も客観性もない」

「そんなことは無視するの。尚紀は犯人ではない。逆に被害者。尚紀をあんな目にあわせた真犯人は他にいる。それが前提って言ったでしょ」

「細かいところがまったく解決してないじゃないか。津山さんがすでに死んでいるのに義兄さんはどうやって津山宅に入ったの？」

「プロセスはどうでもいいの。とにかく真犯人は他にいる。それを前提に考えを進める。あ、そうだわ。あんたが言った細かいところ。これはお母さんが気づいたんだけど、尚紀が津山宅にいたのは十分間なの。この時間は正確よ。尚紀が防犯カメラに写っていた時刻で、尚紀が津山宅へ入った時間がわかる。尚紀の最期の様子を、同じマンションの主婦と、近くのマンションの住人二人が目撃している。その時間を照合すれば、尚紀が津山宅にいた時間が割り出せる。お母さんが言うの。どんな用事で行ったにせよ、津山さんだってお茶くらいは出すだろうって」

「確か、台所にコーヒーの支度がしてあったけど、テーブルには出てなかったんだよね」

「そう、それもおかしいでしょ。準備していたコーヒーも出さないうちに、いきなりトラブルになって、あんなことになっちゃった」

亮子は今まで頭の中でくすぶり続けている不審点を周平に話した。

周平は大方のことは母の道子から聞いていると思うが、詳しくは知らないはずだ。亮子は事細かに説明した。それらの情報源は、警察と奥村弁護士からだということも。

「室内での義兄さんの不可解とも言うべき行動に矛盾はない。衝動的に殺人を犯し、錯乱状態に陥っている人間の行動として納得できる範疇。これが警察の見解」

亮子は頷く。

「義兄さんは、返済に行ったのではなく、借用書と領収書を受け取りに行った。これは、姉さんの仮説、というか、願望だろう。それを裏付けるものは何もない」

「そうね、それは認める。でも、真犯人がいるんだから、今まで話したことを素直に認めたうえで考えるの」

「どういうこと？」

「マンションの防犯カメラは、二週間で上書きされる仕組みだけど、事件当日のデータは別扱いで警察が保管していたの。だから、その日にマンションを出入りした人は分かっている。ほとんどがマンションの住人。外部の人間では、住人を訪ねた人が二人。郵便配達員。宅配人が三人。それと尚紀。これだけなんですって。私が警察署で見せられたのは尚紀の映像だけなんだけど、――何度も言うけど、尚紀は犯人でないこと忘れないでね」

「分かったから、それで？」

「専門的なことは分からないけど、警察が駆け付けたとき、まだ遺体には温もりがあって、死後硬直も始まっていなかった。人の死後硬直って、死亡から二時間前後で始まるんですってね」

「環境にもよるけどそのくらいだと思う」

「だから、真犯人の犯行時間は、尚紀が津山宅を訪ねる少し前ってことになる。尚紀が行く直前と言ってもいい。だって、遺体はまだ温かかったのよ。それなのに、防犯カメラに不審な人物は写っていない。ということは、犯人は犯行前と犯行後、マンション内のどこかに潜んでいたことになる。そんなことはあり得ないし、そもそも不可能。だって、マンション内もその付近も日が暮れるまで、警察官や鑑識員が何十人もうろうろしていたのよ。その間、犯人はどこにいたの？　しつこいようだけど、尚紀は犯人じゃないのよ」

　周平がびっくりした顔で亮子を見ている。

「犯人は外から入ってこない、マンションを出てもいない。答えは一つしかないでしょ」

「真犯人は――マンションの住人ということ？」

「そう。ずーっと考え続けてそこに行き着いた。それ以外に考えられない。住人である真犯人は、尚紀が津山宅へ行く前に津山宅を訪れ、犯行を終え、玄関のドアを開けたままにして、自宅に戻る。マンションの階段は内と外にあって、外階段には防犯カメラがあるけど内階段にはないの。何階の住人だろうと内階段を使えば、誰にも見られず津山宅に行き、自宅に戻れる。その人物は、二時半に尚紀が津山宅を訪問することを知っていた。別な言い方をすれば、尚紀が津山宅を訪れるように誘導した。つまり、尚紀を殺人者に仕立て上げるために、用意周到に仕組まれた計画殺人。あたしはそう確信している。それなのに警察は、目に見える現場の状況だけを鵜呑みにし、その場で、尚紀の衝動的犯行と結論を下した。捜査らしい捜査なんてしてないのよ。どう？」

「正直な感想を言う。仮説と空想だけで、信憑性(しんぴょうせい)が薄い。現実離れしている」

「それは承知しているけど、今回、思ったの。ただ漠然と考えているだけでは駄目だって、とにかく、与えられた情報を基に仮説を立てる。そうじゃないと前に進めない。仮説が空想の産物で終わるのかどうか、行動を起こして見極める。その上で次の仮説を立てる。尚紀は犯人ではない。私のこの気持ちがぶれることはないの」

「気持ちは分かるけど、今自分で言ったじゃないか、空想の産物って。全くその通り。今の話は姉さんの願望から生じた仮説。相手を説得させるだけの根拠というか、警察でいうところの物証とか状況証拠？　それがなにもない」

「現場から、猫の毛が採取されたんですって」

周平が、「えっ」と、大きな声を出した。

「アンズとマロンの毛ということ？」

「それは分からないけど、ベランダのフェンスから採取されたのは、マロかアンでしょうね。津山さんの着ていた衣服と、倒れていた周辺にも落ちていたんですって。それから、尚紀が履いたと思われるスリッパの底に二本」

「それこそ、物証と言えるじゃないか。ますます義兄さんにとって不利な材料だ。それとも、フェンスの猫の毛も、真犯人が工作したっていうこと？」

「そこまでは考えてない。あのとき、尚紀は普段着だったでしょ。二匹の毛がついていても不思議ではない。衣類の素材にもよるけど、動物の毛って、ブラシで簡単に払ったくらいでは落ちないことがあるの」

持参したカタログギフトをカバンから出した。

「ああ、これ、俺のところにもある。茂子伯母さんの香典返しだろう？」

亮子は付箋のあるページを開いて、周平の目の前に置いた。周平が顔を近づけた。

「アンバラごぼう、葉月。何これ？　誰が書いたの？」

「尚紀の字よ。事件のずっとあとになってお母さんが気づいたの。ここを見て」

亮子はページの隅に書かれた日時の上に指を置いた。

「どういうこと？　事件のあった日だよね」

亮子は、これまでのいきさつを丁寧に説明した。

ごぼうは牛蒡。アンバラ牛蒡は、尚紀が志村英美という人につけたあだ名。志村英美は大空印刷の顧客であるヴィナス化粧品の社員。尚紀と英美は以前、社内のエレベーター内に閉じ込められるというハプニングがあった。

葉月については思いつくままに調査し、今日半日かけて、ブティック葉月を三店舗見て回ったが、何も得るところはなかった。これらについては、尚紀の同僚、松下慎吾が協力してくれたことなど。

周平は、ウーンと、唸るような声を出し、椅子の背もたれに体を預け、腕を組んだ。

「事件の日時が書いてあるということが問題だよね」

「そう思うでしょ。ややこしいからアンバラ牛蒡は消去。志村英美のあだ名と分かっているんだから。その上で、志村英美と葉月が、事件に関係していることは確かだと思わない？」

「まあね」

「そんな消極的な言い方しないでよ。尚紀がこれを書いたのは事件の直前だと思う。このカタログは十九日から家にあったけど、あたしがカタログの内容をひと通り見て、注文の品を決めたのは二十五日頃だったと思う。その時にこんな書き込みはなかった。尚紀がいつ書いたのか分からないけど、事件との間は五日ほど。事件と無関係とは思えないでしょう。問題は、葉月の正体なの」

そこまで言って、亮子は新聞の切り抜きをテーブルに置いた。周平が、何？　というような顔つきで亮子を見たが、すぐに手に取った。

「遺体の身元判明　八月十日に秩父市の山中で発見された遺体は、品川区荏原在住の会社員、志村英美さん（三十三）と判明した。志村さんは八月三日から有給休暇をとっており、八月十一日から出社の予定だったが、十二日になっても連絡がないため、会社から行方不明者届が出されていた。司法解剖の結果、体内から有機リン系毒物が検出された。秩父台署は引き続き、自殺と他殺の両面を視野に捜査を進めている」

周平の顔つきが変わっている。

「これ、どういうこと？」

「記事の通りよ。尚紀がカタログに書きこんだ志村英美さんは、津山さんの事件後、行方不明となり、秩父市内の山中で、遺体で発見された。津山事件と無関係と思える？」

「この人、親族がいないんだね。会社が行方不明者届を出している。一週間の有給休暇ねえ。だから行方不明者届が遅れ、身元の判明にも時間がかかったんだ。こうなると、いつこういうことが起きたのか絞るのが難しいな。環境にもよるけど、この時期、腐敗が早い」

「そんなことはどうでもいいの。事件後、志村さんが殺害されたということが重要なの」

「殺害と決まったの？　自他殺両面を視野に入れているって書いてある」

「松下さんが言っていた。警察は殺人の可能性が高いと思っているようだって。それで思い出したの。私も実家で読んだ覚えがあるって。そのときの記事は、まだ身元が不明だったけど、これは続報で身元が判明したと報道している。古新聞を探してみたら出てきたわ。それを切り取ったのがこれ」

「もし、殺されたのだとしたら、犯人は、有給休暇を利用している。少なくとも、一週間は行方不明者届は出されないと踏んでいる。なんだか、凄いことになってきたね」

「そうでしょ？　大空印刷の営業統括部長が事情聴取を受けているんですって。その人、志村さんと関係があったみたいよ」

「義兄さんと、その女性はどんな関係なの」

「エレベーターのなかに閉じ込められた関係でしょ。私も松下さんから聞いて思い出したのよ。かなり前に、尚紀から聞いたことがある」

「それだけの関係？」

「そうよ。もし、あんたが、志村さんと尚紀が男と女の関係、なんて想像しているのなら、大間違い。尚紀は私以外の女性には見向きもしなかったから」

「悪いけどさあ、もうちょっと、客観的に考えたほうがいいと思うけどな」

「自惚れや惚気じゃない。私には分かるの。松下さんも言ってくれた。三原君は——そんなことはいいわ。私が信じているんだから。ただ、あの事件に関しては、二人の間に何か繋がりがあると思う。その志村英美さんが殺害されたのよ。松下さんから聞いたとき、背中が寒くなった。津山さんを殺害した人が、志村さんも殺害した。私はそう思っている」

「話が飛びすぎ。まだ殺されたって決まったわけじゃないだろう。少し冷静になったほうがいいって。姉さんは感情に走っている。気持ちは分かるけど、一つひとつを論理的に考えないと、何も得ることができないまま、全てが仮説で終わってしまう」

まったくその通り、と思いつつ、冷静すぎる周平に腹が立つ。

「そうだろう？　志村英美を殺害した人物が津山信夫も殺害した。それをどうやって証明する？　なんの根拠もない、取って付けたような話じゃないか。事件は終結しちゃって、警察の手から離れた。素人に警察の捜査のようなこと、できっこない」

「だから、それをどうにかしたくてあんたに会いにきたんじゃないの。少しは知恵を貸しなさいよ」

「いきなり、突飛な情報がシャワーのように降ってきて、脳みそがびっくりしているよ。それに犯罪を解決する知恵なんか持ち合わせていない。この話、奥村先生は知ってるの？」

「知っていることと知らないことがあるわ。猫の毛の話は奥村先生から聞いたの。志村英美さんのことは知らないはず」

「水を差すようで悪いんだけどさあ、姉さんと俺とで話し合ってどうにかなるような問題ではないと思う。奥村先生に相談すべきじゃないかな」

「奥村先生には話す気にならない」

「どうして？」

「先生は警察の判断に異論を持ってない。警察の捜査内容を全面的に肯定している。それに、──先生に話すと、お父さんの耳に入る」

「父さんに知られるのは嫌なんだ。どうして？」

「どうしてって言われると困るけど。ほら、お父さんって、尚紀のこと、あまり気に入ってなかったでしょう。内心、結婚に反対だったし、今度のことがあって、その思いが強くなったんじゃないかな。もっと強く反対して、結婚させなければよかった、なんてね。だから、尚紀のことで、お父さんの友達の奥村先生を煩わせるのは嫌なのよ」

「性格が歪んじゃったね。大変なことがあったから仕方ないけど、今までの姉さんは、人の心をそんなふうには受け取らなかった。もっと真っ直ぐだった。義兄さんだって、そんな姉さんを好きだったんじゃないかな。それに、どんなに反対されたって結婚しただろう。結果は同じだよ」

黙りこんだ亮子に周平が言った。

「さっきから、頭の中でちらついているんだけどさあ」

亮子は顔を上げて周平を見た。周平は手を挙げてウエイトレスを呼び、コーヒーのお代わりを注文した。そのあと、思案げな顔つきで窓外を見ている。ビルの壁面に取り付けられた時計が七時半を示していた。八月も下旬になると陽の落ちるのが早い。すでに外は夜だった。車道は車の渋滞、歩道は勤め帰りの人たちが右へ左へと移動している。

コーヒーが届いたので、「何?」と、周平を促した。

「さっき、問題は葉月の正体だって言っただろう。それは俺も同意する。それと、あの事件には、志村英美という人が大きく関係している。それも同感。だって、同じページに事件の日時が書かれているからね。このカタログに書かれている三点。日時、葉月、志村英美、これらは一本の線でつながっている。そこに絡んでいるのが義兄さん。だって、義兄さんがこれを書きこんだんだから。そこでなんだけど——」

「なに？」

「義兄さんと志村英美の間で、重大な役割を果たしているのが、正体不明の葉月。そう思っていろいろ調べ、ブティック葉月に行き着いた。それって、いいとこ衝いているんじゃないかな」

「でも、何も得られなかったわ」

「それは仕方ないとして、義兄さんと志村英美との間に男女の関係はない。では、義兄さんは、なぜ、アンバラごぼう、葉月、と書いたのか」

コーヒーカップを皿に置くと、周平は真剣な顔つきで亮子を見た。そして、言った。

「あの事件のあった時点で、義兄さんにとっていちばん心惹かれるものは何だっただろう」

「目新しい女性っていうこと？」

「発想が貧困。もっと根本的なことに着眼する。姉さんの話は上面（うわつら）だけをなぞっているよ、さっきから」

「もったいぶらないで言いなさいよ。根本的なことに着眼て、何？」

「義兄さんは、自分の営業能力に自信を持っていた。だが、思いがけないトラブルの発生で、突然降格され、検査部という、義兄さんにとって屈辱以外の何物でもない部署へ追いやられた。挑戦的で負けず嫌い。見栄っ張りの自信家」

「調子に乗らない！」

「男は多かれ少なかれ皆そうだよ。だけど、義兄さんはその傾向が強かった。これが義兄さんの基本的な性格だと思う。姉さんは腹が立つかもしれないけど、こういうときは、認めるべきことは認めた上で判断しないと道を誤るからね」

「持って回った言い方しなくてもいいわよ。だから？」

「だから——そのときの義兄さんの気持ちを想像すると、俺だって胸が苦しくなる。ずいぶん傷ついたと思うよ。義兄さんはそのことを、姉さんに言わなかった。言えなかった。たぶん、いちばん知られたくないのが姉さんだったかもしれないね。姉さんの前では、いつも最高の男でいたい。失墜した姿なんか見せたくない」

　心臓を抉るような周平の言葉だが、あれ以来、こんなふうに尚紀の気持ちを推し量り、言葉に出したのは周平だけだ。我が弟は、自分の目の前のことだけに夢中で、人のことには無関心、そんなふうに思っていたので、こんな一面もあったのかと意外な気持ちだった。

亮子が今日、名古屋まで足を運んだのは、周平の知恵を借りるためだけではない。周平の子どもの頃からの友人、坪内達也は、警視庁のキャリア組。その特殊な立場を、少しだけ利用させてもらえないかという、下心があったからだ。坪内達也は子どもの頃、よく西国分寺の実家に遊びにきていて、亮子のことも知っている。

だが、周平はいち早く亮子の心を見通し、予防線を張った。

「話を戻すけど、あの頃の義兄さんにとって、飛びつきたいほど魅力を持つものって、新しい仕事じゃないかな。それも、大空印刷の営業に匹敵するか、それ以上と思われる仕事」

亮子は、はっとして周平の顔を見つめた。

そうだった。なぜ、今までそこに思いが至らなかったのだろう。尚紀にとっていちばんの願いは大空印刷で受けた傷を癒すこと。それは、大空印刷を見返すこと。大空印刷の営業部を凌駕するほどの仕事を得ること。そういうことになる。

「そうね、その通り、いいところに着目してくれた。ありがとう」

「ずいぶん素直じゃない。その仕事に関係してくるのが葉月。そう思うのが自然だけど、葉月の実態については皆目分からない」

「そうなの。人の姓でないことは確か。会社名かと思い、松下さんが大空印刷の取引先を全部調べてくれたけどなかった。それで店名ではないかということで、ブティック葉月に行き着いたんだけどこれも空振り。でもね、周平の話を聞いて、考える方向付けができたように思う。なんだか、窮屈な枠が外れた感じ。つまり、こういうことでしょ」

亮子は姿勢を正すようにして話した。

「志村英美と尚紀は、エレベーター内に閉じ込められるというハプニングに遭遇し、知り合いになった。大空印刷に出入りしていた志村英美は、尚紀の失脚を知った。尚紀の心が折れ、自暴自棄になっていることも知った。そこで、いい就職先があると持ち込んだ。たぶん、ある作為をもって。それを前提に、カタログギフトに書かれた日時をプラスすると、津山殺人事件に繋がり、その向こうに津山の副業が見えてくる」

「まあ、そういうこと」

「極楽とんぼのリョウコは、夫が職場で受けた衝撃も、胸中の痛みにも気づかず、知ろうと努力もせず、ただ、へらへら笑っていた――」

じわじわと涙が溢れ、少しでも気持ちを緩めると嗚咽となる。痙攣（けいれん）する唇をかみしめ、テーブルに添えられたペーパーで頬の涙を拭った。そんな亮子をじっと見ていた周平が、勢いよくコーヒーを飲んだ。

「一人でなにいじけているんだ。カッコ悪い。感傷に浸っている場合じゃないよ。その、志村英美は殺害された可能性が高い。姉さんがずっと力説してきた、真犯人説が現実味を帯びてきたじゃないか」

「私ね、この頃、思い出すの。尚紀が以前、私に話してくれたこと」

「なに？」

尚紀は子どもの頃、千夜一夜物語のアリババと四十人の盗賊の話が大好きで、お母さんによく絵本を読んでもらった。アリババが、開けゴマ！　と叫ぶと岩の扉が開き、扉の奥には宝物がいっぱいある。岩が開くとき、お母さんは擬音語を使って話を盛り上げた。尚紀は、その場面になると胸がどきどきワクワクした。何十回も読んでくれとせがんだ。お母さんに、また、アリババ？　と言われた。

「――尚紀は、アリババの兄、カシムよね」

「どういうこと？」

「だって、尚紀は津山宅に入れたわけでしょう。津山さんは死んでいるのになぜ入れたのか不明だけど、とにかく入れた。でも、出るときはドアが開かなかった。カシムと同じじゃない。カシムは、アリババに教えてもらった呪文で洞窟に入れたけど、出るときは呪文を忘れ、扉が開かない。がむしゃらに開けようとしているとき、盗賊たちが帰ってきて、結果、カシムは盗賊に殺されちゃう。尚紀と同じだわ。でも、カシムは強欲な悪だけど、尚紀はそんな人間じゃない」

「義兄さんはドアを開けようとしたの？」

「そう。でも、ドアは開かなかった。だって、ドアの内側には尚紀の指紋が無数にあったのよ。掌の跡もあった。ドアを開けるだけなのに、どうしてそんなに指紋がつくの？　そのとき、ドアは開かない状態になっていたのよ。だから、尚紀は必死でドアを叩いたり押したりした」

「ちょっと待って、それは理屈に合わない。玄関の中にいるのにどうして開けられないんだ。そんなことはあり得ない」

「あり得ないことが起こったの。初めに言ったでしょ。津山さん殺害の犯人は尚紀ではない。真犯人は他にいる。それを前提にしないと、全ての話が妄想になってしまうって。だって、いきなり無残な遺体を見たり、百歩譲って、尚紀が津山さんをどうにかしたにしても、まず、玄関に向かうのが咄嗟の行動でしょう。ドアの内側に尚紀の指紋が多くついていたのは不自然よ。つまみを横にして取っ手を動かせば開くんだから。ということは、ドアに何か細工がされ、開けられないようになっていた。尚紀はそのことに気づかず、必死で、ドアを押したり叩いたりした。それでも開かない。錯乱状態になった尚紀は、夢中で居間へ戻った。廊下の両側の壁に尚紀の掌の跡がいっぱいついていたんですって。そして――尚紀はベランダへ行った」

廊下の壁をつたい、よろけながら歩く尚紀。

その痛ましい哀れな姿を想像すると、心臓が切り裂かれ、血が溢れ出るようで、絶叫しそうになる。こみ上げる激情に喉をひくひくさせ、溢れる涙を拭うこともできない。

「――――こんな話は警察では通用しないの。パニック状態になった人間には信じ難い行動が多く見られる。その一言で片づけられちゃう。でも、志村英美さんが殺されたのだとしたら、津山事件と無関係なんてありえない。志村英美は真犯人Xに殺害された。なぜか。彼女はXの共犯者だから。津山殺害に成功し、尚紀が自殺したあと、Xは共犯者が邪魔になった。だから殺害した。ということは、尚紀は加害者ではなくて被害者。Xと志村英美が仕掛けた罠に嵌り、あんなことになってしまった。その背景に津山信夫の副業がある」

周平が眉根にしわを寄せて考え込んでいる。

「分かっているわよ。今の話はまったくの空想。中学の頃かな。そういう流れのドラマがよく放映されていたの。それを思い出しただけ。ここで、結論を出そうとは思わないわ。そろそろ駅に行かないと新幹線に間に合わない。ただ、さっき、釘を刺されたから言いにくいんだけど、志村英美の事件は秩父台署が管轄なの。新聞で続報がないか注意しているんだけど、新しい情報はないわ。それで、現在、どういう状況なのか、達也君の力で知ることができればいいなあと思ったの。それからね、初めに言ったでしょ。真犯人はスターズマンション代々木の住人の可能性が高いって。もちろん、私の独断なんだけど、もし、私の推理が当たっていれば、真犯人がいつまでもそのマンションに住んでいるとは思えない。最近、マンションを引っ越した人はいないか——」

周平が亮子の話を制するように言った。

「姉さんの言いたいことは分かった。それよりもさあ、このカタログを秩父台署に持っていくのはどう？　姉さんの推理が当たっていれば、津山と志村を殺害した人間は同一人物。真犯人は、義兄さんがカタログにこんな書き込みをしていることを知らない。警察側としては有り難い情報だと思うけどな」

周平の、目の覚めるような提案だった。

秩父台署にカタログを見せる。

そんなことは想像さえしたことがない。亮子は急に視界が開けたような気分で周平を見ていた。母の言葉を思い出す。「一人で抱え込まない。行き詰まったときは人の考えを聞いてみる」。弟だからつい軽く見てしまうが、周平の話のなかには得るものが多くあったような気がする。

「スターズマンション代々木の住人犯人説も話す。秩父台署が、姉さんの情報に関心を持ってくれたら、津山事件も見直される可能性が出てくる。今日、初めて姉さんの話を詳しく聞いたんだけど、言われてみれば、義兄さんが津山さんを殺害したという、確かな証拠ってないよね」

「そう思うでしょ」

亮子は力を得たような思いで応じた。

「うん。現場の状況だけで結論が出ている。そう思われても仕方のない状況かもしれないけど、確たる物的証拠がないことは確かだ。猫の毛がベランダのフェンスだけではなく、遺体にも付着していたんだろう？」

「そう。遺体の毛は不明だけど、フェンスの毛は、うちの猫の毛だと思う。真犯人に、そこまでの工作はできない。だって、事前にうちの猫の毛を手に入れなくちゃいけないのよ。そんなことは不可能」

「ということは、義兄さん以外に、猫の毛をつけた誰かが、津山さんと密着した。つまりその人物が津山さんを扼殺した。虫の死骸さえ怖がって近づかない義兄さんが、人間の遺体に触れるはずがない。だから、遺体に付着していた猫の毛は、アンズとマロンの毛ではない」

「そうなの。猫の毛だけど、保管されているかしら。事件が終結してから二十日以上経つのよ」

「それは分からないけど、現実的に、猫の毛にどれほどの価値があるのかなあ。猫の毛からどんな情報が得られるの？」

「たいした情報は得られないのが実情。人間のように血液型には頼れない。ＤＮＡなんて無理」

「へえ、そうなんだ。じゃあ、どんなふうに比べるの？　フェンスの毛と、遺体に付着していた毛の違い」

「単純よ。毛の質、長毛と短毛では長さが全然違うから比べやすい。あとは毛の色。これくらいね。猫の血液型は三種類なのよ。Ａ型、Ｂ型、ＡＢ型。日本にいる猫の九割近くがＡ型。残りがＢ型とＡＢ型だけど、ＡＢ型は稀有。だから血液型には頼れないの。単純に毛質と色で比べるのがいちばんの近道なの。幸い、うちの猫は銀ねずの単色だから分かりやすい。遺体に付着していた毛が、銀ねず以外の色だったら、真犯人が身につけていた猫の毛になる。だから現物が残っているかどうかが重要なの」

「やっぱり秩父台署に行ったほうがいい。もしかすると、この書き込み、義兄さんのダイイングメッセージになるかもしれない。義兄さんはそんなこと意識して書いたんじゃないけどね。——アンバラごぼうは志村英美のあだ名だろう。よく考えてみると、深刻な金銭のやり取りを控えた直前に、あだ名を書く。それって、姉さんの言葉じゃないけど、ふざけているというか、なんとなく義兄さんの余裕を感じる」

「周平だってそう思うでしょ。――うん、帰ったら、秩父台署にこのカタログ、持って行ってみる。いいところに気づいてくれたわ。そんなこと、思ってもみなかった」

「それからさあ、父さんのこと、あんなふうに思うのやめなよ。姉さんらしくない。俺たち素人がどんなに苦心しても、プロにはかなわない。素直な気持ちになって、奥村先生に相談したほうがいいって。少なくとも、猫の毛が保管されているかどうかくらいは分かると思うよ。達也にも、それとなく話してみるけど、彼の立場を考えると無理は言えない。まして、相手が俺となると、あいつも困ると思うんだ」

「分かってる。ごめん。お父さんのことも、達也君のことも聞かなかったことにして。自分のことだけに夢中で、配慮が足りなかったと反省している。私ね、今日、名古屋まで来てよかったと思っている。やっぱり人間さまの医者になる人は違う。いろいろ力になったわ」

「素直だね。なんだかくすぐったいよ」

そう言って笑うと、周平は紺色のシャツの胸元を引っぱった。

「これ、義兄さんがくれたんだよ、去年の夏。バーバリー。形見になっちゃったけどね」

「へえ、そうなんだ。いいお義兄さんじゃないの。感謝しなさいよ」

「義兄さんは、俺のために買ったんじゃないの。自分用に買ったけど、思ったより気に入らなかったから俺にくれた。ただ、それだけ」

「またそんな御託を並べる。それがよけいだと言うの。尚紀は他の誰でもない、あんたにあげたの、そこが大事。ありがたいと思いなさい！」

7

秩父台署の簡素な応接室。

名刺の交換があった。目の前の刑事の名は、滝田誠司、肩書きは警部補。志村英美変死の担当刑事だと紹介された。テーブルにカタログギフトが開かれている。端に付いた付箋が新しい。何回も開いたり閉じたりし、カバンに押し込んだりしたので、付箋の端がよれよれになった。今になって思う。このページに記された単語や日時は、尚紀が遺した、ただ一つの紛れもないメッセージ。秩父台署を訪ねるにあたって、新しい付箋に替えた。

夫、三原尚紀は殺人者にされたまま非業の死を遂げた。夫の死を含め、事件そのものに不審を抱いている。亮子は、ほぼ一時間かけてこれまでのいきさつを話した。

感情的になってはならない。できるだけ事務的に要領よく話す。そう思い、昨夜、名古屋から帰ってから、数時間かけてワープロでまとめ上げ、プリントアウトした。寝たのは三時過ぎだった。久しぶりに遠出をし、疲労していたせいか、熟睡し、アラーム音で目が覚めるまで夢も見なかった。

印刷された用紙をテーブルに広げている。話すに当たって落ち度のないようにするためだ。そんな亮子に相手がどんな印象を持つか気になるところだが、あとになって言い忘れに気づいたり、説明が不十分だったりすることを防ぎたい。最初で最後になるかもしれないこのチャンスを逃したら、訴える場を失ってしまう。亮子は必死だった。

○事件は、被害者、津山信夫の副業による金銭トラブルから発生した。三原尚紀は衝動的に津山信夫を扼殺。その後、自らベランダのフェンスから投身した。代々木南警察署はこのように結論付け、事件は終結した。

○事件直前の、スターズマンション代々木のエントランス、エレベーター内の三原尚紀の表情から、気楽な様子は感じても、深刻さや沈鬱さは感じられない。そこから、三原尚紀は返済に行ったのではなく、領収書や借用書を受け取りに行ったのではないかと推察する。

○三原尚紀が津山宅にいたのは僅か十分。台所にコーヒーの支度がしてあった。ということは、津山がコーヒーを出す間もなく、二人の間に殺人や自殺を引き起こすトラブルが発生し、実行された。これは余りにも突発的で不自然。時間的にも無理がある。
○津山宅の玄関ドアの内側から、三原尚紀の指紋や掌の跡が多数採取された。このことから、三原尚紀は外へ出たくても、何らかの理由で出られなかった。そのため、ドアを押したり叩いたりしたのではないか。
○三原尚紀は虫が嫌い、それも死んだ虫を異常に恐れ、近寄ることさえしない。虫だけではない。遺体といえるもの全てを恐れ、その様子は大人げないと思うほど。そんな尚紀の性癖を考慮すると、津山信夫の遺体から採取された猫の毛が、三原尚紀の着衣から付着されたとは考えにくい。フェンスの猫の毛と、遺体に付着していた猫の毛は別種ではないか。
○三原尚紀は津山信夫を殺害していない。真犯人は他にいる。これを前提に、防犯カメラのデータ、防犯カメラの設置場所、マンションの構造などを考えたとき、真犯人はスターズマンション代々木の住人ではないかと推測できる。その上で、犯罪者の心理として、事件後、いつまでも同マンションに住んでいるとは考えにくい。最近、マンションを引っ越した人間はいないか。
○志村英美と三原尚紀は、大空印刷社内のエレベーター事故をきっかけに知り合った。カタログギフトに、三原尚紀の直筆で書かれたアンバラごぼうは、秩父市の山中で発見された志村英美のあだ名と確信する。ページの隅に書かれた7月29日午後2時半は、事件の起きた日時。となると、遺体で発見された志村英美、津山信夫殺害事件、三原尚紀投身自殺、これらは互いに関係しあっているのではないか。
○カタログギフトに書かれていた、もう一つの単語、葉月に関しては正体が分からない。

話しながら滝田刑事の表情に注意を払い、その反応を読み取ろうとした。滝田刑事の顔は将棋の駒のような輪郭だ。角ばった顎、目と口と鼻が体裁よく配置され、眉が太い。警察官にしては色白。狭い額の上の短髪は毛の量が多く、ところどころに白髪が光っている。五十半ばくらいに見えた。滝田刑事はときどきメモを取っている。

「アンバラごぼうの、アンバラはアンバランスの略、ごぼうは、野菜の牛蒡?」

「そうです」

「で、アンバラ牛蒡は、志村英美さんのあだ名で、ご主人がつけた。こういうことですね」

「そうです」

「ご主人と志村英美さんは、大空印刷のエレベーター内で知り合った。それはいつ頃のことですか、できるだけ正確に」

「それは、はっきり分かります。去年の三月十二日です」

「ほう、それはまた、ずいぶん具体的ですね」

母の道子が、ひと言日記を再開した。

数日前、実家に行ったとき、過去の手帳を開いてみた。何か変わったこと、面白いことがあると母に話すので、もしやと思い、手帳をめくってみた。それは去年の三月十三日の欄に書かれていた。「昨日、娘の夫が会社のエレベーターに閉じ込められた。地震でもないのに二十分間も。それも美人と二人。娘は平気な顔でそれを報告する。夫が美人と二人きりだというのに」。やはり、亮子は母に話していたのだ。

亮子はその通りに刑事に話した。

「なるほど、美人ですか。しかし、ご主人は、あだ名をつけた理由を奥さんに話したんでしょう。その話を聞く限り、美人とはほど遠いと思いますがね」

「それはたぶん、主人が私をからかうために思わせぶりな言い方をしたんだと思います。だんだん思い出しました。二十代前半の日本的な美人だと言っていました。それを話したのは、エレベーターの事故があった当日です。あだ名の話は、今回の事件の起きる少し前だったと思います」

滝田刑事は何回も頷き、

「奥さんは、なぜ、アンバラ牛蒡が志村英美さんだと思うんですか」

亮子は一瞬言葉に詰まり、ぽかんとした思いで滝田刑事を見つめた。

「ご主人が言ったんですか、ヴィナス化粧品の志村英美に、アンバラ牛蒡とあだ名をつけたと」

亮子は首を振った。

「そんなことは言っていません」

そう答えたあと、なぜか、あの夜の尚紀との会話が鮮明に蘇った。たしかスパゲティを食べながらだったと思う。尚紀が言った。「新しいあだ名をつけた。二人に」「どんな?」「アンバラ牛蒡と凋れ鼠」。

凋れ鼠。そうだ、尚紀はあの時、二人にあだ名をつけたと言った。アンバラ牛蒡は女性。凋れ鼠は男性。

凋れ鼠のことはまったく忘れていた。カタログに書かれていたのはアンバラ牛蒡だけだったから、そちらにだけ気持ちが奪われ、凋れ鼠は追いやられていた。

凋れ鼠とは誰だろう。

津山信夫ではないだろうか。なんの根拠もなく、そんなことを思った。亮子は前に座る滝田刑事のことさえ遠のき、自分の考えに没頭していた。

尚紀はあの夜、凋れ鼠とつけた理由を説明したと思うが、断片的にしか思い出せない。津山の写真は、代々木南警察署で見た。そのときの亮子の頭の中は、未曽有の嵐が吹き荒れていた。何も考えることができず、自分だけが置き去りにされたまま、事態は濁流となって勝手な方向に流れていた。そんな状況のなかで、津山信夫の写真を見せられたのだ。細かくは思い出せないが、津山の顔は、眉が薄く、頬骨が出ていた。今改めて思い返してみると、貧相といえる顔だったように思う。

アンバラ牛蒡は志村英美。これは間違いない。涸れ鼠は津山信夫？

尚紀は言った。「あだ名をつけた。二人に」と。この言い方は、二人は一緒、二人は仲間、ということにならないだろうか。こじつけすぎのようにも思うが、ふと浮かんだこの閃きを捨てがたい。アンバラ牛蒡と涸れ鼠。志村英美と津山信夫。やはり、志村英美は津山事件に絡んでいる。

「三原さん、奥さん」。滝田刑事に呼ばれて顔を上げた。

「ということは、アンバラ牛蒡と志村英美が同一人物と決まったわけではない。奥さんは、このカタログの書き込みを見た時点で、志村英美の名前も顔も知らない。だが、カタログに書かれたアンバラごぼうが気になっていた。同じ場所に、事件の日時が書かれているのだから当然です。そこへ、ご主人の同僚が弔問に来た。その時点で同僚は、志村英美が亡くなっていることを知っていたが、津山事件と関係あるとは思っていないから奥さんに話していない。奥さんは、気になっていたアンバラ牛蒡の容貌を同僚に説明した。同僚は、そのときは思いつかなかったが、あとになって、ヴィナス化粧品の志村英美を思い浮かべた。奥さんから聞いた容貌は、変死した志村英美に似ているように思う。そんなふうに勘を働かせ、そのことを電話で奥さんに伝えた。こういうことになりますね」

亮子は、よく動く滝田刑事の唇を見ながら、「そうです」と、答えた。解釈の内容は整然としている。改めて思う。自分は志村英美をまったく知らないということを。

「この人が、志村英美さんです」

滝田刑事がファイルのなかから一枚の写真を出し、亮子の前に置いた。

志村英美は引き締まった顔つきで写っていた。履歴書に添付するような、胸から上のカラー写真。亮子は志村英美の顔に見入った。

特に色が黒いとも思えないが、色白とは言えない。目の前の刑事の顔のほうが白い。目立つのは髪の毛の色だった。漆黒である。頭のセンターで分け、直毛を肩のあたりまで伸ばしている。顔立ちについては何とも言えない。美人とは言えないが、醜いというほどでもない。目が大きく、口も大きい。唇を引き結んでいるせいか、硬い表情で、柔和とか愛嬌などは感じない。このあたりが個性的だと言われればそうとも思える。

「どうです？　ご主人から聞いていた志村英美さんと一致しますか」

一致するようでもあるし、そうでないようにも思う。

このあたりのことを滝田刑事は言いたいのだろう。人の容貌は、耳からの情報だけで判断できるものではない。ことは殺人と思われる重大事件。想像や憶測だけの情報を鵜呑みにはできない。滝田刑事の顔がそう語っていた。

「遠路来ていただいて申しわけないのですが、奥さんが提供してくださった情報のほとんどが警視庁代々木南警察署管内の案件です。唯一、このカタログに書きこまれたあだ名が、志村英美さんである可能性がなくはないが、たとえ、そうだったとしても、うちの案件と因果関係があると断定できるものでもない。――奥さんはどう思っているか分かりませんが、志村さんは殺害されたと決まったわけではないんです」

家を出るときは意気込んでいたが、葉月と同じで、やはり空振りだった。何よりも、もっとも期待していた、アンバラ牛蒡と志村英美が同一人物であることを認められなかったことに気落ちした。

だが、よく考えてみれば、滝田刑事の言うことも分かる。

亮子は志村英美をまったく知らない。尚紀からも聞いていない。松下慎吾からの話で初めてその存在を知った。志村英美についての情報はすべて間接的なのだ。アンバラ牛蒡イコール志村英美という着眼は、間接的に与えられた情報から勝手にイメージを膨らませ、そのまま、亮子の頭のなかに定着した。

その現実を、滝田刑事を通して改めて認識すると、あれほど固執していた志村英美が、急速に遠のいていくような感覚に襲われる。実際に、志村英美は死亡し、すでに手の届かない存在である。

「夫は犯人ではない。真犯人は他にいる。これを前提としての仮説ですが、奥さんの気持ちがよく伝わってくる内容です。ただ、さっきお断りしたように、これらの内容のほとんどが、津山信夫殺害事件の関連事項であって、すでに事件は終結している。我々、秩父台署が口を挟むべきことではない。これもお分かりいただけますね」

滝田刑事は亮子を覗きこむようにして言った。亮子は、「はい」と応えた。そうとしか言いようがない。

「あだ名についても、志村英美さんのあだ名であることを、奥さん自身、確信しているわけではないようだ。そうなると、なんとも摑みどころのない情報、というのが正直な見解です」

亮子は滝田刑事の言い訳のような説明を聞きながら、思い切って言った。

「あの、この写真、携帯に撮らせていただけないでしょうか」

「ああ、どうぞ、これを持っていって結構です。こちらも、カタログのこのページ、一応、コピーさせていただきます」


秩父台署からとんぼ返りし、松下慎吾と池袋駅で待ち合わせをした。

秩父台署を出たのが正午過ぎ。昼休み中かもしれない。勝手にそう判断して電話をした。松下は会うことを快諾してくれた。秩父台署での結果に気持ちが沈んでいたので嬉しかった。

池袋駅東口のレストランで、松下慎吾と遅い昼食を摂った。ウエイトレスがテーブルを片づけ、コーヒーが運ばれた。

「営業はデスクワークと違って時間が不規則です。そのぶん、自由に使える時間があります。顧客とのアポの時間が最優先ですが、基本的には、スケジュールは自分で決めますから」

仕事中に時間を割いてもらうことに恐縮する亮子に、松下はそんなふうに言って気遣ってくれた。たぶん、松下は仕事のできる人間なのだ。そうでなければ、尚紀は松下を相手にしない。一緒に飲んだりしない。自分の価値観で能力のない人間と思えば歯牙にもかけず、かといって、能力があると思えばそれはそれで面白くない。正直者と言えば聞こえはいいが、子どもなみに単純ともいえる。

松下慎吾は常識的で、人当たりがソフトだから、相手に安らぎを与える。常に挑戦的で、肩肘張っていた尚紀とは対照的な雰囲気だ。亮子は、尚紀が顧客に見せる顔や態度を知らない。想像できても実際を知らない。夫の職場での顔をいちばん分かっていないのは妻かもしれない。こんなふうに考えたのは初めてのような気がする。

「松下さん、ご家族は？」

「妻と子どもが二人です。上が小学二年、下が一年。年子なんです」

「そんなに大きなお子さんがいらしたんですか、三原とそれほど年齢が変わらないと思いますけど」

「三原君とは二年違いの入社です。僕が二年先です」

亮子は頷きながら、松下慎吾の妻を想像していた。専業主婦かもしれない。自分とはまったくタイプの違う女性。家事を完璧にこなし、子育てをし、夫を家庭側からサポートする。良妻賢母を絵に描いたような女性。松下の人間味は、そんな妻によって醸し出される。

そんなふうに松下慎吾の妻を想像しつつ、やはり、尚紀と自分は似合いの夫婦と納得していた。欠点の多い夫と、家事の苦手なできそこないの妻。デコボコだらけの二人だが、それでも、お互いが少しずつ欠点を補い、口には出さなくても、長所を認め合い、慈しみ、平穏と言える日々を送っていた――。

秩父台署の滝田刑事とのやり取りのうち、志村英美に関することは詳しく報告した。志村英美の情報を提供してくれたのは松下だ。報告する義務がある。といって、松下は弟の周平や滝田刑事とは違う。亮子の独断から生じた、憶測や仮説を事細かに話すべきではない。そのくらいの分別はある。

だが、松下は知っている。弔問に来てくれたとき、亮子は思わず感情が高まり、自分の胸の内を吐露している。尚紀は犯人ではない、真犯人は他にいると。

写真を松下慎吾の前に置いた。

「秩父台署から頂いてきました」

「ああ、志村英美さんです」

松下慎吾が、即座にそう言い、

「要するに、あだ名と本人が一致するかしないかの問題ということですよね」

「そうです。実は、私もピンと来ないんです。写真だからかもしれません。松下さんは志村さんを実際に知っていますよね。マッチすると思いますか？」

「アンバランスと牛蒡ですか――」

手にした写真をじっと見つめる松下を、亮子も見つめた。

尚紀がつけた、松下慎吾のあだ名は本人とマッチしていない。尚紀はしょぼさんと言っていたが、松下はしょぼくれてなどいない。子どもがそのまま大人になったような尚紀と違い、その落ち着いた物腰には老成ぶりさえ感じる。

松下は、苦笑いするような表情をして写真を置いた。

「こういうことはつけた人の主観ですから、正直、僕もよく分かりません。しかし、奥さんの説明を聞いたあとで、志村さんの容姿が頭に浮かんだことは確かです。で、秩父台署は、同一と証明されなければ、カタログに書かれていたことは、志村英美の変死とは無関係、そう言うんですね」

「そうです。私もそうですが、先方も、期待はずれだったようです。刑事さんの口ぶりから分かりました」

松下は、少し首を傾げるようにしたあとで言った。

「そうですかねえ。僕は逆に、秩父台署はおおいに関心を持ったんだと思います。カタログの書き込みをコピーしたと聞いたとき、そう思いました。それに、刑事は奥さんの話をメモしていたんですよね」

「ええ」

「その上、奥さんにこの写真を渡した。刑事はどうして奥さんに志村英美の写真を渡したんでしょう。そこには何か理由があるはずです」

亮子は考え込んだ。

秩父台署の応接室で向かい合った滝田刑事は、終始、表情を変えることなく、亮子の話を聞き、分析し、感想を述べた。その冷静な対応ぶりは、こちらの意向や情報を適当にあしらわれたようで、後味の悪い面会だった。

「カタログギフトをコピーしたということは、手元に置いておくだけの価値がある。そう思ったからだと思います。この写真も顔を教えるだけなら、見せるだけでいい。写真は渡さないと思います」

「そうでしょうか」

「はい。秩父台署は、この写真を手にした奥さんが、どんなアクションを起こすか、関心があるんだと思いますけど」

「アクション？」

「ええ、現に奥さんは、私にこの写真を見せています」

「それは、志村さんのことを教えてくださった松下さんには、結果報告をすべきと思いましたから」

「理由はなんであれ、この写真を見ると、僕は改めて、志村英美さんのことを考えますよね。たぶん、奥さんも、顔を知らなかったときよりも、知った今のほうが、彼女の存在が具体的になったと思います。写真を手掛かりに、志村さんのことをもっと調べてみたくなります。

一枚の写真が、いろいろに波及します。秩父台署はそれを計算しているんじゃないでしょうか。たぶん、捜査は難航しているのだと思います。カタログには津山事件の日時が書いてある。同じ箇所に書かれているあだ名が、志村英美と判明すれば、捜査に新しい風穴が開くかもしれません」

思い込みがすぎるのではないか、深読みではないか、そんなふうに思わせる松下の意見だが、彼の印象が、ますますしょぼくれ煙突とはかけ離れていく。松下は一つひとつの現象を冷静に捉え、吟味し、その上で自分の考えを構築する。尚紀は、松下のこういう一面を知っていたのだろうか。亮子はそんなことを思いながら、松下を見ていた。

「これは、志村さんの写真を見たから、ということではないのですが」

「なんでしょう?」

「三原君と、志村さんが一緒にいるところを見た人がいました」

亮子はどきりとして　松下を見返した。

「場所は、東京駅のコンコースにある《木陰》という、軽食を出す店なんですが、ご存じないですか。八重洲口のほうにある、昔からの店です」

八重洲口⁉

葉月のあるのが八重洲口の地下だ。高級感あふれる葉月を訪ねたのはつい昨日のこと。それが空振りの結果となり、そのまま新幹線で名古屋に行き周平に会った。周平の助言で秩父台署を訪ね、その結果報告をするために、今、松下と会っている。

「さあ、私は知りません」

「日常的に東京駅を利用しなければ、知らないですよね。旅行者が食事をしたり、新幹線の時間待ちをしたり、ビジネスマンが時間調整のために利用したり、お客の出入りの激しい、なんとなく落ち着きのない店なんです」

「そのお店に三原がいたんですか？　志村さんと一緒に？」

「ええ。二人を見たのは、大空印刷にもヴィナス化粧品にも出入りしている業者なんですが、東京駅近くにある会社へ商談に行った帰りに木陰へ寄ったんだそうです。コーヒーを飲みながら商談内容を見直し、一段落ついてレジへ向かおうとしたとき、店の隅のテーブルに、三原君と志村さんが向き合って座っていた」

「いつ頃のことなんでしょうか」

「七月十七日だと思うと言っていました。パソコンの画面に夢中で、自分が先に店に入ったのか、二人が先だったのかも分からず、見たのも僅かな時間だったが、志村さんが熱心に何か話していて、三原君は興味なさそうにしていたそうです」

尚紀と志村英美の具体的な接点が初めて明らかになった。東京駅のコンコースにある軽食喫茶。その隅のテーブルで向かい合って座る、尚紀と志村英美。その地下には、ブティック葉月がある。これは、偶然だろうか。

「その話、松下さんは直接その方に聞いたんですか」

「いえ、初めは同僚から聞きました。奥さんには言いにくいのですが、津山さんと三原君のことがあり、次いで、取引先の志村さんのことがあり、営業の統括部長が警察に事情を聞かれたりと、会社としては異常事態ですから、少し前までは、社内はその話題でもちきりでした。もちろん大っぴらにではなく、情報が密かに渦を巻いているという感じです。その業者の情報もそのうちの一つです。僕も、彼のことは知っていましたから、電話で確認しました。同僚から聞いた通りでした」

「あの――」

「はい」

「統括部長という方は、結局どうだったんですか」

「確かなことは分かりません。噂では、志村さんと付き合いはあったが、津山事件とは無関係と主張し、それが証明されたそうです。ことがことですし、本人の地位とか立場がありますから、我々ヒラの間では沈黙を守っています。それでも、噂はひっそりと流れているというのが現実です」

　亮子は頷き、もう一度、「あの」と言った。「はい」といって亮子を見た松下に、昨日、《ブティック葉月》の、吉祥寺店、下北沢店、東京駅八重洲口店の三店舗を訪ねたことを話した。

「八重洲口にもあるんですか」

　松下が驚いたような声で聞いた。

　松下の思いついた和装店では検索できなかったこと、ブティックで検索すると、葉月という店名が三軒見つかったこと、これらは以前、伝えてある。

「そうなんです。八重洲口の地下街にあります。結局、どこの店からも何にも得られなかったんですけど、木陰という軽食喫茶が、八重洲口方面にあると聞いて、妙な気持ちになりました。偶然だとは思いますけど」

「どんな雰囲気の店ですか、葉月というブティックは？」

「吉祥寺店と下北沢店は若者向きの庶民的な感じですけど、八重洲口店は大人っぽい高級感があります。実際に置いてある品物も高価なものが多いようです。木陰で、三原と志村さんを見かけた方、その日は七月十七日と、おっしゃったんですね」

「ええ、そう言ってました」

「八重洲口店の葉月は、七月十五日から二十五日まで、店内改装のため休業していたそうです」

松下慎吾と別れ、亮子はその足で東京駅へ向かった。

昨日、通ったばかりのコンコースは、今日も人の波で溢れかえっていた。

新幹線乗り場へ向かう途中に、《木陰》があった。木陰は正面がガラス張りなので、店内の様子がよく見える。松下に聞いた通り、今も客がいっぱいのようだ。

あの雑多な店の隅っこで、尚紀と志村英美が向かい合っていた。志村英美が熱心に話し、尚紀は興味のなさそうな顔をして——。

亮子は踵を返した。

葉月の店内にお客はいなかった。顔を見知った店員が、亮子を認めると、びっくりしたような表情をし、そのあと、曖昧な笑顔をつくった。

「たびたびお邪魔してすみません。昨日お聞きした女性なんですけど、この人です。ご存じないでしょうか」

カウンターに志村英美の写真を置いた。店員が手に持って見ている。フロアにいた店員も静かに歩いてきた。松下慎吾の言った通りだ。写真がさっそく亮子に行動を起こさせた。

「さあ、私は見おぼえがありませんけど、あなたは、どう？」

そう言って、同僚の店員に写真を渡した。渡された店員がじっと写真を見ている。何か考え込んでいるような表情だ。ずいぶん熱心に見ている。亮子は緊張の面持ちで、写真を持つ白い指と白い顔を交互に見ていた。「はっきりとは分かりませんけど」顔を写真から離さないまま店員が言った。「ええ」と亮子は応えた。店員が顔を上げた。

「見かけたような気がします。確かなことではないんですけど」

「こちらに見えたんですか？」

「いいえ、お隣のアネモネさんに入っていきました」

――写真に似た人を見かけたのは、閉店間際の時間だった。展示された商品をたたみ直し、小物品を並べ替えたりしたあと、何げなく入口に立ち、人の流れを見ていた。そのとき、写真に似た女性が、隣の、貴金属と革製品を置く、《アネモネ》に入って行った。初夏の頃だと思う――。

「そのとき、この男性が一緒ではなかったでしょうか」

昨日見せた尚紀の写真をカウンターに置いた。

「いいえ、この写真に似た女性お一人でした。印象的だったのは、痩せて背が高かったことと、ヘアスタイルと髪の毛の色です。何となく個性的というか――でも確信があるわけではないんです。お顔も真正面から見たわけではないですから」

駅の地下街という落ち着きのない環境に、こういう店があるのかと思うほど、アネモネは高級感漂う独特の雰囲気だった。店内は、空間を利用したディスプレーと間接照明が効果的で、さほど広くないスペースが立体的かつ神秘的に演出されていた。商品の数は意外に少ない。二人いる女性店員は、どちらも黒い衣装を着ていた。二人とも装飾品はまったく身につけていない。

「突然で申し訳ありませんが、お尋ねしたいことがありまして」

一人の店員が、「いらっしゃいませ」と言いながら、亮子に近づいた。ほっそりした体に黒い薄い生地の上下。顔に柔らかい微笑を湛え、声のトーンが低い。落ち着いた上品な身のこなしである。年齢は三十代の後半に思えた。お客は誰もいなかった。

商品ケースの上に、志村英美の写真を置いた。ケースになるべく手を触れないようにした。そんな気遣いをさせるほど、ガラスケースは冷たいまでに磨きこまれていた。

「この女性が、今年の初夏の頃、こちらにいらしたというのですが」

写真を一瞥した瞬間、女店員の表情が微かに動いた。さほど期待していなかったので亮子のほうが驚いた。（この人は知っている！）亮子は瞬時にそう思った。

「さあ、なんとも申し上げられません」

顔を上げた女性の顔は、もとの、微笑を湛えた顔に戻っている。その変わり身の早さに亮子はあっけにとられる思いだった。

「でも、この女性がこちらに入るのを見たという人がいたものですから、お尋ねしたんですが」

「お客さまは大勢いらっしゃいます。商品を見るだけで、私どもとはお顔を合わせないでお帰りになる方が多いですから、この写真の方がお見えになったとしても、覚えておりません」

「あちらの店員さんにも、聞いていただきたいのですが」

狭い店内で客はいない。もう一人の店員にも、こちらのやり取りは聞こえているはずだ。目の前の女性が目で合図を送るようにすると、すぐに近づいてきた。

「この写真の方、見覚えある？」

聞かれた店員は二十代と思われる。先輩格の店員に促されて写真を見た。亮子は、どんな変化も見逃さないという思いで、その顔を見ていた。「いいえ、覚えがありません」そう答えたが、その店員も一瞬、表情の変わるのが分かった。

亮子は、先輩格のほうを見ながら言った。

「この人は、志村英美さんと言います。ご存じかどうか分かりませんが、今月の十日に、秩父の山中で、変死体で発見されました」

二人の店員は固唾を呑むようにしていたが、先輩格の店員が言った。落ち着いた声だった。

「そういう事情については存じません。それに、この方が、当店に見えたことがあったとしても、覚えておりません。初夏の頃といえば、だいぶ前になりますし」

亮子は礼を言って店を出た。

葉月の左隣がアネモネ。右隣が、ダイナミックというメンズショップ。亮子は迷わずダイナミックに入った。

ダイナミックには若いカップルが一組いて、店員が商品の説明をしている。

手持ち無沙汰のように見える、別の男性店員に挨拶した。

「突然で失礼なんですけど、この写真の人に見覚えないでしょうか」

亮子は二枚の写真を同時に店員の前に出した。店員は目を見張るようにして亮子を見た。

後ろではカップルの買い物が決まったらしい気配だ。店員はちらりと客のほうへ目を遣り、改めて二枚の写真に目を当てた。

「ああ、こちらの男性は見覚えがありますねえ。女性のほうは知りませんけど」

店員はあっさりと答えた。

亮子の胸は高鳴り、矢継ぎ早に質問したくなる。三拍ほど間を置き、気持ちを鎮めてから聞いた。「この男性、こちらのお店に来たんでしょうか」。男性店員は首を振り、「そうじゃないんです。うちの向かいの店の端に立って、お隣の葉月さんを見ているように思いました。その日、葉月さんは休業中で、店のシャッターは下りていたんですけどね。でも、この人だと確信があるわけではありませんよ。似ているようには思いますが」

「そうですか。この男性に似ている人が、向かいのお店の端に立っていたのは何日か分かりませんか」

「正確なことは分かりませんが、七月の十五日過ぎですよ。葉月さんが店を閉めていたのがその頃ですから」

「そのとき、この女性と一緒ではなかったんですね」

「はい、それは間違いありません。男性一人でした。なんだか、葉月さんのシャッターを見にきたように思えたので、変な人だなあと思って印象に残ったんです」

居間のドアに近づくと、内側から二匹の猫が飛びつき、マロが前足で取っ手を下げている。アンは取っ手に届かないので、しきりにガラスを引っ掻いている。これが、帰宅した飼い主への愛情表現と言えば言えなくもない。夢中で取っ手を動かすが、外側からロックしてあるので、開けることはできない。亮子は、ドアの上部に取り付けたロックを外し居間に入り、すぐドアを閉める。

二匹が亮子の周りをうろうろし、置いたカバンの匂いを嗅ぐ。それだけである。鳴きもしなければ飛びついてもこない。抱かれるのを嫌い、無理に抱くと身をよじって逃げる。そのくせ、勝手なときだけ膝に乗り、ふんぞり返って寝る。

猫は犬とは真逆で、実にそっけなく、好き勝手に行動する。尚紀はそんな猫の生態が気に入った様子で、この二匹を可愛がった。

事件の前夜、尚紀は居間のドアに鍵を取り付けた。猫に邪魔をされながら、その作業を楽しんでいた。どう考えても翌日殺人を犯す人間の姿ではなかった——。

不意に体が緊張し、心臓に冷たい風が吹き込んだような衝撃が走った。

亮子は居間のドアを振り返った。そこに猫はいない。だが、さっきの二匹の行動が映像となって頭の中に残っている。雄が取っ手を下げ、雌がガラスを押し、必死にドアを開けようとしていた。だが、ドアは開かない。

亮子は居間の外に出て、ドアの上部に取り付けられた鍵を凝視した。

カバンから携帯を出し、松下慎吾にかけた。さっき池袋で別れてから四時間ほどしか経っていない。まだ仕事中ということを承知の上だった。すぐに松下が出た。

「ああ、先程はどうも」

「こちらのほうこそ、ありがとうございました。お仕事中だと思いますので、改めてかけ直しますが、何時頃ならよろしいでしょうか」

「今でも構いませんよ。会社へ戻っていますから。場所を変えますからこのまま待っていてください」

しばらく沈黙の時間があり、歯切れのいい松下の声が返ってきた。

「お待たせしました。周りに仲間がいましたから。で、何か？」

「津山信夫さんのことなんですけど」

津山信夫については、警察からある程度のことは聞いている。六十五歳で定年退職したばかり。何年か前に妻が病気になり、自宅介護が必要になった。津山は自分から申し出て、近県の支社から、新宿の本社勤務になった。そして、在職中に副業で金貸しをしていた。

事件直後に警察から聞かされた津山の情報はその程度だった。亮子はその内容を深く吟味していない。そんな心境ではなかった。津山の経歴などどうでもよかったのだ。驚いたのは津山の副業。それだけだった。

「どんなことでしょう」

「警察から、だいたいのことは聞いているんです。津山さんは経理畑の人で、もとの勤務先は近県の支社だった」

「はい、僕もそう聞いています。本社勤務になっても部署が違い、フロアが違い、その上、目立たない人でしたから、営業で津山さんと親しくしていた人は、あまりいないと思います。私も今回のことがあって初めて津山さんを知り、隠れた事情も知りました」

「あの、奥様はどんな病気だったのか、松下さんはご存じないでしょうか」

「若年性認知症だったと聞いています」

亮子は、一瞬息を止め、ゆっくり吐いた。息遣いが震えているのが分かった。

「実はそのことも、事件のあとで話題になって知ったんです」

「そうだったんですか。立ち入ったことになるんですけど、津山さんの奥様、徘徊する、などという噂は聞いていないでしょうか」

「徘徊、ですか。さあ、そういう具体的なことは聞いていませんが」

「そうですか。お仕事中にお邪魔をして、申し訳ありませんでした。松下さんには本当に感謝しています。ありがとうございました」

亮子は携帯を耳に当てたまま、実際にお辞儀をした。

着替えもしないでパソコンを開いた。調べごとに二時間を要した。

仏間で尚紀の遺影の前に座る。線香から立ち上る煙の向こうで、尚紀が微笑んでいる。屈託のない笑顔だ。写真の尚紀は正面を見ているが、どの角度から見ても、亮子を見ているように思える。目の前の灯明がかすかに揺れている。

「このままでは、おばあちゃんのところへも、お母さんのところへも行けないわね」

亮子は声に出して言った。涙は出なかった。

「あんた、お父さんの何が気に入らなくて避けているの？」

「どうして？　避けてなんかいないわよ。だからこうして、お父さんとお母さんの好きな外郎をお土産に買ってきたんじゃない」

「名古屋から帰って、何日経っていると思うの」

「大丈夫よ、これ、日持ちするから、賞味期限まで、まだ十日ある」

「へえー。お母さんの言いたいことは外郎の賞味期限だと思っているんだ。だとしたら、三原亮子はかなり頭が悪い」

母の話を適当にあしらいながら、久しぶりにひと言日記の手帳を開いた。「友達が、お嫁さんの愚痴を四十分話し続けた。電池がなくなりそうなので、片手で充電器を取り付けた。難しかったが、できた！」「冷凍の枝豆は流水で戻すより、レンジでチンのほうが旨みの出ることを知る。今まで損してた」

母が言うには、女性の話はだらだらと長い。要するに、要するにと連発しながらちっとも要していない。自分にもその傾向があるから、文章を簡潔に書く習慣をつけることによって、簡潔に話す習慣も身につける。いくつになっても向上心を絶やさない精神は崇高なり。そんなふうに自画自賛している。ページをめくった。

「あんた、人の話、聞いているの？」

「お母さんのひと言日記が面白すぎるから聞き洩らした」

「ほーら、話を逸らした。あんたさあ、人の日記を読むことに何の抵抗もないようだけど、これ以上のプライバシー侵害はない。いい加減にしなさいよ！」

亮子は声に出して読んだ。

「鷲尾さんの恋人の△が取れた。トシオミさん。今日は、はっきり聞こえた。——トシオミねえ、トシオミという姓である可能性もゼロではない。アサリ君のほうだと思うけど、この日は何？」

「皮膚疾患って聞いた。あの仔、体は大きいけど、体質、弱いわね」

「カレは、確か白血球の数が基準値すれすれだったと思う。免疫力が弱いんじゃないかな。餌を変えてみたらどうかしら。ひょっとしたら、餌の成分の何かに反応しているのかもしれない」

「そう言えばさあ、鷲尾さん、ピアノ弾く人なんですってね」

「そう。ピアノを弾く指だなあとは、前から思っていたんだけど、現役の音大生。この前、たまたま沙織から聞いたの」

「へえ、沙織ちゃんと同じ大学なの？」

「大学は同じだけど、学年に開きがあるから面識はない。鷲尾さん、もうすぐコンクールなのよ。沙織は、恩師の依頼で準備の手伝いをしていて、あたし、そのコンクール聴きに行くの。沙織の役得のお裾わけ。鷲尾さん、幻想即興曲、弾くんだって」

「お裾わけの話は脇に置いといて、さっきの話」

「賞味期限？」

「調子に乗らない！　ほら」

母の道子が茶色い封筒をテーブルに置いた。

「何？」

道子が黙って亮子を見ている。封筒を覗いた。写真らしきものが入っている。指を入れ引き出した。「何、これ」。画面全体が灰色っぽく、ぼんやりしていて何が写っているのか分からない。「猫の毛よ」。道子が言った。

亮子は道子を見つめた。

「現場に残された猫の毛が、代々木南署に保管されているかどうか気になっていたんでしょ。保管はされているけど、現物の持ち出しは無理。写真はもらえたそうよ」

「これが、現場にあった猫の毛なの？　なんだかよく分からない」

「拡大鏡で見ればかなりはっきり見える」。「お母さん、見た？」。「見た。診療室の鏡で」。「どうだった？」。「うすい灰色は、たぶんアンズとマロンだと思う。でも、ほかの色の毛もあった」

亮子は息を呑み、手にした写真に見入った。

「周平からお父さんに電話があり、お父さんが奥村さんに頼んだの。それからこれ、何のことか分からないけど、奥村さんから」

道子は用紙を亮子の目の前に置いた。写真と用紙が並んだ。

『三原亮子様ご依頼の件。調査の結果、本年七月一日より本日まで、スターズマンション代々木の転居者はいないことが判明しました。ここにご報告いたします。奥村法律事務所所長、奥村康介。二〇二×年八月二十八日』

用紙にはそう書かれていた。

「お母さん、いつか言ってたでしょ。お隣の奥さんの実家のお母さん、もう亡くなったけど、認知症になったのよね。徘徊が始まり、家族が寝たころに勝手に玄関から出て行く。危ないので、玄関から出られないように、ドアに補助的に鍵を取り付けたって」

「ああ、聞いたことがある。もう何年も前のことだけど。いきなり、どうしたの？　猫の毛と徘徊に何か関係があるの？」

亮子は首を振った。

猫の毛と、認知症による徘徊。

関係はない。では、まったく無関係かと言えば、そうではないようにも思える。とにかく、頭のなかが細かい情報で満杯状態なのだ。情報のどれもが無秩序にひしめき合ったまま停滞している。だが、その混乱は、時間をかけて整理すれば、点から線へ、線から面へ、面から立体へと構築され、やがて全体像が具現化される。そんな兆しを感じている。

遺体に付着した猫の毛に着眼したのは、尚紀の性癖を思ったからだ。虫の死骸さえ正視できない尚紀が、遺体に密着するなどあり得ない。ましてや殺人など論外。これは、願望と同時に、亮子にとって正当な論理だった。

それが今、現実的に真犯人の遺留品になろうとしている。猫の毛が、事件の真相究明にどれほどの価値があるのか分からないが、我が家の猫以外の猫の毛が事件現場にあった。これは事実だ。尚紀は自分の飼い猫は可愛がるが、他人の猫や野良猫に関心はない。もともと動物好きではないのだ。だから、他の猫の毛が、尚紀の衣服に付着することなどあり得ない。

　津山信夫は猫を飼っていない。これは以前、奥村弁護士から聞いた。尚紀でもない。津山でもない。もう一人、猫の毛を身につけた人間が現場にいたのだ。これは間違いない。だが、事件は終結している。このような場合の警察の対応はどういうものなのか見当もつかなかった。

　もう一点。真犯人はスターズマンション代々木の住人ではないかという仮説。

　同じマンションの住人であれば、何階であろうと、監視カメラに写ることなく津山宅へ行き、犯行後、自宅へ戻ることができる。だが、殺人を犯した者の心理として、現場のマンションに住み続けるとは考えにくい。犯行後、必ず転居する。そう推理したが、これは外れた。奥村弁護士が調査したのだ。この結果報告に間違いはない。

　となると、やはり真犯人は外部から侵入したことになる。

　いつ、どこからマンション内に入り、どのようにして出て行ったのか。その日の防犯カメラに不審な人物は写っていない。真犯人はマンション内のどこかに隠れていた。そうとでも考えなければ、殺人者の心理が腑に落ちない。だが、事件発生後は、マンション内もその付近も、大勢の捜査員が捜索をしていたのだ。そんな状況下で身を隠しておく場所があるとは思えない。

それとも、大丈夫という絶対の自信があり、今でも住み続けている？　では、その自信はどのような根拠に基づくものなのか――。

「お父さんは、尚紀さんを嫌ってなんかいなかったわよ。勝手に人の心を憶測して先入観を持つのは間違っている。今日だって、お父さんが午後から獣医師会の会合で出かける、それをねらってきたんじゃないの？」

道子の言葉が耳に入らなかった。亮子は、ごめん、といって写真を持って立ちあがり、診療室へ向かった。

三章　X

1

相手が、ちらりとカバンに目を遣り言った。「さあ、掛けてください」と。

室内は整然としていた。調度品は少ないが、それらが合理的に配置されている。「まずは旨いコーヒーを飲みましょう。私はコーヒーには少しばかり拘りがありましてね。ここ数年はコロンビアと決めている」

相手は機嫌がいい。手でソファを示し、「どうぞ」と言うと、背を向けて台所に向かった。すぐにカバンを床に置き、スリッパを脱いだ。気配を悟られないように忍び足で後を追う。ポケットから出した手袋をはめながら。

不意に相手が振り向いた。目が合った。その顔が見る間に引きつり、唇が声を上げそうに動いた。間髪をいれず、飛びついた。

床の上でもみ合った。必死の闘争は無言のまま続いた。思っていたよりも激しい抵抗。聞こえるのはお互いの荒い息遣いだけ。それは獣の呻き声のようであり、かすれた笛の音のようでもあった。

ようやく終わった。

よろめきながら立ち上がった。

眩暈(めまい)がした。目を閉じ、そばの壁に寄り掛かった。頭のなかにコンクリートを詰め込まれたような痛いほどの圧迫感。何も考えられない。深呼吸をしようとしても、喉がひくひく動くだけで不安定な呼吸が収まらない。

ゆっくり目を開けた。手袋をした両手の指が半円を作ったまま硬直している。慌てて指を動かした。グーパーを繰り返す。手袋の上から指を一本ずつマッサージしながら、掛け時計を見た。

時間が迫っている。

脱いだスリッパを持ち玄関へ走る。スリッパを揃えて置き、玄関ドアの鍵を開けた。居間へ戻る。家の間取りはだいたいわかる。居間の端の引き戸を開け、なかを覗いた。和室だった。やはりこの部屋を寝室にしているのだ。

落ち度はないか、居間のなかを点検しているとき、チャイムが鳴った。予定通りの時間だ。ハンカチで受話器を覆い、応答した。カバンを持ち、素早く廊下に出て、横手の部屋に飛び込んだ。その直後、玄関のドアが開かれる音がした。「失礼します」と、大きな声。

固唾を呑んで次の行動を待つ。廊下をゆっくり歩く気配がドア越しに伝わってきた。思い通りの行動が展開されている。やがて、居間へ通じるドアを開ける音。その音を聞いてからゆっくり五つ数えた。

そっと廊下に出る。玄関へ走り、靴を持って外へ出た。

ドアを閉め、靴を履き、背中をドアに押し付ける。その間に、カバンからマフラーを出し、ドアの取っ手に引っ掛けた。そのマフラーを肩にかけ、端を握りしめて力いっぱい引っ張り上げながらそのときを待つ。

屋内に人の気配を感じた。足を広げ、大きく息を吸って止めた。

取っ手をガタガタと動かす音。つまみを捻る音。その直後、猛烈な力が背中を襲った。がむしゃらにドアを叩いている。全身をドアにぶつけている。

歯を食いしばり、両足を踏ん張り、渾身の力でマフラーを引っ張り上げ続けた。頭の血管が破れ、耳から血が溢れそうな恐怖に耐えながら。

だが、相手の奮闘は思ったほど長くは続かなかった。不意に背中が軽くなった。それでも力を抜かない。どのくらいそうしていただろう。たぶん、僅かな時間だったと思う。

次に全神経を耳に集め、玄関内の様子を窺った。何の気配も感じない。

そっと息を吐き、取っ手からマフラーをはずしてカバンに押し込んだ。力を入れ続けた指が不規則な痙攣を続けている。宥めるように指先をさすった。そのとき、ふいにあることが閃いた。計画にはなかった、あること。

人差し指を伸ばし、インターフォンを押した。

2

会場はかなり広かった。空席が多い。前のほうに年配者と思える男女が横並びに十数人座っている。たぶん、審査員だろう。その人たちの前には卓があり、上に資料らしきものが置かれている。沙織の作成したものも含まれているのかもしれない。

あとは、ところどころに数人ずつが固まって座っていた。年齢層がまちまちなので、演奏者の家族かもしれない。ステージに近い席に姿勢正しく座っているのが演奏者なのだろう。若い男女だった。

手で合図を送ってくれた沙織の横に座った。

「部外者にプログラムは渡せないの、個人情報が詰まっているから」

「分かってる」

「名前はアナウンスされる。鷲尾さんは三十七番目よ。前から二番目の列に座っている。左端から五番目」

まだ、場内の照明は明るい。沙織に教えられた場所を見ると、確かに横顔と後ろ姿に見おぼえがある。長い髪を今日は編み込みにして、後ろでまとめていた。

場内の照明が落ちた。明るさを増したステージの中央に、グランドピアノが大きく屋根を開け、奏者を待っている。やがて、アナウンスが流れた。厳かな女性の声だった。今日のコンクールの趣旨を説明し、次に審査員を紹介している。

「言うのを忘れていたけど、ここでは拍手をしては駄目なの」

耳元で沙織が囁いた。亮子は頷いた。

競演が始まった。

名前とプロフィール、曲名が紹介されると、ステージの袖から演奏者が現れる。真面目な顔つきでお辞儀をし、ピアノの前の椅子に座る。気持ちを集中させるためか、いっとき虚空を見つめるようにしたあと、指が鍵盤の上を舞う。

紹介されると現れ、演奏が終わると、もう一度名前がアナウンスされ、退場する。現在形と過去形の紹介、それが繰り返される。女子の服装は想像していたよりもシンプルだった。ドレスを着た女子もいるが華美ではない。男子はほとんどがスーツだった。

全てショパンの曲だから、どの曲も馴染み深いが、亮子の耳には演奏のレベルが分からない。どの奏者も見事としか思えない。何人目だろう。背のすらりとした青年が現れ、場内に向かってお辞儀をした。黒っぽいスーツ姿。演奏曲は「革命のエチュード」。好きな曲なので聴き入った。革命は二人目だが、これもどちらのレベルが高いのか分からない。演奏が終わった。演奏者の名前が過去形でアナウンスされ、青年は退場した。

亮子は首を傾げた。

登場のアナウンスでは気づかなかったが、退場のときに聞いたファーストネームに聞き覚えがある。亮子は隣の沙織に小声で聞いた。「今の人の名前、教えて。革命を弾いた人」。女性の声が、次の演奏者のプロフィールを紹介している。

沙織がプログラムの一ヶ所に指を置いた。会場は薄暗い。亮子は目を凝らし、その小さい文字を見た。ルビはふってない。亮子はもう一度首を傾げた。

鷲尾美弥子の演奏に魅了された。

アサリやシジミを連れてくるときの美弥子とは別人に思えた。幻想即興曲の演奏は三人目だが、亮子の耳にも鷲尾美弥子がいちばんに思えた。

「鷲尾さん、凄いね。私にも分かる」「そうでしょ？　入賞、間違いないと思う」。ひそひそ声でそんな会話をした。体格のいい丸顔の男性が「英雄ポロネーズ」を弾いている。ショパンの曲ではもっとも人気の高い曲と言われるが、亮子は革命の方が好きだ。英雄の奏者が退場した。演奏の合間にひそひそ話が再開する。

「今日の演奏者の中に、鷲尾さんの恋人、いると思う？」

「そんなこと知らないわよ。それを言ったのは、あなたじゃないの」

「そうね。——さっき名前を聞いたでしょ、革命を弾いた人。あの人、レベルはどのくらい？」

「高い！　五位以内に入るかも。なに？　知っている人？」

「そうじゃないけど、私、革命が好きだから」

「技術の高いことは確か。それに、選曲が良かった。演奏者の表現力と曲が合っている。ただ、芸術性はどうなのかなあ。ちょっと、疑問符。私の独断だけどね」

そんな会話を小声で続けた。二人だけ離れた席にいるので、他の人に迷惑をかける心配はない。

「ここには、音楽プロデューサーが何人も来ているはずよ」

「どうして？」

「スカウトよ。若いピアニストとして売り出すため。眼鏡にかなうのは一人か二人だと思うけどね」

「へえ、そういうものなんだ。——あたしね、沙織に相談したいことがあるの。近いうち食事付き合ってほしいんだけど」

「いいけど、相談て、何？」

「それは、そのときに。なるべく早いほうがいいの。都合がつき次第電話くれる？」

「わかった」

ステージでは次の演奏者が客席に向かってお辞儀をし、ピアノに向かった。

3

「優勝、おめでとう」

「駿臣さんも、おめでとう」

二人の間でシャンパングラスが軽く触れ、澄んだ音を立てた。美弥子が一口飲み、唇を窄めるようにしたが、美味しいと言った。美弥子はまだアルコールを飲むことに馴れていない。

「僕は五位だから、すれすれセーフというところ。美弥子さん、やっぱり凄いね。二位との差が大きすぎる」

「そうかしら、自分では分からないわ。でも、演奏中、自分が広い野原の真ん中で、一人で演奏しているという感覚を味わうことができた。他に誰もいないの。私一人だけなの。ごくたまになんだけど、曲と一体化できたときに味わう感覚。それが味わえた」

フレンチのコースが進む。美弥子と付き合うようになって、こういう洒落たレストランで食事をする。それは、駿臣にとって緊張の時間であり、自分が特別な世界に存在している、そんな満足感を味わう時間でもあった。

実家は決して貧しくはない。地元では中の上というところだろう。両親は息子の才能を理解し、喜び、早くからピアノ教室に通わせ、環境を整えてくれた。そして、学費の高い東和音楽大学に進学した。だからといって、学生時代、贅沢な暮らしができたわけではない。学費と生活費は送金されたが、東和音大の学生のなかでは、質素なほうだった。大学指定のアパートに住み、昼は学食。夕食はコンビニの弁当で済ませた。ほしいものを買うためにはアルバイトをした。

アパートに置かれたピアノはアップライト。大学のグランドピアノでの練習は予約制、当然、使用料を支払う。

グランドピアノに憧れた。心底、自分のグランドピアノがほしいと思った。グランドピアノで練習をしなかったから、コンクールに落ち、ピアニストへの道が断たれた。そんなふうに恨み事を胸に抱え、灰色の生活を送る日々が過ぎていた。

鷲尾美弥子と初めて出会ったのは、ピアノの展示会場だった。

憧れのグランドピアノがフロアいっぱいに並んだ光景は圧巻。テスト用のピアノが、屋根を開け、鍵盤が奏者を招くかのように白と黒の光を放っていた。

駿臣は引き寄せられるように椅子に座り、ショパンの小曲を弾いた。指が鍵盤に吸い込まれるような感触。鍵盤に導かれるように勝手に指が動く。環境の効果もあって、音が場内に響き渡る。音が我が身を包み込む。久しぶりに味わう感慨に魅せられ、弾き終わってもしばらく椅子から立ち上がれなかった。

まばらな拍手に我に返り、慌てて立ちあがった。斜め前に、色の白い若い女性が微笑んでいた。それが鷲尾美弥子だった。

美弥子が、持っていた小さなバッグを駿臣の前に出し、「お願いします」といった。駿臣が困惑気味に返事をしたときには、手触りのいい革製のバッグが駿臣の手にあった。美弥子が椅子に座った。すぐに白い指から軽快な曲が流れ出た。モーツァルトのソナタ集の一曲。

ピアノを練習した人ならだれでも弾く曲、駿臣も小学生のときに弾いた。ピアノを弾いたことのない人も、大人も子どもも、いつかどこかで聴いたことのある曲。

こういうポピュラーな曲はかえって難しい。初心者相手でもごまかしがきかない。誰もが弾いたことがあり、聴いたことがあり、馴染み深いから、聴き手の耳が肥えていて、リズムやテンポの乱れ、ミスタッチにすぐ気づく。

いつの間にか、二十人ほどの人が集まり、グランドピアノを囲んでいた。子どももいる。その親らしい人もいる。ピアノの展示場に来る人だから、皆、ピアノに興味がある。当然、購入目的の人も多くいるだろう。その人たちの前で、美弥子はその曲を、軽やかに演奏した。まるで、曲のほうが美弥子に身を委ね、跳ねまわって遊ぶ。そんな感覚。

弾き終わった。

拍手と感嘆の声が入り混じり、展示場の一点が活気づいている。美弥子が軽くお辞儀をし、微笑んだ。

ぼんやり佇む駿臣からバッグを受け取ると、「ありがとうございました」。そう言って美弥子は会場の奥へと立ち去った。

近くで用事を済ませ、駿臣が最寄りの駅へ向かっているとき、さっきのピアノ展示会場の玄関から人が出てきてぶつかりそうになった。美弥子だった。二人の口から不明瞭な声が漏れ、そのあと、声をあげて笑いあった。

自然の流れで、近くのカフェでコーヒーを飲んだ。お互いが自己紹介をした。美弥子は共生音楽大学のピアノ科。駿臣は現状を曖昧にぼやかして話した。駿臣がピアノ奏者、それもかなりの経験を積んでいることは証明済みである。美弥子は何の疑念も持たない様子で駿臣の話を聞いた後、質問した。

「大学はどちらだったんですか」

「東和音大のピアノ科です」

美弥子は一瞬、驚いたような顔をしたあとで、「まあ」と言って笑った。駿臣は、「なんです？」そう訊いてから首を傾げ、美弥子の顔を見直した。美弥子が意味ありげな笑みを浮かべて、コーヒーカップを口に運んだ。

駿臣は声なき声を上げた。口が半開きになったと思う。

「苗字、鷲尾さんですよね。もしかして、東和の鷲尾教授の親戚？」

美弥子は「親戚ですよね、娘ですから」。そういってクスクスと笑った。

駿臣は、鷲尾教授を意識してから、かなり緊張していたが、そんなことはおくびにも出さず、鷲尾教授の話には触れないようにしながら、かいつまんで自分のピアノ人生を話した。

「日本ピアノコンクールですか。残念でしたね。でも、来年のショパン全日本コンクールには応募するんでしょ？」

「そのつもりです。実は、それで今日、グランドピアノを見にきたんです。実家の両親が買ってもいいと言ってくれましたから」

「それは、ご両親も買わないわけにいきませんよね。アップライトで練習したから、コンクールに落ちたって、言ったんでしょ？」

そう言って、美弥子は屈託なく笑い、自分は読みたい本を買いにきたついでにピアノ展示会場に寄ったと話した。「父が言うんです」と、美弥子は言い、一流の奏者になるにはピアノだけを弾いていても駄目。譜面通りに死に物狂いで練習しても、それだけで豊かな感性や表現力が身につくものではない。美術品を鑑賞し、自然に触れ、そして、本を読む。美しいもの、優れたものに接し、それらから得る感銘が、演奏を一段上の芸術へと昇華させる。

「私、ピアノがずらりと並んでいる光景を見るのが好きなんです。それだけで、ひとつの景色なんです。何台並んでいても、それぞれに個性があり、どのピアノも愛おしく思えるんです」

「僕もピアノを見るのが好きです。でも、僕の場合は、この中のどれでもいい、自分のピアノになってほしい。そういう気持ちで見に行きます。だから、現実にピアノが手に入ったら、もう見に行かないと思います。動機が不純でしょ？」

美弥子がおかしそうに笑い、

「ショパン全日本コンクール、私も応募するんですよ。ライバルですね。ライバル同士が、偶然、こんなふうに出会うなんて、なんだか不思議」

美弥子は、本当に不思議そうな顔をして、天井を見上げた。まだ子どもっぽさの抜けきれない白い顔は、日本人形の童（わらべ）のようにあどけなく、気品があった。

「来年の世界ショパンコンクールにノミネートされるのは確実ね」

美弥子の言葉に回想が中断された。

「駿臣さん、予選を通過したら、音楽プロダクションからオファーが殺到するわ」

そう言って、美弥子は鮮やかな緑色のブロッコリーを口に運んだ。

「さあ、どうかな」

駿臣は柔らかい肉を切り、口に入れる。肉の旨みが口中に広がった。

「今から、目を付けているプロダクションもあるみたい」

肉を呑み込み、美弥子を見た。

「そういう話って、本気にしていいのかなあ。本人の僕には何の情報も入らないんだけど」

「父が言っていたわ。駿臣くんにはスター性があるって。もしかしたら、父の耳には情報が入っているのかも。私にはそんなこと言わないけど。――それとも駿臣さん、本選を通過して、世界ショパンコンクールに挑戦？」

「それは無理です。美弥子さんと僕とでは、技術も芸術性も次元が違う。でも、ノミネートされたら死んだ気で練習します。グランドピアノを持つことが現実になり、ここまで来たんですから」

美弥子が笑い、「駿臣さんて、ときどき、子どもみたいになるのね。だからかしら、アサリとシジミが懐くの。あの仔たち、猫にしては警戒心が少なく、性格がおっとりしているけど、抱かれるのが嫌いで、家族以外で抱かれるのは駿臣さんだけなのよ」

「僕の実家が猫を飼っていて、好きも嫌いもなく、物心つく頃には猫がそばにいました。だから僕自身、猫との付き合いに馴れているんです。そういうことが分かるんじゃないかな。そういえば、コンクールが迫ってから会ってないけど、アサリ君とシジミちゃん、元気にしていますか」

「それが不思議なの。コンクールが近づいてから今日まで、二匹とも元気そのもの。病院通い、しばらくしてないわ。あの仔たちの病院通いでは、駿臣さんにずいぶんお世話になりました」

そんなふうに言って、おどけたように美弥子が頭を下げた。

「実は僕、美弥子さんのおろおろした様子を見ながら、病院通いを楽しんでいました。そんなに神経質になることないのになあ、放っておけば治るのになあと思いながら。実家の猫がそうだったから」

「そうらしいわね。私、子どもの頃からピアノを弾くことしか頭になくて、ペットを飼ったことがなかったの。だから、動物の命に責任を持つって、初めての経験。二匹にちょっとでも異変があると、緊張のしすぎで吐き気がしちゃう」

美弥子が笑い、「でも、あの仔たちから貰ったものがいっぱいあるような気がするわ。うまく言えないけど、二匹いるから、個体差が分かる。飼い主とのコミュニケーションの取り方。距離の置き方、興味を示す対象物、二匹の間に生じる微妙な力関係。みんな違うの。そういうことの一つひとつが新鮮で、感動することが多かった。そんな心が演奏に反映しているのかも」

美弥子が猫の話を始めると止まらない。一段落したところで言った。

「実は、今のマンション、近いうちに引っ越すんです。狭いから、ピアノの脇にベッドを置いているような状態なんです」

「そうなの？　じゃあ、本格的にピアニスト目指してスタート、というわけね。応援しています」

「僕も応援しています。美弥子さんが、世界ショパンコンクールに挑戦すること」

4

「フラワー公園です」

運転手の声に亮子は目を開けた。

右手にかなり大きな公園があった。

「ここだと思いますよ、このあたりではいちばん大きい公園です」

徐行しながら運転手が言った。「そのようですね。ありがとう。行ってください」。タクシーは瞬く間に公園を通り過ぎ、左折してすぐ停車した。

「ここです。その植え込みのなかの石に名前が書いてあります」

亮子は頷き、料金を支払ってタクシーを降りた。

タクシーが走り去ると改めてマンションの全景を見渡した。どこにでも見られるありふれたマンションだ。

石に刻まれたマンション名を確認し、エントランスへ通じるスロープ状の通路を歩いた。植木に沿って曲がると、目の前に大きなガラスのドアがあった。亮子は迷わずその前に立った。ドアは手動だった。この姿を防犯カメラが捉えている。尚紀は七月二十九日、午後二時二十五分、このドアを入ったのだ。悠々と、堂々と、余裕綽々と。

中はかなり広いフロア。管理人室は見当たらない。左手にメールボックス。シルバー色のボックスが縦に横にずらりと並んでいる。亮子はそこへ向かった。

一〇三号室。細長いネームプレートには、洒落た書体のローマ字で苗字だけが書かれている。そこまで見届け、外に出た。

フラワー公園まで歩き、前方を見るとコンビニが見える。

店にお客はいなかった。レジの向こうに若い男の店員がいて、小さな声でいらっしゃいませと言った。亮子は店内をゆっくり歩き、飲み物売場の前に立った。さまざまな種類の飲料水が整列している。そのなかから、スポーツドリンクをとり、レジへ向かった。いつの間に来たのか若い店員のほかに、中年の女性の店員がいる。

会計を済ませた。幸い、客が入ってくる様子はない。

「つかぬことを聞きますけど――」

亮子は、バッグから携帯電話を出し、画面に写っている写真を見せた。「こちらに、この人、来ないでしょうか」。中年の女性が怪訝な顔つきをして亮子を見、画面を覗き込んだ。

「この近くに住んでいる弟なんです。連絡がつかないものですから様子を見にきたんですけど、留守でした。実はちょっと、家族間でトラブルがあって――」

女店員はしばらく画面を見ていたが、「たまに来ていたと思いますけど」そう言って、若い店員を呼んだ。「この人、たまに見えていたわよね」。今度は男性店員が画面を見る。「あ、学生っぽい人ね。見たことある」

次に亮子は、一枚の写真をカウンターに置いた。「この人はどうでしょう」。二人の店員が顔を寄せるようにして写真を見ていたが、「見たことありません。来たことがあるのかもしれませんけど、覚えがありません。あなたは？」。女性店員に聞かれ、男性店員も覚えがないと言った。

「そうですか、ありがとうございました。あの、弟ですけど、最後に来たのはいつ頃か覚えていらっしゃいますか」

店員が顔を見合わせている。二人が想像していることが分かる。弟が、年上の女とどうにかなって、姉をはじめ、家族が憂えている。そんなところだろう。

「僕が見たのは先月の半ばくらいかな」

「そうね、私もその頃に見たような気がする。でも、ここしばらくは見ていません」

そのとき、ドアが開き、若いカップルが入ってきた。亮子は礼を言って店を出た。

めったにメールボックスを開けないので、満杯状態なのだろう。チラシの一部が差し入れ口からはみ出ている。それらを鷲掴みにして、自宅に入った。

全て無用と思っているが一応目を通す。次々に捻ってゴミ袋に入れる。チラシが残り数枚になったとき、茶封筒が目に入った。

チラシと一緒に捻ろうとして手を止めた。住所と宛名が手書きで書かれている。ピアノ関係以外、私信など来るはずのない生活だ。首を傾げて裏を見た。その瞬間、心臓が口から飛び出しそうなほど跳ねあがり、思わず腰を浮かせた。

初めに目に飛び込んだのは、津山信夫、という文字。その右隣に、ここのマンションの住所が書かれ、八〇五と部屋ナンバーまで書かれていた。宛先も差出人も同じ住所。

驚愕と焦りで指先に不安定な力が入る。その勢いで封筒が引き裂かれた。中から二つ折りされた白い用紙が飛び出した。早鐘のような鼓動を聞きながら開く。中央に写真が二枚並び、それぞれ四隅がセロハンテープで留めてある。二枚とも、何が写っているのか分からない。全体が灰色にくすんでいるだけ。ただ、よく見ると、ところどころに、細い筋のような線が見える。

破けた封筒からもう一枚用紙が見えている。震えそうになる指で引き出した。

○右の写真。我が家の、ベランダのフェンスに付着していた猫の毛。種はロシアンブルー。
○左の写真。私の遺体に付着していた猫の毛。種はアメリカンショートヘア。

津山信夫

手書きの文字でそう書かれていた。封筒の文字と同じ筆跡と思える。

説明文に目が釘付けになったが、夢を見ているような、足が地についていないような不安定な感覚だけで、内容を吟味する力が湧いてこない。だから実感も湧かない。

周りを見渡した。三日後に引っ越すので、室内はがらんとしている。あるのは、薄っぺらな敷布団、小さなテーブル、粗末な椅子。小型冷蔵庫。これらは引っ越しの日に車に載せ、途中にあるごみ集積所に捨てる。

初めから家具と呼べるようなものはなかった。いらないものは捨てた。だが、ピアノはそうはいかない。持っていくとなると業者に頼んで引っ越し先へ移動しなければならない。新住所を他人に知られることは避けたい。

後生大事と思っていたピアノを売った。新品に近い状態だったためだろう。予想以上の価格で売れた。ピアノ買取り業者との交渉は電話のみ、それも極めて簡潔。二日後に業者が来て査定。支払いはその場で現金で渡され、領収書にサイン。ピアノはその日のうちに引き取られていった。

新しい住まいに新しいピアノを買う。出費は嵩むがそれは仕方がない。当面、お金の心配はないのだ。首尾は上々。わが身に危険が及ぶなど、微塵も考えていない。絶対の自信がある。

だがこうして――。

ふと違和感を覚え、斜めに破れた封筒をつなぎ合わせてみた。切手が貼られていない。消印もない。ということは、誰かが直接メールボックスに入れたことになる。

誰が何のために?!

敷きっぱなしの布団に仰向けになった。眠れない。目を閉じ、目を開け、寝返りを繰り返す。一睡もできずに夜が明けた。頭の芯が痛い。缶ビールを一気に飲んだ。眩暈がして目を閉じたあと、猛烈な眠気に襲われた。布団に倒れ込み、死んだように眠った。

嫌な夢にうなされ、飛び起きた。額、首、背中が汗で濡れている。午後二時だった。

メールボックスへ急いだ。何かの予感に急きたてられていた。

茶封筒が一通だけ入っていた。封筒を持って急いで自室に戻る。

住所も宛名も昨日と同じ。切手も消印もない。封筒の裏を返す。

新宿区新宿　大空印刷株式会社検査部。

渋谷区恵比寿　株式会社ヴィナス化粧品秘書課。

立ったまま封を切った。二つ折りの用紙が入っている。開くと、男女二枚の写真が並び、四隅がセロハンテープで留めてある。

男の写真の下に、三原尚紀（ベランダから投身自殺）。

女の写真の下に、志村英美（毒入り飲料で殺害）。

そう書かれていた。

全身が硬直し、やがて手足の指先から血が抜け出ていくような、心もとない感覚に襲われた。体に力が入らず立っていられない。その場に崩れるように座り込んだ。頭のなかが空っぽだった。何も考えられない。ただ、封筒をうつろな目で見ていた。

何分くらいそうしていただろう。何げなしに、再度封筒を覗いた。白い用紙が入っている。新たな緊張が全身を堅くした。

——お渡しした情報の他にも、いろいろ知っている。以前のあなた同様に、当方も今、借金の返済で苦境に立たされている。当方の持つ情報を三百万円で買っていただきたい。お持ちのピアノを売却すれば、充分賄える額と承知している。九月六日午後二時。恵比寿駅前、オリエンタルホテル一階、喫茶ルーム『エビス』。当方、白のワイシャツ、ストライプのネクタイ、紺のズボン、手に丸めた新聞を持っている。応じてくださるものと信じている——

ワープロで書かれた文章を二回読んだ。

目を見開いて天井を凝視した。シミ一つないまっ白な天井。目的遂行のために借り、それが終わったので出ていく。そのときになって、貸借関係にトラブルの起きないよう、充分気を遣いながら生活した。傷がつかないように、汚さないように——。

動揺と恐怖と混乱。

何もかもが破壊され、崩れ落ちていくような予感を懸命に払いのけ、必死に気持ちを奮い立たせた。頭を切り替えなければならない。二日後にはここを出て行くのだ。行く手にはすでに安全地帯が用意されている。以前の強気を取り戻さなければならない。

しかし思い切ったことをする奴だ。そう思うと、恐怖が徐々に怒りへと移行していく。脅迫に屈する気などない。落ち着いて考えれば、どの内容も新たな情報ではないことに気づく。警察は知っているし、報道もされた。猫の毛については初めて知ったが、写真の毛が猫の毛であったとして、現場にあったものだと、どう証明するというのか。

昨日と今日、封筒をメールボックスに入れたのは同一人物。脅迫者自身が入れたのなら、男であることは確かだが、誰の仕業か見当もつかない。

悪質ないたずら？

いや、そうではない。脅迫者は事件の内容を克明に知っている。一通目は津山信夫を名乗り、正しい部屋番号が書かれていた。二通目は二つの会社名と、当事者の部署名を書いている。テレビも新聞もここまで細かい報道はしていない。それに、改めて思い直してみると、猫の毛には信憑性がある。しかもピアノのことを知っている。不気味というならこれがもっとも不気味だ。いったい、誰だろう――。

九月六日、午後一時。オリエンタルホテル内の喫茶ルーム『エビス』。

指定の一時間前である。店内に客はまばらだった。隅のテーブルに着き、コーヒーを飲みながら時間の過ぎるのを待った。

午後一時半。緊張が増してくる。ロビーの一角だから、観葉植物で仕切られているだけで壁もドアもない。斜め向こうにホテルの正面玄関が見え、ときどきガラスのドアが開き、人が出入りする。

新聞を大きく広げ、顔が見えないようにしながら、注意深く玄関ドアを見る。一時五十三分。ドアが開き、男が入ってきた。新聞を丸めて持っている。こちらは新聞で顔を隠し、端から目だけ覗かせる。男がこちらに近づいてくる。紺のズボン、白のワイシャツにストライプのネクタイ。目だけ上げて顔を見た。

ぎょっとして顔を隠した。

手早く新聞をたたみ、顔を俯(うつむ)かせ、身体を斜めにしながらレジに向かう。早鐘のような鼓動を聞きながら支払いをする。背後を白いワイシャツの男が通り過ぎた。お釣りをポケットに突っ込み、ホテルの裏口から外へ出た。

座り込みたいほど心臓が波打っている。

思いも寄らないことだ。信じられない。もしかすると、彼は別の用事で来たのかもしれない。いや、そんな偶然は考えにくい。着ているものも、丸めた新聞も、脅迫状のまんまだ。脅迫者はあの男だ。まさかと思う人間が思いもよらないことをする。あり得ないとは言えない。

薄氷を踏む思いで二日が過ぎた。

今日の昼過ぎには完全転居。ここで過ごした激動の四ヶ月。四年にも思える四ヶ月。過ぎてみれば、得るもの捨てるもの全てが思い通りに運んだ。何の悔いもない。

脅迫者からはあれから連絡はない。あれは夢でも錯覚でもない、確たる事実である。だが、結局は何事もなかった。嵐の前の静けさ、そう思うと不気味だが、今ひとつ実感が湧かない。

写真も脅迫文も捨てた。今日から住居が変わる。新住所は誰も知らない。知っているのは物件を斡旋した不動産関係者だが、あの脅迫者がそこまで追跡できるとは思えない。それも安心材料の一つと言える。

コンビニで弁当を買ってきた。あのコンビニを利用するのも今日で最後。

テーブルに弁当を広げ、ウーロン茶の蓋を開けたときチャイムが鳴った。十時だった。十一時にこのマンションの不動産業者と事務手続きがある。それが終わると鍵を渡し、車で新居へ向かうのだ。少し早いなあと思いながら、ドアを開けた。

ドアの向こうに見知らぬ男が二人立っている。

「代々木南署の坂本と言います」

年配のほうの男がそう言って、黒い手帳を開いて見せた。心臓が大きく揺れ、目の前に膜が張ったように周りが薄暗く霞んだ。

こちらの名前を確認したあと、坂本という刑事が思いがけないことを言った。

「実は、今朝がた、ある人物が自首してきましてね」

「自首？　どういうことです？」

ドアを開けたままの立ち話である。

「その人物が、あなたを脅迫したというんです。二回にわたり、ある事件に関わるものをあなたに送り、現金を要求した。現金授受の場所は、恵比寿駅前のオリエンタルホテル。しかし、あなたは来なかった。本人は、時間の経つうちに、自責の念に駆られ、恐怖を覚え、耐えきれなくなって出頭した。かいつまんで言えばこういう内容です。どうも、話を鵜呑みにできかねますから、脅迫されたあなたにも、話を聞きたいと思い、こうして伺ったわけです」

「僕は、誰にも脅迫なんかされていませんよ。人違いじゃないですか。僕じゃないです！」

声を張って言った。

坂本刑事は白い歯を見せて笑い、

「そのことを、本人に言ってほしいんです。ほら、今は、いろいろ厄介な病気があるでしょ。強迫性障害でしたっけ？　自分は罪を犯したと思い込んでしまう。いくら払いのけてもそのことが頭に浮かんで消えない。だから警察に捕まえてほしい。そうすれば気分が安らかになる。本人はそう思うらしいです。本当の犯罪者はその逆なんですけどね」

5

代々木南警察署

「松下慎吾を知らない。そうですか。しかし、七月二十九日、午後二時三十分から四十分にかけて起きた事件のことは知っているでしょ？」

「知っていますよ。同じマンション内のことですから」

「そうですよねえ。知っての通り、犯人はあなたと同じマンションの住人を殺害した後、ベランダから飛び降りて死亡。当事者が二人とも死んでしまった。いわば、相打ち、とも言える。事件そのものはすこぶる単純、その場で解決したようなものだが、二人の間で何があり、なぜ、ああいうことになったのか、実際のところは分からない。死者は語らないからね。ところであなたは、被害者の津山信夫さんを知っていますか」

「いえ、まったく」

「同じマンションなのに？」

「ええ、僕はほとんど外に出ないし、マンションの住人とは付き合いがなかったですから」

「あ、そうか、ピアニスト目指しているんですよね。毎日、猛練習していたんだ。つい最近、なんとかピアノコンクールで五位に入ったんでしょ。たいしたもんだ。実は私もね、一曲弾けるんです。人差し指一本で。ほら、さいたあ、さいたあ、チューリップの花があ。あれです」

そう言って、坂本刑事はアハハと笑う。

「ところで、事件現場は何階でしたっけ？」

わざとらしく、調書をあっちこっちめくっている。誘導に乗ってはならない。一点でもぼろを出したら全てが崩壊する。こういうときは沈黙を守る。

「事件現場です。何階だか知らない？」

「知りません。その日も練習していました。部屋は防音装置がしてあり、厚めのカーテンを閉めて練習しますから外の気配が伝わりません。事件を知ったのは何日か経ってからです。わざわざ教えてくれるような住人もいませんからね」

「新聞も読まない、テレビも観ない？」

「そうです」

「なるほど。では話を戻します。脅迫者の松下慎吾を知らないというが、それは嘘でしょ？実は知っている。松下慎吾だけではない。扼殺された津山信夫、投身自殺した三原尚紀。この三人をよーく知っている。知らないわけがない」

応じてはならない。誘導に乗ってはならない。まだ相手の手の内がはっきりと見えないのだ。ここが踏ん張りどころ。

「黙秘するわけ？　まあ、好きにしたらいい。あのマンションに四ヶ月ほど住んだそうだが、津山さんと顔を合わせないようにするのは可能。彼は八階、あんたは一階。一階だからエレベーターを使わない。だから、エレベーター内で顔を合わせることもない。津山さんは、あんたが同じマンションに住んでいるとは夢にも思っていなかった。あんたの郵便受けには、部屋番号と姓だけがローマ字で表示されているが、他人の郵便受けに関心を持つ人はいない。ああ——郵便配達員は別だわなあ」

最後に下手な軽口をたたき、満足そうに笑っている。

刑事の言葉つきも声の調子も、だんだんに変わっていった。初めはあなたと言い、丁寧な口調で話したが、今はあんたになり、口調もぞんざいになっている。

「で、松下慎吾に脅迫はされていない。こういうわけだね？」

「ええ、脅迫なんかされていません」

「あ、そう。では、なぜ、オリエンタルホテルへ行ったの？　九月六日、午後一時。指定は午後二時だったが、一時間早く行った。新聞で顔を隠していたよね。一時五十三分、松下慎吾が正面玄関に現れると、慌てて新聞をたたみ、ホテルの裏口から外へ出た」

唾を呑み込むと、喉がごくりと音を立てた。

「あのね、我々がこうして、あんたをここに連れてきて、事情聴取しているということは、ほとんど容疑が固まったからなの。分かるでしょ？　立派な大学を出てピアニストになろうというほどの人間が、そのことを察しないはずがない。それとも、逃げ延びられると高を括っている？」

冷房が利きすぎて背中が寒い。それなのにしきりと喉が渇く。唾を呑み込もうとしても、口中の粘膜が引っ付いてうまく呑み込めない、喉がヒクヒク動くだけだ。冷たい水をがぶ飲みしたい。「ほら、この写真」そう言って、坂本刑事が二枚の写真を机に並べた。

ぎょっとして、体が前のめりになった。捨てたはずの写真が並んでいる。

「そんなにびっくりすることはない。お宅に届いた写真と同じものだ。この写真、何が写っているのかさっぱり分からんが、ロシアンブルーとアメリカンショートヘアという猫の毛なんだってさ。私はカタカナ語に弱くてね。こんな難しい、長ったらしい名前の猫がいるなんて初めて知った。子どもの頃、うちで飼っていたのはトラ猫。だから名前もトラ。あんた、こっちの毛の猫、知っているでしょ」

「いいえ」

「隠しても駄目。あんたは知っている。封筒に説明書きが入っていた」

坂本刑事がファイルからもう一枚写真を出し、目の前に置いた。それを見た瞬間。冷えた背中を冷たい汗が幾筋も流れ落ちた。全身が小刻みに震える。それを悟られまいとして膝の上の手を強く握りしめた。

「この猫、アメリカンショートヘアのアサリ君。そして、この写真の毛がアサリ君の毛、あんたにはお馴染みの猫だ。おっとりしていて上品そうだよね。うちで飼っていた荒くれトラとは大違い。もう一匹、メスがいるんだよね。名前は――なんだっけ？」

「………」

「シジミちゃんでしょ？　しかし、猫にアサリとシジミ。妙な名前をつけたもんだ。それはともかくとして、あんた、事件のあった七月二十九日午前九時半、西国分寺の杉浦動物病院へ行っている。この長ったらしい種類の猫のお供をして。病院のスタッフと、この猫の飼い主、鷲尾美弥子さんが証言してくれた。あんた、鷲尾さんが会計を済ませるまで、猫を抱いていたんだよね。これも受付の女性が証言した。それから、猫をかごに入れ、駐車場へ向かった。そのときのあんたの姿を、杉浦動物病院の院長夫人が目撃している。そのあと、美弥子さんと猫を国分寺の自宅へ送り、マンションへ帰った」

黙って刑事の顔を見返すしかない。頭のなかは空っぽで、反論の言葉は何も浮かばなかった。

「あのマンションの防犯カメラは、二週間で上書きされる仕組みになっている。つまり、カメラの情報は二週間保存されたあと、自動的に消去となる。だが、事件のあった日だから別扱いで警察が保管していた。あんた、十二時四十五分に鷲尾さん宅から帰ったんだよね。あんたがマンションに入る姿がはっきり写っている。そして、猫の毛を衣類にくっつけたまま、津山さんの部屋へ行っちゃった。猫も犬もよく毛が抜けるよね。それに、衣類にくっついた毛はなかなか取れないし、ちょっと見ただけじゃ分からない。これは私も経験がある」

「だから、何だと言うんです？」

「脅迫状にあったでしょ。『私の遺体に付着していた猫の毛。種はアメリカンショートヘア』。ちなみに、こっちの写真の毛はロシアンブルー。ベランダのフェンスに付着していた毛。これも脅迫状に書いてある。これはね、三原尚紀さんの飼い猫の毛なの。世間が知っているかどうか分からんが、警察が報道機関に流す情報なんかほんの一部なのよ。現場の猫の毛については報道されていない。どう？　脅迫状を見てびっくりした？」

猫の毛についてはまったく考えていなかった。

落ち度はないか練りに練った。時間や手順に狂いはないか、墓穴につながる油断はないか、二人でさんざん考え抜いた計画だった。彼女は猫について知るはずもないが、自分自身、写真を見ても説明文を読んでも、しばらくは何のことやら分からないほどだった。意表を衝かれるとはこういうことを言うのだろう。

「遺体に付いていた毛が、僕が付けたものだとどう証明するんです？　そんなもの、証拠にはならないと思うけど」

「まあ、今回は消去法かな。猫の毛は誰によって遺体に付着したか。まずは猫そのもの。これはあり得ない。室内飼いの猫だから外に出ない。次にその猫を飼っている人物。鷲尾家の人間だよね。だが、鷲尾家は津山さんと接点がない。強いて言えば美弥子さん。彼女はあんたを通して、間接的に接点があると言えば言えなくもない。しかし、現実には津山さんを知らない。厳格な家庭で、娘が男の家に行くことは禁じられている。男友達が家へ来るときは、家族の誰かが家にいる。美弥子さんが言うには、あんたのマンションを見たことはあるが、入ったことはないそうだ。次に、猫がよく通院していた杉浦動物病院のスタッフ。この病院のスタッフも津山さんとは接点がないから除外」

「前置きが長すぎる。結局、誰なんです？　残るのは」

「あんたでしょ。津山信夫と接点があり、アメリカンショートヘアの毛の付くチャンスが何回もあり、しかも、七月二十九日の午前中、その猫をしっかりと抱いている。通院前にも、鷲尾家であんたが猫をかごに入れたんだよね。これは、鷲尾美弥子さんが証言している。それでね、この毛が付いていた場所なんだけど、遺体に一本。その近くに一本。それから、もう一ヶ所からも検出された。どこだと思う？」

「さあ」

「スリッパ。スリッパのあった場所はバラバラで、片方は遺体の近く。もう片方はソファの足元。毛が付着していたのは遺体の近くにあったスリッパ。このスリッパの底に二本付着していた。これって結構重大なんだよね」

「……………」

「だってさあ、三原さんが履いたスリッパの底に付いていたということは、三原さんが津山さん宅へ行く前に、猫の毛はすでにそこにあった。そういうことでしょ。そのあと、津山宅を訪問した三原さんがその毛を踏んだ。ということになる」

「……………」

「こういうのを警察用語で物的証拠っていうの。そのスリッパは客用でね、お洒落ではあるが実用的ではない。感触が硬くて滑りやすい。客用のスリッパってだいたいそんなもんだよね。しょっちゅう使うわけじゃないから足に馴染まない。だから、真犯人は犯行時、スリッパを脱いだ。津山さんに気づかれないようにね。そしてことが終わり、そのスリッパはやがて来る三原さんのために玄関に置かれた。とまあ、そんなふうに推理するわけよ」

「そう、推理ですよね。スリッパを誰が履き、誰が脱いだか。落ちていた毛が、本当に鷲尾家の猫の毛か。どれも推理でしょ？　仮説でしょ？」

「あんた、杉浦亮子という人、知ってる？」

「知りません」

「杉浦動物病院の獣医さん。その人が、鷲尾美弥子さんに頼んでこの写真の猫を借りた。今、科学捜査班がその猫ちゃんの毛と、遺体に付着していた猫の毛を照合中。——しかし、なぜ、三原さんをターゲットにしたの？　そこが分からない」

沈黙した。こういうことを黙秘というのかどうか分からないが、法律的には自分を守るための権利がある。そのくらいのことは知っている。

「あんたが会社の売掛金を横領したこと、三原さんは知っていたの？　それで、三原さんに強請(ゆす)られた？」

「………」

「そんなこと黙秘しても意味がない。こっちは全部分かっている。大空印刷の経理課が調査してくれた。売掛金の帳尻は合っているが、相手先の支払日と大空印刷の受領日にズレがあった。相手先とは、あんたが担当していた顧客。そのことを三原さんに見つかり強請られた？」

坂本刑事と目を合わせないようにして、刑事の肩越しに小さな窓を見つめていた。

「しかしねえ、三原さんて、そんなタイプの人ではなさそうなんだ。悪ぶったり、虚勢を張ったりして、子どもじみたところはあるけど、悪ではない。こちらに入った情報ではね」

「………」

「誰かに唆されたんじゃないの？　三原尚紀はあんたの横領を知っていると。あんたはそれを真に受けた」

それを聞いたのはいつだっただろう。確かに聞いた。津山信夫が三原尚紀に話したことがはっきり分かったと。こういう噂はあっという間に広がる。そうなったらおしまい。ピアノの世界では生きていけない。そんなふうに言った。それを聞いたから最終的な結論を出した――。

彼女は津山から金を借り、その金で横領の始末をつけた。意外だった。自分の金で窮地を救ってくれると思っていたからだ。その上、借入の理由を包み隠さず津山に話している。正直に話さなければ借りることはできないという理由で。なんてことはない。秘密を暴露することでこっちの心に枷をはめ、自由を奪って思い通りに操ろうと企んだ。

今になって思う。津山信夫が、横領の一件を三原尚紀に話したというのは嘘かもしれないと。何という陰険さ、何という強欲さ。反吐が出るほど憎い女。

「やっぱり、そういうことだったんだ。あんたの顔を見ていると分かる」

坂本が別の写真を持って見せた。

「これ、なんだと思う？」

「――ドアの写真？」

「そう、玄関ドアの一部を拡大したもの。どこの玄関ドアだと思う？」

「分かるはずがない」

「そうかなあ。これはね、津山宅の玄関ドア。事件の日に見たでしょ。下見にも行ったかもしれない」

「……」

「いきなり見せられてもピンとこないかな。あんたの家のドアもこれと同じだもんね。一棟のマンションのドアってみな同じでしょう。だがこれは津山宅の玄関ドアに間違いない」

坂本が、太い人差し指をドアの写真の上に置いた。

「ところで、この取っ手に三原さんの指紋がなかった。磨きこまれたようにきれいな取っ手だった。単純な事件だったとはいえ、ことは殺人だからね。鑑識課員の仕事は厳密。手抜きなんかしない。現場の隅々まで行われている」

あのとき、取っ手が動かないようにするため、マフラーを取っ手にかけて、引っ張り上げていたのだ。マフラーの摩擦で取っ手は磨いたようになっていただろう。取っ手に三原尚紀の指紋がないのは不自然。そんなことは眼中になかった。現場の状況に不動の自信があったから。

初めの計画は扼殺ではなく絞殺だった。持参するマフラーを二回使用する。一回は絞殺のため、もう一回は玄関ドアの固定のため。何より、マフラーを使う絞殺のほうが、手を痛めるリスクが少ないと思ったからだ。だがその案はすぐに却下。絞殺となると現場に凶器が必要となり、設定が複雑になる。むしろ遺留品のない方が安全策と結論付けた。

「さて、磨きこまれたような取っ手。これっておかしいよね。チャイムのボタンからは、三原さんの右手人差し指の指紋が検出された。だから三原さんがチャイムを押したことは確か。なぜ取っ手に指紋がないんだろう」

「それは――津山さんがチャイムの音を聞き、ドアを開けて三原さんを招じ入れた。三原さんの指紋が取っ手についてなくても不思議ではない。そう思いますけど」

　坂本刑事の掌が机をドンとたたいた。置かれた写真や書類が舞い上がりそうな勢いだった。ギョッとしてその顔を見た。小顔で一文字眉、ぎょろりとした目が怒りに燃えているようだ。だが、それは一瞬のことで、元の薄笑いに戻った。

「あんたねえ、警察をばかにしなさんな。今の捜査状況はね、三原さんが津山宅を訪れたとき、すでに津山さんは殺害されていた。それをもとに捜査を進め、今、あんたを尋問している。死んだ津山さんにドアは開けられない。だから、開けた人間がいるとすれば、そいつが真犯人で――」

　頭の中で何かが崩れ落ちる音がする。

　形作られたものが強い力で揺さぶられ、だんだんに形を失っていく。全てが破壊されたとき、この不快な音がなくなる。坂本刑事の声が、遠くなったり近くなったりするのも不快だった。

「しかしねえ。犯人がドアを開けたというのは、どうもしっくりこない。殺人を犯した直後に、予期せぬチャイムが鳴れば犯人は仰天して我を失う。そんなときどうするか。息を殺し、訪問者があきらめて立ち去るのを待つ。それが自然だ。そしてそのとき、玄関の鍵はロックされていなければならない。人殺しの最中にドアの鍵を開けておくバカはいないからね。だが、それでは三原さんは津山宅へ入れない。しかし、彼は入っている。そこで、どう推理を進めるか」

「……」

「突飛なようだが、こういうのはどうだろう。犯人は、津山さんを殺害したあと、玄関ドアの鍵を開けて、三原さんの来るのを待っていた。手ぐすねを引いてね。初めからそのように仕組まれていた。メンタルクリニック神経症だったそうだ。仕事上のトラブルがもとで心が蝕まれていた。三原さんは最近、神経症だったそうだ。それと、三原さんの家族の話だが、三原さんは虫が嫌い。それも死骸を見るのが大嫌いだったそうだ。道に蟬の死骸が落ちていると目を閉じて通り過ぎる。大の大人がだ。世の中にはそういう人もいるんだねえ」

「それが事件とどう繫がるんです？」

「三原さんは虫も殺せない人。そう思っても、まあ納得できなくもない」

「警察官らしくない非論理的な発想だ。捜査って、もっと現実的で論理的なんじゃないですか」

「あんたも分からん人だなあ。さっきから言ってるでしょ。三原さんは犯人じゃない。津山さんを殺害した人物は他にいる。その上で、三原さんの人となりを補足しただけ」

「……」

「あんただって内心、認めているんだろう。長年この商売をしているとね。取り調べ中の相手の顔つきを見ていればだいたいの察しはつく。しかし、今あんたの言った通り、捜査は論理的でなければならない。殺人という重大な犯罪だ。顔つきだけで犯人と決めるわけにはいかない」

三原尚紀のそんな性癖までは知らない。ただ、神経が蝕まれ、普通の精神状態でないとは聞いていた。具体的なことも聞いた。街中の横断歩道前での奇矯な振舞い。ドラッグストア前での異様さ。彼は店の前に佇み、落ち着かない目つきで商品の一点を凝視していた。両手がときどき不安定に前に伸びる。そうかと思うと、客の呼び込みをする店員を鋭く睨む。店員はそのたびに、不気味そうな顔をして、目を合わせないようにしていた。そんな彼を、不審者を見るような目つきで見る通行人もいた。突然彼は踵を返し歩き出した。しきりに首を振りながら。

彼女は夜の街でそんな三原尚紀を目撃したと言い、興奮気味に身振り手振りで話したものだ。彼女は自信満々に言った。今、三原尚紀の弱点を刺激すれば必ず乗ってくる。そして、彼の精神状態を考えると、成功は間違いない。

被害者と同じマンションに加害者が住む。一見、無謀にみえるこの策が、今回の計画においては、最も安全な隠れ蓑。警察側にとっては大きな盲点となる。あなたが危険にさらされることは万に一つもない。彼女はそう力説した。

実際にそうなった。事件はその直後に、思惑通りの結果で終結した。そのあっけなさに、計画も実行も夢だったのではと、錯覚に陥るほどだった。彼女の言った通り、同じマンションの住人なのに聞き取り調査さえない。それほど完璧な現場状況だったのだ。

本当はすぐに転居したかった。

それをしなかったのは、その頃、コンクール関係の書類が届くことがあった。そういう時期に住所を変えたくなかった。そのことでは神経質になっていた。それと、事件直後の引っ越しを不審に思われることを恐れた。犯行現場に住み続ける。その恐怖をピアノに集中することで逃避した。一日中弾いた。初めは集中することを意識し、集中することに努力をしたが、それは僅かな時間。やがて雑念が遠のいて演奏に没頭する。そんなとき、我が身は崇高な自然界に存在し、無我の境地へと導かれる。

その繰り返しだった。これほどの熱情でピアノに向かったことは過去にない。恐れていたことは何も起こらず、静かな平穏な時間が過ぎていった。一ヶ月以上の間。

「さて、物証は多いほどいいんだが、その前に時間がね」

「時間？」

「そう。時間。三原さんが津山さん宅にいたのはたった十分。仮に、津山さんが生きていて、彼が玄関ドアを開けたとする。大人同士だ。玄関先で挨拶くらいはするだろう。何より、台所にはコーヒーが用意されていたが、飲んだ形跡はない。テーブルに、三原さん直筆の借用書五枚と、無記入の領収書が一枚あり、借用書から津山さんの指紋と三原さんの指紋が検出された。だが、領収書からは指紋の検出はゼロ。これは実に不可解だ。まるで領収書だけが宙から舞い込んだみたいだもんね。まあ、それはそれとして、三原さんはコーヒーを飲む間もなく、最も大事な領収書に手を触れる間もなく津山さんを殺害した。老人とはいえ、津山さんは男だ。背も高い。必死で抵抗するだろうから、殺害するのに数分というわけにはいかない。そして、殺害後、大急ぎでベランダから飛び降りた。これはあまりにも唐突で不自然だ。これでは、津山さんを殺して自殺する、そのためだけに津山宅へ行ったようなもんだ。何もかもが、ちぐはぐなんだよね」

「………」

「あ、そうそう。もう一つ、三原さんの借入金、合計三百十万円。三原さんは持っていなかった。これはエレベーター内の三原さんを見ればわかる。三百十万といえば嵩張るからね。そして手ぶらだった。もちろん現場にもない。三原さんから津山さんの口座へ振り込まれた形跡もない。三原さんは小切手を持っていない。そうなると、エレベーター内の三原さんの様子がますます腑に落ちない。あんたは知らないだろうが、三原さん、実にリラックスしている。余裕綽々というところだな。そんな三原さんと津山さんの間に、突然何が起きたのか。あれやこれやで結局、三原さんが津山宅を訪れたとき、すでに津山さんは殺害されていたと、まあ、ここに落ち着くわけよ。——それでね」

坂本刑事が腕を組み、椅子の背にふんぞり返るようにしながら大きな目を細めるようにした。

「指紋に拘るようだけど、いくら科学捜査が進歩しても、事件現場における指紋の価値はまだまだ高い。とにかく三原さんの指紋だらけなんだなあ。あんたは百も承知だろうが、手順だから聞いてもらう。津山宅の玄関から居間へ続く廊下。左右に部屋が一部屋ずつあるよね。この左右の壁やドアに、三原さんの掌の跡がべたべたと付いていた。指の指紋というよりも掌紋だ。玄関から居間へ向かう跡が一回分。居間から玄関に向かう跡も一回分。指先の向きでどれが居間に向かい、どれが玄関に向かったものかはわかる」

「………」

「だが、これはおかしい。なぜか。玄関ドアの内側は、三原さんの掌紋がいっぱいだった。人の家の玄関に入ってすぐに、ドアの内側をべたべた触る人はいない。また、案内されて居間に行くとき、廊下の壁を触る人もいない。ややこしくなるから少し端折(はしょ)るが、掌紋の状況から、三原さんは玄関から居間へ続く廊下を一往復半したことが分かった。玄関に入って居間へ行くときは平常心だったから、普通に歩いて居間へ行った。ところがそこで思わぬ光景に出くわした。誰だっていきなり絞殺死体を見れば肝をつぶす。三原さんは玄関へ向かった。外へ出ようとしたんだな。パニック状態だからまともに歩くことができず、左右の壁を伝い歩きした。ところが玄関ドアは開かない。取っ手を動かしても、ドアを押しても開かない。そのときにはパニックを超えて錯乱状態になっていたかもしれない。三原さんは居間へ引き返す。壁を伝いながら」

「……」

「だが、我々が駆け付けたときは、ドアは開いていた。このあたりについては、あんたのほうが詳しいんじゃないの？　廊下沿いにあるどちらかの部屋に潜み、錯乱状態に陥った三原さんの様子を窺っていた」

いや違う。三原尚紀が居間へ入ったのを確認すると、すぐに玄関へ走り、表へ出た。ドアに背中を押し付けると間もなく、内側から激しい力が襲ってきた。その感覚を今でも背中が覚えている。

自分の家のドアで彼女と何回もシミュレーションしたのだ。相手は火事場の馬鹿力で体当たりしてくるかもしれない。それを想定して、彼女も馬鹿力を出して奮闘した。津山の部屋のタイプは玄関前に畳半畳ほどのアルコーブがある。万が一、人が廊下を覗いても津山宅の前を通らない限り、姿を見られる心配はない。それも好都合の条件だった。

「ねえ、ちゃんと聞いてる？　こっちは真剣に説明してるんだからさあ、聞くほうも真面目に聞いてよね」

坂本刑事の顔を見た。

声は大きいが、顔は小さくて童顔だ。だが、職業柄か小顔に迫力がある。

「外に出られず、錯乱状態に陥った三原さんがどういう行動を起こすか、それに賭けたんだろう」

三原尚紀の力が尽き、背中が楽になった。呼吸を整えたあと、不意に思いついて、インターフォンを押した。なぜそんなことをしたのか、今もって分からない。あのときは極度の緊張と疲労でまともな判断力はなかったと思う。だから、インターフォンを押すことに確たる意図があったわけではない。それでも押したのだ。二回。

あとのことは知らない。一目散に階段を駆け下り、自宅へ飛び込んだ。全身から力が抜け、冷や汗が止まらない。そのまま床に倒れこみ目を閉じた。遠のきそうな意識のなかで腕を動かし、指の屈伸をした。大丈夫、どこにも不具合はない。その安心感が徐々に恐怖心に変わっていく。床の上で体を丸め、息を潜めていた。

しばらくして周囲が騒がしくなった。カーテンの隙間から外の様子を窺い、三原尚紀が投身自殺したことを知った。そのときの気持ちは複雑すぎてよく分からない。

「言っておきますけど、三原さんがああなったのは三原さんの心の問題ですよねえ。本当に殺してないなら警察に通報し、状況を正直に話せばいい。遺体を見てパニックになったからって、すぐさま投身する。やっぱり、三原さんはおかしいですよ」

インターフォンを押したことを志村英美は知らない。玄関のドアが開かないことで錯乱状態にさせる。そこまでが英美の計画だった。三原尚紀の自殺は予期せずして起きたことだが、最高の結末だと彼女は言った。

インターフォンを押したことは決して告白しない。

被告人が全てを語るとは限らない。たいていの被告人が、供述以外の真実を心の中に隠し持っている。そう思って間違いない。人間はそれほど単純な生き物ではないのだ。警察官にも検察官にも、決して知られることのない行為をあえて言う必要はない。

二回押したインターフォンは、そのとき、三原尚紀にどんな影響を与えたのだろう。あの状況下で、室内にチャイムが鳴り響けば仰天するのは確か。その音ですべての神経が破壊され、ベランダに走ったのかもしれない。それとも、チャイムの音がする前に投身したのか――。

そんなことをぼんやり考えながら坂本刑事を見つめていた。

坂本刑事がゆっくり呼吸をし、深く椅子にかけ、じっと目を向けた。

「あんたも先刻承知と思うが、犯人逮捕に自白の強要はしない。自白には思うほどの価値がないからね。喉から手が出るほど欲しいのは物証」

そう言って、坂本刑事は透明のビニール袋を振って見せた。何も入っていない空の袋だ。

袋を見ながら首を傾げた。刑事が腕を伸ばし、袋を目の前に突き出した。

「よく見て。底の方に沈んでいるもの。これはね、あんたの毛髪。あの日、鑑識員は津山さん以外の毛髪を採取している。どこからだと思う？」

「さあ」

「和室の仏壇の近く。津山さんの毛髪でないことはすぐに分かった。だが、それほど問題視しなかった。現場の状況で、事件はその場で解決したようなものだから、その必要はないと判断した。それにね、前科のある人間でない限り、毛髪が誰のものであるか、追跡のしようがないのよ。ところが、事態は急転直下。俄然この毛髪がものを言う。あんた、オリエンタルホテルの喫茶ルームでコーヒー飲んだでしょ。そのカップに付いた唾液と毛根を照合した。血液型が一致したよ。ＤＮＡ鑑定すればもっと明確になる。猫の毛、いや、それ以上に価値の高い物証だ」

刑事がビニール袋をファイルにしまいながら続けた。

「状況証拠はてんこ盛り状態。物証もある。このままでも送検できるし、起訴も間違いない。しかしねえ、三原さんが出ようとした玄関ドアはなぜ開かなかったのか。これって実に不思議だよね。家の中から外に出られないなんてあり得ないもんね」

「……………」

「とにかく犯人は頭がいい。特に今回の事件は、いっときの感情で、丸太ん棒でぶん殴って殺すような衝動殺人ではない。綿密かつ用意周到に準備された計画殺人。知的で強靭な意志と勇気。そして行動力を備えている。さて、そんな犯人がどんなトリックを使ったのか、これには興味がある。まあ、時間はたっぷりあるから、ゆっくり考えることだな。こっちが終われば秩父台署が待っている。あんた、これから忙しくなるねえ」

秩父台警察署

机に並べられた数枚の写真。一枚はアパートの全景。古びた安手のアパートと分かる。あとは室内をさまざまなアングルで撮ったもの。簡素な部屋だ。若い女性の部屋とは思えない。

「目を瞑(つむ)っても行けるほど通い続けたアパートだよねえ。この部屋からあんたの指紋が検出された。どこからだと思う？」

「さあ」

「エアコンのリモコン。あんた、リモコンの蓋を開けて、電池をいじったことがあるだろう。リモコンが不具合を起こしたとき、誰でもやるよね。電池を取り出して入れ直したりすると作動するんだよね。その電池にあんたの指紋がはっきり残っていた。犯行後、自分の痕跡を徹底的に消したんだろうけど、木登り上手のお猿さんも、ときには木から落っこちると、まあ、こういうことだな」

「………」

「聞くところによると、そのエアコン、前の住人が置いていったんだってね。そのときすでに十三年使っていた。そのあと、あんたの彼女が十年ほど使い、いまだ健在。日本の家電の性能は世界的にも認められているそうだが、見事に証明している。二十三年だもんね。立派なもんだ」

「刑事さん、何が言いたいんですか？　彼女のケチぶりを聞きたいのなら言いますよ。筋金入りのケチ。これでいいですか？」

「筋金入りになったのもあんたのためだろう」

「それは違うと思うな。志村って人、いちばん大切なのは自分だから。自分に有利と思えば何でもできちゃう。今度のことだって、せんじ詰めれば自分のため。この計画を初めに言い出したのは志村なんですよ」

「ふーん。しかし、あんたも現金な男だなあ。つい最近まで愛称で呼ばれ、仲良しさんだったんだろう。その人を殺しちゃった。なぜ？」

「それは——邪魔だから」

「はっきり言うねえ。鷲尾美弥子さんという恋人ができたから？　しかし、鷲尾さんは、今回のことに驚きはしたけど、悲しんではいない。あんたを庇う様子もなく、どんな質問にも、すらすら答えた。恋人だったら悲しむだろう、少しは」

相手が憮然とした顔をしながら言った。

「恋人でなくても、身近にいるだけで価値の高い人がいるんです。彼女はそういう存在。なにしろ、父親がピアノ界の重鎮ですからね、その娘とお近づきになって損はない。反対に、そばにいるだけでこっちの身を滅ぼす女もいる」

「それが志村英美ということか。要するにあんたの弱みを握った志村は、あんたを恋人と決めつけ、自分の思い通りにしようとした。そのためには、あんたの横領の尻拭いもし、全面的な経済援助もした」

「津山の金でね」

「それは言える。彼女はかなりの守銭奴だったようだ。あんたにかかる金のほとんどが津山からの借り入れ。積もり積もって七百万ほどだったが、自分の貯めた金には手をつけない。七百万といえば大金だ。いくらなんでも、初めから返済するつもりはなかったとは思わないが、そのあたりはどう思ってる？」

「人の心の奥までは分からない」

「そうかなあ。計画するにあたって細かなことまで話し合ったはずだ。あんた、津山さん宅の仏壇の引き出しにあったファイルから、三原さんの借用書と志村の借用書を持ち出しているよね。そして志村の借用書は持ち帰り、処分。三原さんの借用書と、持参した領収書をテーブルの上に置いた」

目の前の彼は、唇を引き結び、眉一つ動かさない。聞いているのかいないのか、無表情の顔からは心のうちは窺い知れない。

警察の再調査の結果、他にも津山信夫から融資を受けていた人が十数人いたが、それほど高額ではない。数万から十万単位。この人たちは何回借りても、返済期日を守り、きちんと返済している。事件のあった時点で全員が返済済みだった。津山は、過去の貸借データを残していなかった。返済が済んだ時点で、破棄している。

融資を受けていたのは、ほとんどが大空印刷の社員。特に営業部員が多かった。七十人程いる部員には、一人ひとり個別に聴取した。融資の最高額は、他社の人間であるヴィナス化粧品の志村英美。これは七百万。つぎに、三原尚紀の三百十万。この二人は桁違いだ。

「とにかく志村は、年下の可愛い恋人のために七百万という大金を借りた。恋人をＣＤデビューさせ、自分がマネージャーになるために」

彼がはじめてにこりと笑った。

「そう、ぞっとするでしょ？　こっちの弱みにつけ込んで、がんじがらめにする。将来は僕と結婚すると思い込んでいる。あんな女と結婚するくらいなら、刑務所暮らしのほうがいい」

「しかし、そこを利用して高みを目指したんだろう。だが、あえなく自爆。それにしても、ピアニストのイメージ、ガタガタだ。あんた、最近、何とかという賞に入賞したんだってね。報道機関がちょこっと取り上げたそうだ。こうして捕まって良かったと思うよ。まあ、どっちに転んでも、あんたには芸術家になれるほどの腕はないそうだからね」

「ピアノのこと、なにも知らないくせに」

「いや、これはホント。せいぜい、ピアノ教室で、おちびちゃんたちにピアノのイロハを教える。その程度のレベルだってさ。芸術性が低すぎる。こんな情報も入っている」

このような相手には、本人が誇りに思っていること、自信のあるもの、そこを貶すのがもっとも有効な手段。秩父台署の滝田刑事は、少し聴取を楽しんでいる。

「グランドピアノが欲しくて横領しちゃった。鷲尾さんのお相手になるには、生活レベルを上げる必要があるもんね。安アパートにアップライトとかのピアノではカッコ悪いし、相手にしてもらえない。まるで子ども並みの精神だ。ピアノを手に入れたら今度は車が欲しい。たまにはお嬢さまをドライブに誘いたい。そこでまた英美お姉さまにおねだり。車はお嬢さまの期待におおいに応えた。アサリだかハマグリだか、そんな名前の猫の通院にせっせと運転手を務めたんだろう。美弥子お嬢さまは、免許は持っていても、自分専用の車は持っていない。えーとぉー、なんとかコンクール」

「ショパン全日本コンクール」

「そう、そのコンクールが終わるまではピアノのレッスンが優先、これは父親の考えだそうだ。そこで、鷲尾家における自分の存在を、猫のお抱え運転手をすることでアピールした。つまり、あんたは猫ちゃんのアッシーになった」

「アッシー？　アッシーって何です？」

「あれ、アッシーを知らない、若いなあ。昭和の終わり頃から平成の初めにかけて流行ったのよ、そういう言葉が。俺が警察官になった頃だった。あんた、平成生まれの平成育ちだもんね。知らなくて当然だ。アッシーとはね、関心のある女が行きたいという所へ送って行き、用事が終わるのを待って迎えに行く。女の足になるからアッシー。他にもあった。確かメッシー。これは、女が食べたいというめしを惜しげもなくご馳走する。だからメッシー。ほかにもあったと思うけど忘れた。いずれにしてもすでに死語だ」

「……」

「あんた、鷲尾さんにせがまれて、自分の車を運転させたことがある。ピアノ関係の何かを買いに行ったときだろう。ついでに自分のマンションを見せに行ったんだよね。ちゃんと、立派なマンションに住んでいることをアピールするために」

「ああ、あのときはちょっと焦った」

そう言って彼は笑い、

「美弥子さんにマンションを見せた後、近くの駐車場に車を置き、彼女を最寄りの駅まで送って行ったんです。まだ運転に慣れていないので疲れたから歩きたい、帰りは電車のほうがいいと言ったから。そのとき、運転席のシートの位置、元に戻さなかった」

「どういうこと？」

「美弥子さんは小柄だから、運転するときシートを前に引き出したわけ。志村は女にしては背が高い」

「だから？」

「だから――そのあと、何かの用事で志村が車を使ったんです。シートの位置のことはまったく頭になかった。ある日、志村が運転して二人で出かけたんだけど、彼女が突然言い出した。シートの位置が変だった日があった。私より足の短い人が運転したことがあるんじゃないのって。あのときは焦った。言い訳にしどろもどろだった。何とか切り抜けた」

「ああ、志村英美殺害の日ね。前からその日と決めていたんだろう。有給休暇の利点もあるしね。まさに正念場だ。そんなときに、自分の買い与えた車を他の女が運転したなんて知れたら、それこそ風雲急を告げる。怒り狂って引き返すなんて言い出したら、最後の仕上げがおじゃんになり、それまでの苦労が水の泡。そりゃあ、焦るだろうよ。しかし、しどろもどろの言い訳が成功した。窮地に立たされたときの立ち回りが上手いということだ。あんた、なかなか頭がいいし弁も立つ。筋金入りの彼女を言いくるめちゃうんだから」

「……………」

「そんなあんたの真意は露知らず、英美お姉さまはせっせと貢いでいた。たとえ、津山から借りた金であってもね。だからこそ鷲尾さんと近づきになれたし、コンクールにも出場できた。俺はさ、野暮天だから貢いだことも貢がれたこともない。どんなふうにするの？　参考までに聞かせてよ。あっ、もう一つ思い出した。ミツグ君だった」

「え？」

「アッシー、メッシー、ミツグ君。まあ、そんなことはどうでもいい」

彼は視線を逸らし、腕を組んでいる。ゆっくり瞬きするまつげが女のように長い。鼻梁が高く、引き結んだ唇も形がいい。なかなかの男前である。

「グランドピアノがほしくて会社の金、使い込んじゃったよー、助けてよー。そういって泣きついたんだろう。聞くところによると、志村英美も高校まではピアニスト目指して猛勉強していた。事情があってピアニストへの道を断念した。そんな自分とあんたを重ね合わせたのかもしれないな。志村は津山信夫に借財をし、あんたはその金を横領した分に補塡して事なきを得た。志村はどんな理由で津山から金を借りたの？　まさか、恋人が横領したからとは言わないだろう」

彼の顔が一瞬ゆがんだようだ。下唇を噛む白い歯がちらりと見えた。

滝田刑事は、代々木南署からの情報でそのことは知っている。志村英美は津山に融資を頼む際、その理由をあからさまに話している。志村なりの意図があってのことだろうが、目の前の本人は、その事実を代々木南署での取り調べではっきり悟った。相手に、してやられたという無念さが、彼を頑なにし、無言を通させているのだ。

「何も知らないんだな。まあいい。さて、急場を凌いでみれば、金を返済するのが惜しい。あんたをピアニストにするには金はいくらあっても足りない。どこの世界も同じ、本人の努力や実力だけでは勝負できない。きれいごとは通用しない。要は、根回しが大事だということと。ピアノ界の重鎮か、音楽プロダクションの社長か知らんが、いちばん効果的な根回しは現ナマ。それを志村は知っていた。そう考えると、さっきの話に現実味が出てくる。津山さんから借りた金、初めから返す気などなかったという、あの説」

あらぬほうを見ていた彼が滝田に視線をあてた。

「そんなことはないと思うけどなあ。それじゃあ犯罪じゃないですか。彼女、お金に関することは僕に言わないんです。ただ、突然返済を迫られたことは言いました。内心焦っていたと思うけど、強気でしたよ。何とかなるから大丈夫だって」

「ところがどっこい。津山はそんな甘ちゃんではない。上には上。亀の甲より年の功。志村の腹づもりなどお見通しだ。彼女には高額の預金があることも見抜いていた。貸し倒れなどありっこない。近い将来、就職する消費者金融をバックに、取り立ての段取りはできている。それを仄めかされた志村はびっくり仰天。しかし、これは津山の心理作戦だったと思うな。昔のサラ金と違い、今の消費者金融はいろいろな法的規制もあり、あこぎな取り立てはできないことになっている。志村はそのことを知っていたが心の負担は拭えない。それでさっきの話に戻るんだが、筋金入りの守銭奴としては、返済しなくて済めばこんな結構なことはない」

「………」

「そんなとき、仕事のトラブルと返済に苦慮し、精神的に追い詰められた三原尚紀が目の前に現れた。そこで頭のいい英美お姉さまはうまい餌で網を張った」

「志村が三原さんに目を付けたことは確かです」

「うむ。だから勘ぐるのよ。志村は津山に返済する気はなかった。少なくとも、ある時期からそういう思いになった。ある時期とは、三原さんが降格され、心に深い傷を負ったことを知ったとき。三原尚紀は、志村の悪辣（あくらつ）な手段にまんまと引っかかった。この推理は間違っていないと思う。志村はどんな餌を使ったんだ？」

「僕は、志村じゃないから知らない」

「ふーん。しかし、津山さんはあの日、三原さんが返済に来るなんて思っていない。返済に行くと約束していたのはあんた。直接にではなく志村を通してね。そうだろう？」

「そうですよ。代々木南署で話しました」

「そうだよね。黒いカバンを持ってね。津山さんはそのカバンに返済用の金が入っていると思い込んでいるから、機嫌よくあんたを居間へ通した」

「そうです。僕の持っているカバンを見て相好を崩していた」

「なるほどねえ。ところが、三原さんも津山宅へ行った。そして、思いも寄らない、津山さんの遺体を発見。そのあと、ああいう無残なことになった」

「………」

「そう言えば、あんた、三原さんが外に出られないように、マフラーをドアの取っ手に巻き付け、力いっぱい引っ張り上げていたんだってね。カバンの中に入っていたのは金ではなくマフラーだった」

「そうです」

「玄関から外に出られないなんてことはあり得ない。ドアの内側は三原さんの指紋と掌紋の跡がいっぱい。シリンダー錠も、取っ手もね。だから、三原さんが必死で外に出ようとしたのは明らか。だが、出られなかった」

「そうですよ。それも代々木南署から詳しく聞いているんでしょ」

「まあ、そうだが、この件に関しては、事態がこうなる以前に、ある人から情報が入っていた。だから気になっていたんだ。真犯人はどんなトリックを使ったのかってね。だが聞いてびっくり。トリックなんてもんじゃない。単なる力比べだ」

「複雑な細工をするより、単純な方が破綻のリスクが少ないでしょ」

「なるほどね、それも彼女と二人で考えたんだ。まあ、それはそれとして、三原さんは津山宅に引き寄せられたんだよね。あんたたち二人によって。大事なことは、あんたの行く時間と、三原さんが行く時間に差をつけなければならない。それもきわどい時間差をね。このあたりは、志村とあんたで緻密に計画を練った」

「それも、代々木南署で話した。同じことを何回言えばいいのかなあ」

「まあ、聞いてよ。こっちは、志村英美殺害事件の取り調べなんだからさあ」

「だから、志村を殺したのも僕だって言ってるじゃないですか」

「それは分かっている。しかし、事件の解決というのはね。犯人が自白したからそれでお終いじゃない」

「………」

「なぜ事件は起きたのか。その動機、当事者たちの役割、その内容と方法。大事なのは、真実の経緯を明らかにすること」

「真実を話していますよ。代々木南署で」

「もうちょっと聞いてよ。本当の解決のためにね、津山信夫、志村英美殺害事件、及び三原尚紀投身自殺という惨劇を、一枚の完璧な絵として完成させなくてはならない」

「………」

「そうだなあ、事件の全容をジグソーパズルにたとえると分かりやすいかな。この世に一つしかない犯罪絵図。その絵を完成させるための何百ものピース。まず、事件に関するピースと、そうでないピースを判別する。事件に関するピースは決して見逃さず、そのピースを一片ずつ正しい場所にはめ込む。一片の不足もあってはならない。不要な一片があってもならない。この誤った一片が誤認逮捕、果ては冤罪を招くことになる。どこにも不審や矛盾点のない、誰もが納得する完璧な絵。それが出来上がって初めて事件の解決となる。分かるよね」

「分かりましたよ、だから何ですか」

「三原さんは津山に三百十万の借財があった。志村英美はこの金額を津山信夫と会ったときに知ったんだよね」

「そうですよ。津山がトイレに立ったときに、椅子に置いてあるカバンのなかを探って盗み見た。それも代々木南署から情報が入ってるんでしょ」

「それで、その三百十万を志村が肩代わりした。実際にはそんな事実はなかったわけだが、三原さんはそれを信じた。だからこそ、借用書を受け取りに津山宅へ行った。しかしねえ、これでは話にならない。分かっているのは初めと終わりだけ。中身は空っぽ。代々木南署からの情報では、志村と三原さんは、特に親しい関係ではなかった。それなのになぜ、志村が三原さんの借財を肩代わりすることになり、なぜ、三原さんはそれを信じ受け入れたのか」

「………」

「そこには、三原さんをその気にさせる重大な何かがあった。それが志村の使った餌。志村と三原さんが、東京駅の軽食喫茶にいるところを目撃した人がいたが、そのことが、事件と関係あるかどうかは不明。だが、志村が返済の肩代わりをでっち上げ、三原さんを津山宅へ誘き寄せたのは事実。しかし、三原さんをその気にさせるまでの経緯が分からない。代々木南署でもさんざん聞かれたと思うが、あんたは本当に知らないのかな」

「本当ですよ。志村が三原さんにどんな話を吹き込んだのか知らないし、興味もない。志村って、秘密の多い人なんです。僕には、あなたはピアノのことだけ考えていればいい、他のことは全てあたしがする、なんてかっこいいこと言ってましたからね。知っていれば話しますよ。今さら、隠したって何かが変わるわけではない。むしろこっちが知りたい。志村はどんな餌をばら撒き、なぜ、三原さんはその餌に飛びついたのか。三原さんて、難しい性格の人だと思うんですよね。それほどの付き合いはないけど何となく分かる。それと、僕が思う限り、志村という女、三原さんの好みではない。だから、男と女の絡み合い、これはないと思うな。僕の独断だけど」

「それなのに、三原さんは志村の網に引っかかった」

「志村が言ったことがある。今の三原尚紀を外部から刺激すれば必ず乗ってくるって」

「外部から刺激ねえ」

「志村って頭の回転はいいですよ。だから三原さんが飛びつくような餌を思いついたんでしょうね。どんな内容をでっち上げたのか知りませんけど」

まったく見当がつかない。三原尚紀という男、仕事はできるが人の好き嫌いがはっきりしていて、人づきあいが悪い。これは同僚からの情報。妻の亮子もそれらしいことを話したという。言わば偏屈ともいえる性格。

目の前の彼の話はもっと具体的だ。志村英美は三原尚紀の好みではない。彼が言うと妙に説得力がある。そんな三原尚紀がなぜ志村の罠にはまったのか。

妻の三原亮子が推測を述べている。

あの頃の夫が最もほっしていたのは新しい就職先。それも、大空印刷を凌駕するほどの会社であり、職種だったのではないかと。確かに一理ある。妻ならではの思いつきだと思う。だがそのことが、志村英美とどう繋がるのか。志村は一介のＯＬ。三原尚紀が満足する就職先を斡旋するほどの力や人脈があるとは思えないし、そのような情報も皆無。

となると、容疑者の彼が推測する、いわゆる捏造。志村は嘘偽りをいかにも事実であるかのように話し、三原はそれを真に受けた。しかし、頭がよく、抜け目がなく、偏屈。その上、相手は自分の好みではない志村英美。その女の話にうかうか乗るということが考えにくいし、それらしい痕跡が微塵も出てこないのだ。

滝田刑事は思う。犯人は挙がっても、犯罪絵図は永久に完成しないだろうと。

犯行の内容に不明な部分が多く、容疑者自身がそれを知らないという。奇妙なケースだが、この供述は真実と思う。確たる根拠はないが、彼の顔つきを見ていて刑事の勘が働くのだ。そもそも、それぞれの事実を知っているはずの、三原尚紀も志村英美も津山信夫もこの世にいない。

「しかし、何より並外れているのは、お金への執着心。これは半端じゃなかった。あれはたぶん、持って生まれた気質。そう思う」

「ふーん、気質ねえ。それはあんたも同じだろう。いや、同じじゃないな。少なくとも、志村には惚れた男を世に出したいという、誰にもありがちな心情がある。あんたは違う。人のふんどしで取り放題に相撲を取り、利用価値がなくなり、邪魔になったから殺しちゃう。恐ろしい男だ。そのルックスも、実は表面の皮膚一枚だけ、中身は悪の権化」

「人のふんどし？　相撲？　なんですか、それ」

「知らなきゃ知らなくていい。言えることは、志村よりもあんたのほうがはるかに悪で、その腕は何倍も上手。それで、ピアニスト？　聞いて呆れる」

「刑事さん、言いたいこと言っているけどさあ、みんな似たようなもんじゃないの？　津山も、志村も、欲の塊。三原さんだって同じ。三原さんなりの欲望があったから、うかうかと志村の口車に乗った。僕も含めて今回の事件は、損得という欲望から発生している。そういう意味では確かに単純な事件だな。刑事さんだって、僕を逮捕できたから成績上がって出世するかも。そうでしょ」

「そうだなあ、警部になれるかもしれんなあ。俺ね、この歳でまだ補がつくの、警部補。——ところで、本題に入るけど、ウーロン茶に入れた農薬、どこで手に入れた？」

「うーん。どこだったかなあ。忘れた」

「裁判で心証が悪くなるなあ、少し態度を改めないと。どうせ二人も殺したんだからどうでもいい、なんて思うのは大間違い。量刑にうんと差が出るんだよ。刑期が終われば、また、好きなピアノが弾ける」

狭い取調室に、彼の大きな笑い声が響いた。笑いを収めると、

「刑事さん、面白い人だね。人を上げたり下げたり。おためごかしなんか言わなくていい。刑事さんの勝ちですよ。天国と地獄。僕は殺人罪で地獄行き、刑事さんは警部に昇進して天国行き。お給料もずいぶん違うんでしょ。警部と警部補とでは。——あれ、怒った？　刑事さん、色が白いからすぐ分かる。頬が赤くなっている」

「怒ってはいない。あんたのことを、哀れな人だなあと思ったら、少しばかり感傷的になった。才能に恵まれ、狭き門と言われる音大を出て、レベルの高いコンクールで五位に入った。血のにじむような努力だったと思う。本来なら、こんな部屋で、堅い椅子に座り、出世コースに乗り損ねた野暮な刑事と向き合っているような人ではないはずだ」

「今度は泣き落とし？　分かりました。言いますよ。上野にある『ビッグハウス』というホームセンター」

「そう。しかし、あの農薬で致死量となると、かなりの量が必要になる。一口飲めば異変に気づくはずだがね」

「紙コップに注いで渡したから一気に飲んだ。喉が渇いてたんです。それでも気づきましたよ。だから、押さえ込んで口をこじ開け、一本全部飲ませた。あの人には拘りがあって、ラッパ飲みはしない。飲み物は必ずコップに移して飲む。だから、紙コップを用意していった。あとはテレビドラマと一緒。ボトルに彼女の指紋を付けて、近くに置き、紙コップは持ち帰った」

「なるほどねえ。しかし、連続殺人の場合、殺害方法は同じケースが多いが、津山さんは扼殺、志村は毒殺。これはどういうわけ？　志村も扼殺の方が簡単だと思うけどね」

「現場の環境が不明だったから。山林のなかだと枯れ枝などの危険物がある。それと、彼女、常に爪の処理をしていて少し長め。マニキュアをしているから爪が硬い。激しく抵抗されて、指を傷つけられては大変。といって、手袋は使えない。枯れ枝も同じ。もみ合っているときに、枝の先が手に刺さったりする可能性を考えた。絶対に手を傷つけない方法。そんなところかな」

「なるほどねえ」

彼は確かにルックスがいい。それに、独特のオーラを感じる。たぶんそれは天性のものなのだろう。志村英美もそのあたりに魅力を感じていたのかもしれない。今その形のいい唇から淡々と殺人のシーンが語られている。

さっきはあんなふうに言ったが、彼の技術は高く、ピアニストとしての将来を嘱望されていたと聞いている。

三原亮子にピアノ教師をしている友人がいる。友人の誘いでピアノコンクールの演奏会に行った。演奏を聴いている途中、亮子はあることに疑問と不審を抱いた。それは亮子にとって重大なことだった。

亮子は友人に頼みごとをし、その理由も話した。もちろん、詳細にではない。

友人はその内容に緊張し、戸惑いもしたが、亮子のひたむきさに心を打たれ、立場上、してはならないことをした。訊かれた演奏者のフルネームと住所を教え、コンクール出場申込書に添付された、演奏者の写真をメールで送った。

その演奏者が目の前の彼である。

偶然が幾重にも重なったような情報内容に、捜査員全員が驚愕し色めき立ち、代々木南署は本格的な再捜査に踏み切ったのだ。

「嫌いで嫌いで、仕方なかったなあ。ほんとに嫌いなタイプの女性だった。なにもかも嫌いだったけど」

そう言って笑い、

「僕ね、色の白い、ちょっとふっくらした人が好きなんです。彼女、色黒で細くて木の枝みたい」

「ふーん、木の枝ねえ。ところで、アンバラ牛蒡って何だか知ってる？」

「あんばらごぼう？　何ですかそれは？」

「知らない？」

「知りません」

「じゃあ、葉月は？　葉っぱの葉に、夜空に出る月、葉月」

「知りません」

東京駅八重洲口の《ブティック葉月》、革製品と貴金属店《アネモネ》、メンズショップ《ダイナミック》この三店からの情報は、三原亮子から得ている。警察が改めて聴取に当たったが、結果はどの店も事件には無関係であることが判明した。

カタログギフトにアンバラごぼうと一緒に書かれていた、もっとも謎と思われる葉月は、《ブティック葉月》とはまったく関係なかった。ただ、アネモネは僅かながら志村と関わりがあった。アネモネは、中古ブランド品の買い取りもしており、過去に志村から何点か買い取っている。

どうやら志村は、男からの貢ぎ物を、右から左へ流して現金に替えていたらしい。アネモネの店員は、三原亮子から志村の写真を見せられ、一瞬動揺したが、厄介なことに巻き込まれることを恐れ、何も知らないと偽りを通した。

七月の十五日過ぎ、三原尚紀によく似た人物が、シャッターの下りた葉月を見ていた。亮子にこのように話したダイナミックの店員は、「あのときは似ていると思ったが、自信があったわけではない。葉月のシャッターを見ていたというのも、思い違いかもしれない」。警察の聴取にそう答えた。時間が経てば記憶が薄れる。ましてや殺人事件と聞けば、誰しも用心深くなる。

「志村英美から聞いたことない？」

「葉月ねえ。聞いたことないけど――ひょっとして、彼女の男の名前？」

「ほう、志村英美には、あんた以外に男がいたの？」

「分からないけど、いてもおかしくないでしょ。僕は嫌いなタイプだけど、ああいう人を魅力的と思う男だっているだろうし」

「なるほどねえ、しかし、あんたさあ、嫌い、嫌いと言いながら、愛人関係が続いたわけだ。

あまりそういう言い方しないほうがいいよ。女なら誰でもいいと思われる。一応、自分のこと、芸術家のはしくれくらいには思っているんだろう」

「そうなんですよねえ、なぜ、あんな女と付き合えたのか、自分でも不思議。でもね、一つだけ、彼女の言った言葉に、刺激を受けたことがある」

「何？」

「生きることは自分の欲を追求すること。夢も希望も、言葉を替えれば欲。欲を追求して努力するのが人生。そんな内容だったと思うけど、なんとなく目が覚めたような気がした。それまでの僕は、ほんわかモードだったから」

「いやいや、ほんわかだなんてご謙遜だ。志村英美の預金、ほとんどをATMで引き出している。それも、志村の遺体の身元が判明する二週間の間に。知っての通り、志村は会社に一週間の有給休暇の届けを出していた。志村には親族がいない。異変に気づいた会社が警察に届けを出したのは、殺害されてから十日近く経っていた」

「ATMで引き出したのはたいした額ではない。彼女、人を信用しない。銀行も信用しない。信用できるのは自分だけ。さすがに定期預金はしていたけどね。これが七百万。他の銀行はたいした額ではない。いちばん多かったのはタンス預金。貯蓄高は合わせて――三千万ほどじゃないかな。まだ三十三ですよ。それで三千万貯め込んだ。たいしたもんですよね」

彼の言うように、志村は頭が切れて仕事ができた。専門学校では秘書科で学び、卒業してすぐヴィナスに入社。三年目には役員の秘書に抜擢された。その仕事ぶりは幹部全員が認め、それは給与に反映された。最近では、同じ年齢層の社員の三割増しの給与額だったという。これは、ヴィナスから聞き取った情報だ。

「それにほら、筋金入りのケチだったから、生活費は最低限に抑える。あとはすべて預金。着るものには気を使っているように見えるけど、実は安物。だけど、格好良く着こなし、高価そうに見えちゃう。あのセンスも天分と言えるかな」

「で、志村の金、どのくらい自分のものにできたの」

「そんなこと調査済みでしょ。調べた通りですよ。定期預金はどうすることもできないけど、キャッシュカードの暗証番号は知っていた。一行は僕の生まれた西暦。もう一行は、自分の誕生日の逆からの四桁。あとの一行が彼女の死んだ母親の誕生日」

「人を信用しないのに、あんたには教えたんだ」

「僕をいい気分にさせるためですよ。暗証番号を知っていても、カードがなければどうにもならない。彼女、カードは肌身離さなかった。それに、まめにチェックする人だから、残高に動きがあればすぐ分かって僕が疑われる。だから、僕という人間は、ピアノのことしか頭にない世間知らずのピアノ馬鹿。そんなふうに思わせておいたほうが後々都合がいい。彼女がいなくなるまで、キャッシュカードには触ったこともない」

「で、タンス預金のタンスは、冷凍庫」

彼はおかしそうに笑い、そう、と言った。

「部屋のなかにかなりの現金があることは分かっていたけど、どこにあるかは知らなかった」

「それで？」

「ある日、テレビドラマでやってたんです。主婦がへそくりを冷蔵庫の野菜室のなかに隠していて、それがもとで夫婦喧嘩が始まるというホームコメディー。そのとき閃いた。もしやと思った。彼女はまともに料理を作る人じゃないから、冷蔵庫のなかはいつもすかすか。それに、冷蔵庫は僕がしょっちゅう開ける。飲み物が入っているから」

「そこで冷凍庫」

「そう。スーパーの安売りを狙って冷凍食品を買い溜めするから、冷凍庫はいつも満杯状態。食事はいつもレンジでチンの人ですからね。ある日、彼女が買い物に出たとき、冷凍庫を調べた。ぎっしり詰まった冷凍食品の下にありましたよ。発泡スチロールの箱が。ほら、宅配で使うでしょう。蓋の上に魚のイラストが貼ってあるやつ。その箱、蓋が開かないようにビニールテープを巻き付けてある。動かしてみたらびくともしない。箱の底に細工をして動かないようにしてあった。間違いないと思いましたね」

「それが一千五百万だったというわけか。あんた、彼女は銀行も信用しない人だと言ったけど、それだけじゃないと思うよ。恐ろしい犯罪を企てている。失敗しない自信はあるが、もしもということがある。そんなときのためにすぐに自由に使える金が必要。そんなことを考えていたんじゃないかな。守銭奴と言われた志村英美も、あの世で地団太踏んでいるだろうよ。それに――」

そっぽを向くようにしていた古賀駿臣がこっちに目を向けた。白目の部分が微かに赤らんでいる。疲労しているのだろう。

「なんです？」

「こんどの引っ越し先、八王子の過疎地なんだって？　古民家とはねえ。いいところへ目を付けたもんだ。家具家電付き一戸建てで家賃四万円。隣近所といっても百メートル近く離れている。ピアノは弾き放題。定年を機に、街中にマンションを購入した家主だが、先祖から受け継いだ土地を売り払うのは抵抗がある。年金暮らしの生活費の足しに早く貸して家賃がほしい。そんなこんなで手続きは簡単。ましてあんたは有名音大卒の、自称ピアニスト。実家も信用できる。その上、グランドピアノ置いてもいいですか。なんて言ったらそれで決まりだ。実に知恵が回る」

「悪知恵って言いたいんでしょ」

「いや、悪魔の猿知恵だ。ところで、真犯人は被害者の津山信夫さんと同じマンションに住んでいるに違いないと言った人、誰だか知ってるよね」

「知ってますよ。三原さんの奥さんでしょ？　初め、杉浦亮子なんて言ったから分からなかったけど、あとから刑事さんに聞いた。それこそ頭がいいですよね。志村を超えている。志村には絶対の自信がありましたからね。犯人が被害者と同じマンションに住む。一見無謀に思えるが、実は最大の隠れ蓑、警察側にとっては思いもよらない盲点だって。猫の毛に着眼したのも奥さんなんでしょ。それも聞いている。獣医なんですってね、奥さん」

「そう。奥さん、ここへ来たんだ。一階の応接室で話を聞いたんだがね、夫は無実、真犯人は他にいるって懸命に訴えた」

　あの日、三原亮子は、自分でまとめ上げたと思われる内容を、項目別にびっしりと用紙に書き込んでいた。その用紙を目の前に置き、一言一句に気を配りながら話した。警察の捜査に対する不信感と、自分なりの仮説と推理。必死の顔つきだった。夫は殺人犯ではない。その執念がひしひしと伝わってきた。

　内容のほとんどが津山殺しについての見解。代々木南警察署の管轄だ。だが、志村英美殺害事件と無関係ともいえない内容。いつの間にか、話に引き込まれ、聞き入ってしまった。

仮説と推測を述べていることは分かっていたが、なぜか、それぞれの項目に信憑性を感じたのだ。それはたぶん、内容が具体的なため説得力があったのだと思う。

もっとも衝撃的だったのは、真犯人は、被害者と同じマンションの住人ではないかという件。そう推測する根拠を三原亮子は詳しく説明した。目から鱗が落ちるとは、ああいうときのことを言うのだろう。緊張で背中が薄ら寒くなったことを覚えている。

もっと詳しく知りたいという欲求が募り、質問の言葉が口から飛び出しそうになる。そんな心中を彼女に悟られないように顔を引き締めていたものだ。そして思った。代々木南警察署は見込み捜査をしたのではないかと。

初動捜査で、決して犯してはならない見込み捜査。代々木南署は、現場の状況に惑わされ、被害者は津山信夫。加害者は三原尚紀、原因は金銭トラブルという、単純明快な事件として皆が合意し、その場で解決した。

その時点で捜査員の頭の働きが停止する。出した結論に何の不審も抱かず、他の発想も思考も自動的に閉ざされてしまう。見込み捜査はもっとも危険な落とし穴なのだ。

三原亮子は肩を落として正面玄関を出て行った。その無念さを後ろ姿が語っていた。期待を抱き、勢い込んできたものの、願いは虚しい結果で終わってしまった。

「終結した事件を再捜査するなんて、めったにあるものじゃない。今回のいちばんの功労者は三原亮子さんだ。警視総監感謝状ものだな。だが、愛する夫はもう帰ってこない」

古賀駿臣は天井に目を当てている。両手を頭の後ろにあて、ゆっくり瞬きをし、ときどき形のいい唇をぎゅっとすぼめるようにする。滝田の話を神妙に聞いているようにも見えるし、自分の世界に入り込み、外部からの情報を拒絶しているようにも見える。

松下慎吾様
一昨日、夫、三原尚紀の納骨を済ませました。夫は無実。そう信じていましたから、納骨までに真相を究明したい。それが悲願でした。その願いが叶えられたのは、松下様のお力添えがあったからこそと、承知しております。

気持ちばかりが先走り、手掛かりが何も見つからないもどかしさに悶々としている最中、思いがけず、松下様が弔問に来てくださいました。あのときの胸の震えるような感動を忘れていません。

松下様にご相談するたびに、混乱する頭が整理され、自信を取り戻し、次の一歩を踏み出すことができました。

松下様の、お気遣い、お知恵、ご助言、そしてご協力。このご恩に対して、どれほどの言葉を並べても、思う気持ちの半分もお伝えできません。

そして、何より、三原が、松下様と僅かでもお付き合いのあったことが嬉しく、もっと早く知っていたら良かったのにと、残念に思っております。

夫婦であっても、夫は妻のことを、妻は夫のことを半分しか知らない。そのことを改めて痛感しておりますが、松下様を通して、家の外での三原を垣間見たような、新鮮な気持ちを味わうことができました。

ご存じのように、三原は、良きにつけ悪しきにつけ個性の強い人でした。職場では、孤立しているのではないか、そんなふうに思うこともありましたから、松下様とのエピソードを聞かせていただき、少しほっとしています。三原も、松下様とのお付き合いを、内心では喜んでいたのだと思います。

結局、月並みなことしか言えません。

松下様より賜りました数々のご厚情とお力添えに、衷心より感謝いたします。本当にありがとうございました。

最後に、松下様のご健康と、ご家族皆様のお幸せをお祈りいたします。

三原亮子

エピローグ

津山信夫の遺影に焼香した。

しばらく遺影を見つめる。生前の津山を知らないが、六十五歳にしては、ちょっと老けた感じに見える。細い顔、頬骨が出て目が窪み、口が大きい。笑ったら損、とばかりに厚い唇を引き結び、いかめしい感じの遺影だった。

アンバラ牛蒡は志村英美。もう一人の涸れ鼠は、やはりこの人のような気がする。そんな不謹慎なことを思いながら、遺影に頭を下げた。

津山和明がコーヒーを淹れてくれた。父子そろってコーヒー好きなのだろう。和明の淹れてくれたコーヒーは美味しかった。

和明は父親に似ていない。父親はどちらかと言えば醜男（ぶおとこ）だが、息子は整った顔立ちをしている。厚い唇だけが父親譲りのようだ。

お互いの間で挨拶は済んでいる。亮子は持参した現金をテーブルに置いた。

「なんだか受け取るのが心苦しいです。何回も言いますが、お互いに残念であり、無念なことでした。特に三原さんはお若かったし――」

亮子はそれには応じず、

「あの——ベランダを見せていただいていいですか」

アンとマロの毛がついていたのはどのあたりだろう。

亮子はそんなことを思いながらフェンスに手をかけた。

眼下を見る勇気がない。だから、遠方を見る。そこにはありふれた都会の光景が広がり、思ったより騒音が少ない。土地柄からか、いくぶん緑が多いようだ。警察から聞いた、二人の目撃者の住むマンションが目の前にあり、今も廊下を人が歩いている。その向こうのビルや住宅の間に、信号機の赤色と緑色が点々と見え、遠くで救急車らしき音が移動している。

空は薄雲に覆われ、太陽は見えず、風も吹かず、空気が重たく淀んでいるようだ。秋とはいえ、夏が戻ったような暑さに見舞われる日があり、今もねっとりした生ぬるい空気が体に纏いつく。

亮子は、灰色の空を見上げながら、心の中で尚紀に話しかけた。

尚紀、やっぱり玄関へ行ったのね。でも、ドアが開かなかった。だからここへ来たんでしょう。ここから何が見えた？　あたしには、ごたごたした街並みしか見えないけど、尚紀にはそのとき、何か素敵なものが見えたのよね。だからこのフェンスを越えたんでしょう。あたしはそう思いたい。それは何？　尚紀には何が見えたの？　おばあちゃん？　お母さん？　それとも、あたし？

実はね、あの日の早朝、電話が鳴る前に聞こえたの。誰にも言ってないけど、尚紀の声が聞こえたの。りょうこー、りょうこーって、二回聞こえたの、あたし、夢うつつで思ってぃた。またゴキブリ？　たまには自分で退治しなさいよって。そのあとなの、電話のコール音ではっきり目が覚めたのは。

ところでさあ、尚紀がカタログギフトに書いた、葉月って何？　あたしね、こんなことになった根源は、葉月なんじゃないか、そう思えて仕方がない。もう一つのアンバラごぼうは志村英美でしょ。これは間違いないと確信できる。でも、葉月が分からない。

アンバラごぼうと一緒に書かれていたんだから、志村英美と無関係ではない。そうよね。だから、あたしなりに考え、いろいろ調べたけど、分からなかった。でも、尚紀は葉月の正体を知っている。葉月のためにここへ来たんじゃないの？　このフェンスを越えることになるなんて夢にも思わずに。

悔しいでしょう。無念でしょう。あたしも同じ。なんとか真相を究明したいと思ったんだけど、結局、葉月については何も分からなかった。あたしの力不足なのね。尚紀の声が聞こえるような気がする。偉そうに、リョウコセンセイだなんてよく言うよって。

今回のことでは松下慎吾さんがずいぶん力を貸してくださったのよ。尚紀が松下さんのような方と少しでも近づきのあったことを知って、とても嬉しかった。それから、あたしの友達の中野沙織。尚紀も何回か会っているでしょう。彼女が自分の立場も顧みず、捜査の要になることに協力してくれたの。そのことがあったから警察が再捜査に踏み切り、真実が明らかになったのよ。この二人には本当に感謝しているわ。

あたしね、この頃思うの。もし、死後の世界があるとしたら、それは、この世に生きている誰かの心のなかだって。あたし、無宗教だからか、そんなふうにしか思えないし、そうであってほしい。だから、あたしの心のなかが尚紀の生きる世界。尚紀はずっと、あたしの心のなかであたしと一緒に生きていく。

デコボコだらけの二人だけど、結構、上手くやっていたものね。それからね、これも尚紀には言わなかったんだけど、おばあちゃんがいっぱいお金を遺してくれていたの。だから、家の中、リフォームするわね。ゴキブリが絶対出ないように、大工さんによく頼んであげる――。

津山和明が玄関まで送りに出た。

亮子は靴をはき、玄関ドアの上部を見上げた。

「あそこだったんですね」

「そうです。あそこです。以前、帰国したときにはまだついていたんです。ビスでとめた簡易ロックでした。特殊な病を持った人って、想像以上の力を出すそうです。今もビスの穴が残っています」

亮子にその穴は見えなかった。

あの夜、亮子は不意に振り返って居間のドアを見た。帰宅したとき、二匹の猫がガラスをひっかいていたドア。だが、外側からロックされているのでドアは開かない。簡単な作業なのに必死になって、尚紀が取り付けたロック。

そのとき閃いた。

真犯人はドアが開かないように、外側に細工をしたのではないかと。尚紀が猫のために細工したように、真犯人は尚紀が外へ出られないように工夫をした。今は真相が解明されたが、そのヒントを与えてくれたのは、尚紀が猫のために取り付けた簡易ロックだった。

この作品は書き下ろしです。

容疑者は何も知らない

天野節子

令和4年10月10日　初版発行

発行人――石原正康
編集人――高部真人
発行所――株式会社幻冬舎
〒151-0051東京都渋谷区千駄ヶ谷4-9-7
電話　03(5411)6222(営業)
　　　03(5411)6211(編集)
公式HP　https://www.gentosha.co.jp/
印刷・製本―中央精版印刷株式会社
装丁者――高橋雅之

幻冬舎文庫

ISBN978-4-344-43232-1　C0193　あ-31-6

この本に関するご意見・ご感想は、下記アンケートフォームからお寄せください。
https://www.gentosha.co.jp/e/